烛火与星光

王士强/作品

孟繁华 张清华/主编

身份共同体
70后作家大系

山东文艺出版社

文学评论卷

学术策划与支持

北京师范大学国际写作中心
沈阳师范大学中国文化与文学研究所

山东文艺出版社

尚待完成的批评变革

——关于"70后"批评家的批评实践

孟繁华　　张清华

"70后"这个命名，在 1990 年代末至 21 世纪初这个阶段，大约还是一个不明之物。因此，当宗仁发、施战军、李敬泽三位批评家提出之初，并未引起轩然大波。对这个命名的质疑或不满，是晚近的事情。在我们看来，当没有能力提出重大问题的时候，纠缠一些根本不重要的细枝末节，实无必要。我们的意思是，无论作家还是批评家，一代新人就这样矗立在我们面前了，他们每个人都有很大的差异性，但也有依稀可见的共性。当要讨论这代人的文学批评的时候，使用一个有"通约"可能的概念也未尝不可。从某种意义上说，起码三十多年来的文学概念，大多是临时性的："伤痕文学""反思文学""改革文学""朦胧诗""寻根文学""先锋文学""实验小说""小女子散文""闲适文学""文化散文""女性文学""海外文学""离散文学""打工文学""底层写作""城市文学"等等，不一而足，哪个概念是准确无误的？但是，作为切近的文学现象，谈到一个概念我们大抵知道要讨论的是什么问题，这便足矣。眼前的文学现象谁有能力一览无余一目了然呢？因此，与其纠缠于差强人意的概念问题，不如着力探讨一下其内部的问题。

这里要讨论的是"70后"批评家的文学批评实践的问题。我们选择了谢有顺、梁鸿、贺桂梅、张莉、李云雷、张定浩、张晓琴、李丹梦、郭冰茹、饶翔、霍俊明、王士强等十二位批评家，尽管他们的个人风格和研究路向各不相同，但大体可以展示出"70后"一代批评家的风貌与特点，以及与其他代际批评家的差异性。

"70后"批评家，基本都有高学历，在学院受过系统的学术训练和文学批评训练，对中西方文学作品和批评理论都很熟悉。这是他们从事文学批评的起点，也是他们与前几代批评家的不同。这一背景使他们一起步就具有了较为宽广的学术视野，掌握了十分专业的批评方法。他们看上去似乎很少有共同的历史记忆，并未形成一个严格意义上的"历史共同体"，但是，相对宽松的学术环境，却使他们较多地保有了个人的批评风格和个性，这是他们的幸运。另一方面，文学批评并不意味着是书斋里的事业，它确实需要批评家对社会历史有更广阔和深入的理解，特别是对历史和现实的感性认知。"50后""60后"一代批评家，或许早年所受教育有欠缺，读书的年龄经历了"文革"的动荡和"上山下乡"，但他们因此也有了更多对社会历史和国情的切近认知。这使得他们在面对文学时，能够带着强烈的问题意识展开批评活动。20世纪80年代的文学批评之所以能够引发整个社会的关注，除了那时的历史语境使然，与这代人如上所说的背景也不无关系。80年代的社会批判和90年代的人文精神大讨论，充分体现了这代人的价值观和关注问题的方式方法。相形之下，从书斋走出来的"70后"批评家，则不大可能是怀着这样的情结来进入批评工作的。

然而，作为代际，我们或许也真的无力来概括他们更多的共同性，如果说"70后"作家的创作还有着某些可探查的共性——比如经验的碎片化、历史记忆中公共性的消失、叙事美学上的琐屑化，等等，在"70后"批评家这里，则除了年代的相同，而并无太多的共同性。所以，与其勉为其难地去归纳，不如分别来谈谈他们的一些个性。事实上，"70后"批评家由于他们的出身背景和个人价值目标的不同，确乎表现出了比较鲜明的个人特点。

就批评立场看，李云雷或许是一个有代表性的个例。他出身于农村，因此对乡村和底层生活的关注带着强烈的情感色彩。"底层写作"这一仍存争议的文学现象，在李云雷那里获得了不懈的支持和肯定。他说："我是'底层文学'的倡导者与推动者之一，正是这些批评让我意识到了我与'他们'的不同，这一不同包括两个方面，一是在身份与自我意识上，我来自于社会底层，并与之保持着血肉般的联系，与其他评论家强烈的'精英意识'有着鲜明的不同；二是在知识上，我汲取了'新左派'的重要思想资源，对1980年代以来的新启蒙主义、新自由主义有所超越，形成了自己观察世界与文学的独特视角。正是在这些基础上，我撰写了一系列文章，从理论与历史等方面为'底层文学'辩护，并探讨其健康发展的道路。在'底层文学'的讨论中，一个值得关注的问题是，当曹征路、陈应松、刘继明、王祥夫、刘庆邦、胡学文、罗伟章等作家已经创作出了不少优秀作品之时，却并未在文学界得到足够的认可，而其中的一个重要原因则在于他们的作品不符合主流的'美学'，但在我看来，在他们的作品（也包括一些'打工文学'）中，恰恰蕴含着另一种美学或美学的萌芽，需要引起我们的重视。"[1] 他在注重文学审美标准的基础上，更注重文学实践与社会生活的关系；在支持先锋前卫探索的同时，更注重对传统文学理论遗产的继承；在密切关注文学自身发展变化的时候，也注意从其他艺术形式中看到文学艺术发展变化的相关性和同一性。因此，李云雷的文学批评不仅与当下文学生产实践密切相关，同时，他的文化"左翼"的情感色彩，使他的文学批评具有鲜明的介入意识，也使他成为维护这个时代底层写作最具活力的声音之一。他迅速地站在了文学批评的前沿，与他一直坚持的底层情怀大有关系。

在批评实绩方面建树比较突出，且与上个年代的批评家之间有更多

---

[1] 李云雷博客：《略谈我的文学批评》，2013年3月6日。

传承的，应该是谢有顺。某种意义上，他可算是"70后"批评家的一个例外。他成名的时候，他们这一代大多数的批评家还在校学习。少年成名的他也有过乡村生活经历，因此，在谈到影响他的人与事时，他说："……更多的是一些渺小的人物，他们不可能在历史上留下名字，但他们的内心却有着不可动摇的信念，比如我父亲的耿直和公正，我在福州时一些朋友的谦卑和纯粹，我在报社时一些同事的勇敢和敬业，等等。他们的存在，会构成一个不易觉察的精神气场，影响着你。这种来自日常生活的细微影响，有时比你的阅读和思考更加重要。"① 但是，谢有顺的出身背景似乎并没有与他的文学批评构成直接关系，他更关注的还是精英圈子，经典化程度高的一批作家，关注文学与人的精神世界的关系。但出身背景对他潜移默化的影响还是存在的，面对当下的文坛，他曾引用韩少功的话说："民众关心的，他们不关心。民众高兴，他们不高兴。民众都看明白了的，他们还看不明白，总是别扭着。"这多少有些民粹主义色彩的思想，不能说与他的乡村生活经验无关。当然，有顺作为批评家留给人最多的印象，还是他活跃的身姿、过人的见识和才气，还有这代批评家文风中少见的诗意和老练。

如果要找一个"70后"学院派批评家的代表，或许还要数到贺桂梅。她在北京大学读书十年，留校任教后主要从事现当代文学史、思想史研究与当代文化批评。从某种意义上说，她是一个学者而不是批评家，但她的研究又一直与文学现场有比较密切的关系。因为这种身份，她可能更具历史纵深感，视野也更加宽阔。比如在谈到如何认识80年代的时候，她说："90年代关于80年代的论辩，主要是在知识界内部展开的，而当前的80年代热，却是一个扩散到不同社会层面的话题。比如在社会心理层面上，现在对于80年代的想象和关注的热情，带有很强的'怀旧'色彩。当80年代可以成为'怀旧'对象时，就说明人

---

① 姜广平：《"持志如心痛"——与谢有顺对话》，《西湖》2007年10期。

们意识到'80年代已经过去了'，因此可以站在一种新的关于现实的感知和对历史的重新确认的位置上'回过头'来看80年代。这种社会心态的形成，当然与当下中国经济'崛起'，以及90年代以来中国社会的巨大变化密切联系在一起。可以说，今天的'80年代热'，是带有距离感的、对80年代的重新认知。如何认知80年代，也与如何判断、叙述中国社会的现实紧密相关。比如，如何看待中国的经济崛起，有人认为这是'告别革命'的结果，有人则认为正因为有了毛泽东时代的'革命'，80年代的改革才能有今天的成果。又比如，怎么看待今天中国社会中存在的阶层、阶级分化，有人认为这是因为80年代的'民主'诉求没有被实践，而有人则认为需要在批判80年代西方式民主实践的基础上重新思考'民主'的真正涵义等等。"[①] 这只是贺桂梅大量论述中的一个例子，但从中可以看出，她思考问题的方式方法，已远远超出了文学批评的范畴。它是综合了社会、历史、经济、文化等各方面的问题一起提出来的。但是，它又没有离开当下中国的问题场，并且仍然是文学批评的题中应有之义。作为"70后"一代，有如此宽广的视野，实属不易。

另一个学院派出身，但却被称为"反教条主义"批评家的例子是张莉，清晰、准确和敏锐是她的特点。良好的学术训练并未使她变得迟钝，相反，她介入现场的反应却是更加机警和迅速。她自己说，在读研究生的七年时间里，"大都在图书馆里度过。从研一开始，我每天都去清华旧图书馆翻《新青年》《妇女杂志》《小说月报》……在北师大也一样，我用一年多的时间去翻看民国女校教材，各种民国教育杂志，从早晨到晚上。这些阅读是写论文的必备功课；但有些阅读，比如研一用半年时间做萧红研究，读萧红萧军端木蕻良传记；还比如研二去北大图书馆翻

---

① 贺桂梅：《重返80年代，打开中国视野——贺桂梅访谈录》，见《思想中国：批判的当代视野》代序，广东人民出版社，2014年版。

创刊以来的《文艺报》等是兴趣使然。我很庆幸自己当年兴趣芜杂，这使我日后谈论很多问题时有了基础，对百年现代文学的发展也有了更真切的认识。"[1]这样枯燥的学院训练，为日后一个批评家的成长奠定了坚实的基础。张莉的女性文学研究、孙犁研究、新锐作家的批评等，都有与众不同的特点。

如果谈到对80年代以来海派的"才子派批评"的传承，张定浩又是另一个例子。既写诗又研究孟子，确乎使他的文字有了更大的张力，但令人惊讶的是，在行使批评职能之时，他既没有诗人的缱绻犹豫，也不像从故纸堆里走出的老学究，而他的雄辩又确实没有辜负对孟子的研究。他的批评锋芒在当今批评家里罕有匹敌，他的直言不讳肯定会让一些作家心有顾忌。他在评论余华的《第七天》时指出："闹剧式的叙述是余华的擅长，但在这样的闹剧中，能干是用'有房有车有钱'来体现的，情绪是用哭闹和跳楼来表现的，夫妻和好是用下跪和打自己嘴巴来实现的，小说家得是看了多少狗血电视剧和网络小说，才能有勇气忍受这样老掉牙的架空设计？无论《第七天》的叙述者是生者还是死者，这都不再是小说，这是丧失了一切想象力和对生活细节的记忆能力之后的，属于活人的平庸。"不仅如此，张定浩还对《第七天》的某些评论也提出了批评："因为《第七天》中描述了飘舞的雪花，有人就诗意地联想到乔伊斯的《死者》；因为《第七天》有对权力腐败的表达，有人就敏感地攀附起奥威尔的《动物农庄》。这些人应该好好再去读读乔伊斯和奥威尔，去看看对现实生活的爱和恨是如何在那些杰出小说家笔下诚实地纠缠在一起，去听听那些自由灵魂的生动对话，去感受那真正的悲悯，还有满怀敬畏的同情。"[2]这样的评论，观点或许还可讨论，但足以见

---

[1] 周明全：《理想的批评环境应众声喧哗——访谈"70后"著名批评家张莉》，《西湖》2013年6期。

[2] 张定浩：《〈第七天〉：匆匆忙忙地代表着中国》，见《批评的准备》，北岳文艺出版社，2015年版。

出批评家的人与个性，不是那种中学老师批作文式的批评。它在切入文本内部的同时，通过更广阔的视角，与批评对象展开了真正的批评与对话关系。

此外，既是作家又是批评家的梁鸿对河南作家的研究，李丹梦对百年中国乡土文学的研究，张晓琴对生态文学和当下热点文学现象的研究，霍俊明、王士强对当代中国诗歌的研究，郭冰茹对当代中国小说叙事的研究，饶翔对当下前沿作家特别是青年作家的批评等，都展现了不同的视角、风格和才情，在当代批评的不同向度上各有建树。

实事求是地说，今天从事文学批评的全部困难要远大于八九十年代。因为那个年代提出振聋发聩的问题是有可能的，无论是文学还是文化，到处积满了问题，而且处理起来也相对简单些。到"70后"这代批评家，他们面对文学或文化的问题时几乎是进了无物之阵。不要说提出问题，即便是对一个事物的命名都显得格外困难。如果我们对"70后"一代批评家期待过高，不仅不切实际，而且是不公平的。试想，"50后""60后"批评家在这个时代又有怎样的作为呢？另一方面，国际关系、南海问题、东海问题、"一带一路"、楼市股市、资源短缺、环境污染、就业困难……这些关乎国家民族的重大问题，以及新闻和非虚构文体等对阅读和眼球的争夺，再加上学院学术制度、评价制度、项目制度等对学院批评家的制约困扰等，使文学批评更加步履维艰。因此，我们除了承认"70后"批评家尚未完成文学批评变革的现实外，还应该对这一代批评家怀有同情和敬意。

2016 年 9 月，北京

目　录

诗歌仍然是有力量的（代自序）

在当今时代，诗歌研究者、诗歌评论者的身份是不无尴尬的，经常被问到的一个问题是："现在还有人写（读）诗吗？"这里面所包含的潜意识、潜台词其实是："诗歌在当今还存在吗？"对此，你也可以一笑了之，认为其是"外行""不懂"。但是，即便如此，你恐怕仍然会底气不足，因为当今的诗歌的确影响力不大，越来越小众，离社会公众、离现实生活、离主流价值观念都相距甚远，你的坚持不但要面临周围人的误解、冷漠甚至奚落，也要面对自己内心的纠结、犹疑、困顿。

——正是在这样的前提下，我想说：诗歌仍然是有力量的。或者，更严格地说：我相信诗歌仍然是有力量的。

诗歌代表了人对自由、对美的追求与向往，包含着语言的与思想的尊严，典型地体现着人类的创造性。在我看来，诗歌最重要的功能是保持一个人的"初心"，保持一个人对世界、对生活的敏锐感知，由此出发，诗歌抵达真相、根本，是与心灵、与命运、与"神灵"的对话。诗歌是面向远方、面向终极的，因而也是最具超越性的，它能够让人从平庸琐碎的日常生活中解脱出来，克服形形色色的干扰，反抗权力、金钱、欲望等对人的异化，寻找一种可能的生活。

　　诗歌的力量正在于其可能性。现实当中人们只能过一种生活，这种生活是现实、唯一、循规蹈矩甚至动辄得咎的，而诗歌却可以给人更多的可能性，体验更多的可能性生活，从而实现对规定性的突围，达到一种更为自由的状态。在这个意义上，诗歌即自由，它能够为行走的人插上翅膀，飞翔起来，让人的生活、让这个世界更丰富、更美好、更值得一过。

　　诗歌的可能性既在于语言的可能性、语言的创造，又在于其内容，其所传达的价值、观念的可能性。语言的可能性、语言之新、语言之美在诗歌来讲是其"本分"，是作为"语言的艺术"的应有之义。同时，价值、观念的可能性也是必需的，它是文明的积淀，是写作意义的源泉，也是诗歌人文属性的体现。所以，语言与观念，犹鸟之两翼，缺少任何一翼都是不完整、不完美的。就当前的语境而言，诗歌的语言责任在于尽力祛除其所受到的污染，摆脱其所受到的重重束缚，恢复现代汉语的独立性与尊严，发掘、寻找与创造美丽的汉语，发扬并张大现代汉语的诗性空间。而在观念方面，则在于恪守良知，传承文明，弘扬"人"的价值与尊严，呼唤社会的公平与正义。一定程度上，语言的可能性代表诗歌的"趣味"，观念的可能性则代表诗歌的"情怀"。有趣味而无情怀，易沦为雕虫小技。有情怀而无趣味，则面目僵硬，缺乏感染力。故而，诗歌应该兼具趣味与情怀，缺一则难称上品。

　　诗歌能够改变、更新、再造我们的语言，"语言的边界即是世界的边界"，就此而言，语言是能够改变我们的言说方式，改变我们的整个世界的。同样，诗歌能够改变我们的观念，改变我们对待、理解和想象人生的方式，重新打量这个世界，"重估一切价值"，诗歌是一次全新的审视、发现、重建。就此而言，诗歌是有力量的，而且是有重要力量的，诗界中人完全不必妄自菲薄。当然，诗歌的力量主要的并不是外在的，并不在于立竿见影地改变现实，不在于登高一呼应者云集，而主要是内在的，是改变人心、改变自我。诗歌的作用方式是特殊的，它更多是一种内功、内力，是个人修养、文明素质的提高，它给人一颗更强大，同时也更柔软的内心。

而诗歌研究也是一种修行、问道，从事诗歌研究，于我即是趋近诗歌，同时也趋近诗歌所带来的可能性，趋近美、自由与创造的一种方式。在这个日益坚硬、势利的世界，希望它让我能够保持更多一些的敏感、纯粹、独立、本真，而拒绝为体制、流俗、惯见等庞然大物所同化，为一个更好的世界鼓与呼，为生命的精彩与美丽喝彩。在此过程中，诗歌将给我力量，助我前行。

第一辑
钩沉过往

"前朦胧诗"寻踪
——从《今天》到"太阳纵队""X小组"

"朦胧诗"无疑早已成为"经典",它已经成为新时期以来甚至中国新诗史上经典化程度最高、最广为人知的诗歌流派。到目前,关于"朦胧诗"的作品以及评论已有很多,甚至存在着某种程度的重复开采和过度开发的现象,不过,这里面仍然有许多未明和薄弱之处。比如说,"朦胧诗"所从何来,它是突然发生、平地一声雷,还是如草蛇灰线般潜隐存在的?如果说"朦胧诗"的"今生"已经广受关注的话,那么它有着怎样的"前世"?关于这一问题,到目前为止,学界虽然已有零散的论述,但缺乏一种整体性、系统性的梳理和观照。

本文关注的便是"朦胧诗"的前史,从时间维度来说应该叫做"朦胧诗以前",而本文从内容方面对之"命名",称为"前朦胧诗"。"前朦胧诗"与"朦胧诗"之间的连续性大于断裂性(这一点与"朦胧诗"和"后朦胧诗"之间不同),但这一命名并非没有意义。"前朦胧诗"一方面强调"朦胧诗"其来有自,它并非是自20世纪70年代末80年代初孤立出现的,很多作品的写作时间要更早,尤其是,在整个的70年代甚至60年代,已经有了这种现代主义诗歌写作方式的出现,尽管最初它或许只是一条时断时续的潺潺细流。而另一方面,"前朦胧诗"

自身也有其特质，它的丰富内涵和特征并非"朦胧诗"所能涵盖，它是一个丰富、复杂、不规范、充满可能性与遗憾的存在，值得进行专门的考察和探讨。我们看到，关于"前朦胧诗"的研究经历了一个逆向展开的过程，即从距离最近的诗歌存在开始，溯流而上，顺藤摸瓜，逐步走向历史的深处，探寻到更为久远，也更为幽微的存在。本文中，我们将按由近及远的顺序依次观照"前朦胧诗"在不同历史时期的几种存在形式：一、70年代后期的《今天》杂志；二、70年代前期的"白洋淀诗群"；三、60年代末70年代初已经产生较大影响，有重要关联作用和"过渡特征"的诗人食指（郭路生）；四、60年代前、中期的"太阳纵队"；五、60年代前期的"X小组"。由此，我们可以发现一条似断实连、若无还有的"前朦胧诗"发展线索。

一　《今天》杂志

"朦胧诗"与《今天》的关系其实是怎么强调都不为过的，早就有学者指出"朦胧诗"是一个"不内行""不专业"的指称，它实际上应该被称为"今天派"。不过由于历史的约定俗成，"今天派"这样的命名只能在诗歌界、学术界内部被部分使用，而不可能到达社会公众的层面。

前期的《今天》杂志，存在时间是1978年至1980年，这份以北岛和芒克两位诗人为核心的刊物虽然同时发表小说、随笔、评论等，但主要的影响显然是在诗歌方面。《今天》编辑部共出9期杂志，1980年9月被要求停刊后又出3期"今天文学研究会"《文学资料》，至该年12月彻底停止活动。《今天》问世之后如燎原之火，迅速传到各地，产生了广泛影响，在社会转型时期扮演了某种"先锋"的角色，若干年后它被称为"中国第一根火柴"①。在《今天》杂志总共 12 期的出版物中，发表诗作较多的分别是：北岛、芒克、江河、食指、孙康（方含）、舒婷、顾城、杨炼（亦署名飞沙）、严力、田晓青（小青）②。由这份名单可以看出，日后被认为最重要、最具代表性的"五大朦胧诗人"北岛、舒婷、顾城、江河、杨炼③悉数在列。这种名单的"重合"现象看似是一种表面现象，但实际上却并非如此简单，这一名单不但代表了某种"文化权力""文化资本"，同时也代表了一种价值观念、精神立场、美学取向。这从《今天》作品的被"官方"、被"主流"所接受的过程可以看出，这一时期有不少从《今天》出发登上《诗刊》《人民文学》《上海文学》等全国重要刊物的作品④。而在有"皇家刊物"之称的《诗刊》1980 年组织的首届"青春诗会"中，便有舒婷、江河、顾城三名从《今天》走出的诗人。无疑，在那个政治性要求还很严格的时代，这表明《今天》的美学已经从"地下"转为"地上"，他们的写作已经获得了主流和体制的"认可"，这种外在压力的消失也是它自身走向消亡的原因之一。

---

① 徐敬亚：《中国第一根火柴——纪念民间刊物〈今天〉杂志创刊三十年》，《当代作家评论》，2009 年第 1 期。这篇文章中说："1979 年秋，我突然收到从北京寄来的《今天》。是创刊号。'诗还可以这样写？！'我当时完全被惊呆了"，"我至今还能清晰地记得那种精神上的震撼。它是一根最细的针的同时它又是一磅最重的锤……那样的震撼，一生中只能出现一次。"

② 其发表诗作数量分别为：32 首，20 首，11 首，9 首，8 首，7 首，7 首，6 首，5 首，5 首。其他在《今天》发表诗作的尚有衣锡群（齐云）、蔡其矫（乔加）、赵南（凌冰）、史康成（程建立）、黄锐（夏朴）等。

③ 在"朦胧诗"经典化的过程中，1980 年代中期春风文艺出版社的《朦胧诗选》（阎月君编，1985 年版）和作家出版社的诗合集《五人诗选》（1986 年版）被认为较有代表性，发挥了较大的作用。而后者所选的北岛、舒婷、顾城、江河、杨炼五人也成为最为典型、得到"公认"的"朦胧诗人"。

④ 比如：北岛《回答》，《今天》第 1 期，《诗刊》1979 年第 3 期；《宣告》，《今天》第 8 期，《人民文学》1980 年第 10 期；《结局或开始》，《今天》第 9 期，《上海文学》1980 年第 12 期；舒婷《致橡树》，《今天》第 1 期，《诗刊》1979 年第 4 期；江河《星星变奏曲》，《今天》第 8 期，《上海文学》1980 年第 5 期；食指《相信未来》，《今天》第 2 期，《诗刊》1981 年第 1 期；《这是四点零八分的北京》，《今天》第 4 期，《诗刊》1981 年第 1 期。值得注意的是，这些作品日后都成为了"朦胧诗"的名篇。

关于朦胧诗人的"认定"和"排序",这是一个见仁见智、难求一律的问题。随着近年来学界"重读""重返"活动的展开,许多以前被误置、忽略的问题得到重新认识,关于"朦胧诗人"也有一个重新界定和排序的问题。大致说来,一些此前受忽视的得到了更多的关注和评价,而同时,另外的一些则受到相应的忽略,评价降低。比如说,这其中食指受到的关注和评价越来越高,对北岛、芒克、多多的评价近年也在上升,这对于"朦胧诗"的版图无疑是一种重新的绘制和划分。在近年较有代表性,由文学史家洪子诚、程光炜编选的《朦胧诗新编》中,列出的是如下 16 位朦胧诗人:北岛、芒克、食指、岳重、黄翔、多多、方含、齐云、田晓青、林莽、舒婷、顾城、江河、杨炼、王小妮、梁小斌①。在这一名单中,《今天》的诗歌作者有 10 人,其他几位也大多与《今天》有或多或少的关联,比如多多、岳重、林莽均是"白洋淀诗群"的重要成员,而"白洋淀诗群"与《今天》杂志有直接的承续关系;又如黄翔,他和哑默组织的"启蒙社"对于《今天》的出现起到了直接的触动作用,两者有一定交集②;王小妮也与《今天》有一定关联③。这种种现象表明的是,《今天》与"朦胧诗"之间所构成的不容否认、无可辩驳的关

---

① 洪子诚、程光炜编选:《朦胧诗新编》,长江文艺出版社,2004 年版。这其中收录作品较多的诗人依次是:北岛 50 首,顾城 39 首,舒婷 38 首,多多 28 首,芒克 25 首,江河 22 首,杨炼 12 首,食指 7 首。除 80 年代已经实现了"经典化"的"五大朦胧诗人"外,名单中新增的多多、芒克、食指无疑也体现了学界对他们评价的提升。

② 这一点从北岛在《今天》创刊以前致哑默的信中可以看出:"看到《人民日报》社门口以黄翔为首贴出的一批诗作,真让人欢欣鼓舞,这一行动在北京引起很大的反响,有很多年轻人争相复抄、传阅,甚至有不少外国人拍照。从过去你们给艾青的信中,知道黄翔等人和您是朋友,期望得到你们的全部作品(包括诗歌理论)。""由于你们的鼓舞和其它种种因素,我和我的朋友们正在筹备办一份综合性文艺刊物(包括小说、诗歌、散文、剧本、文艺评论和翻译作品等),希望能得到你们的大力支持,说准确点儿,我们是互相支持,对吗?"转引自张清华《朦胧诗:重新认知的必要和理由》,《当代文坛》2008 年第 5 期。

③ 王小妮与徐敬亚是吉林大学中文系七七级同班同学,他们同为该校"赤子心"诗社成员,她不但较早就读到了《今天》杂志,而且与《今天》诗人也有交往,参加过《今天》的文学聚会。参见徐敬亚《中国第一根火柴——纪念民间刊物〈今天〉杂志创刊三十年》,《当代作家评论》,2009 年第 1 期。

系，不但在精神思想、艺术方式上，而且在人员构成、现实生活上。

由《今天》上溯，我们会找到"文革"中的知青诗歌活动，正是这些辗转于社会底层，遭受放逐，而同时又满怀着青春梦想的年轻人，在困难、贫乏的条件下自觉或不自觉地开展了他们异端性的阅读和写作，延续了原本稀薄的现代主义诗歌流脉。在这当中，"白洋淀诗群"是最有代表性的。

二　"白洋淀诗群"

"白洋淀诗群"的形成来源于"文革"中规模浩大的"上山下乡"运动，在距离北京很近的河北水乡白洋淀，主要由北京知青组成的文化交流圈子中，诗歌成为不少年轻人自发的选择。这其中有审美的愉悦，有隐秘的反抗，也有朋友之间互相的"较劲"，但不管怎样，诗歌正如同寂寞荒野中的火焰，为他们带来了温暖，也带来了些许的光亮。从这里出发，走出了芒克、多多、林莽等日后以诗知名的诗人，也出现了根子、宋海泉、方含等这样虽然后来不再写作，但其诗作却也各具特色的写作者。还有，这里是一个呼朋聚友、谈诗论艺的"诗歌江湖"，来此游历的文朋诗友有很多，北岛、江河、严力、甘铁生等都曾到过这里①。白洋淀在这一时期成为一个"中心"，汇聚了多位具有艺术禀赋的年轻人，他们在此开始了堪称先锋的艺术探索。而他们与《今天》、与"朦胧诗"的联系的另外一点在于，他们的很多作品便是在此时写成的，只是发表时间滞

---

① 这里面尤其是江河，实际上应该算作"白洋淀诗群"的成员，他虽然不是插队白洋淀的知青，但与白洋淀的缘分不可谓不深：他长期休病假，不去工作，他当时的女友也在白洋淀插队，这样他在白洋淀生活了前前后后大概有两年，比有些知青还要长；他与白洋淀的知青诗歌圈子关系密切，互有交往，他的第一首诗大概就是在同学、好友林莽屋里的炕上写成的。参看廖亦武、陈勇《林莽访谈录》，见廖亦武主编《沉沦的圣殿——中国 20 世纪 70 年代地下诗歌遗照》，新疆青少年出版社，1999 年版。

后。也就是说，很多的"朦胧诗"其实是白洋淀时期的作品，这一点在芒克、多多、根子、林莽身上都有明显体现。尤其是对于芒克来说，他的诗自己并未保存，而是经历了一种他人的传抄和赵一凡有意识的保存，体现了那个时代独有的特征。他回忆道："我 71 年大概写了七首还是九首，保存到现在的只有一两首，72、73 年我写了很多东西，不当回事，有的烧了、有的没了，后来保存下来的也是一种侥幸。再后来回到北京，那都到 78 年了，老北岛跟我说有人传抄你早期那些诗，赵一凡手里存了很多，那才敛吧敛吧收集起来。我们那时也没想把它留住或者把写诗作为什么东西，也没想发表也不可能给我们发表，没有特别当回事。""认识赵一凡是办《今天》杂志之前，我 76 年回北京，77、78 年认识的，他也算是我们的一个编辑。……赵一凡应该说确实起了很大的作用，保留了很多人的作品，我 72、73 年的大部分作品都是从他那里得到的，要是没他，可能这段历史资料就消失了，就不存在了。"[①] 在芒克这里，很大程度上《今天》即是"白洋淀"，因为很难想象，如果没有他早期的那些作品，还会不会有为世人所知的作为诗人的芒克。

"白洋淀诗群"的写作有着一定的共同特征，比如对于当时的"社会主义现实主义"写作体系的不满，对于个体价值和精神自由的追求，对人性、"人"本身的关怀，对于固化、模式化、"假、大、空"的革命话语的疏离等等。在思想上他们大都比较独立、叛逆，而在艺术上则普遍心仪西方现代主义，并不约而同、或先或后开始了现代主义诗歌写作。有必要指出的是，这里"现代主义"的发生，是与时代的思想禁锢和异端阅读分不开的，"前朦胧诗"在很大程度上通过对于以"灰皮书""黄皮书"为主的西方现代主义著作的阅读、接受，而与时代主流的"红色文化"产生了背离，反而与异域的思想越走越近，

---

① 王士强：《从"白洋淀"到〈今天〉：芒克访谈录》，《新文学史料》，2010 年第 1 期。

成为一群"现代主义者"。现代主义的产生与存在本来与中国具体情境有很大差别，它主要是西方社会现实与精神处境的产物，表达了现代人空虚、孤独、悖谬、痛苦、绝望、破碎等的复杂体验，但对于中国的这些耳闻目睹了极端动荡与荒谬状况的年轻人来说，这些书籍、思想说出了他们内心所正在经历和渴望表达的东西，简直是感同身受。如此这些思想便很快在他们内心深处生根发芽了，成为其精神构成中的重要部分。现代主义之所以为这些人所普遍接受，其中的情况当然非常复杂，比如其中不无"赶时髦""跟风"的成分，但最主要的还是两者之间的共通与共鸣，是思想认同上的契合。这种"现代主义"在更大的程度上是一种"横的移植"，它的发生主要是由于异域思想的"启蒙"与推动，经与中国现实和年轻人的内心体验的结合而发展壮大，具有了自己的生命力。就"前朦胧诗"的发展而言，这一时期是现代主义写作成为自觉选择并得到快速发展的时期，具有重要的意义。当然应该看到，在现代主义这一大致相同的取向之下，他们各自的书写路向并不相同，风格也堪称迥异，比如多多是峻急、愤怒和酷烈的，而芒克是平和、舒缓、自然的，江河颇具英雄情结，追求历史感和社会关怀，他的作品具有史诗性特征，而林莽则比较平易，追求内在的复杂性，他的诗更为综合，更具古典美学特征。

在"白洋淀诗群"中，我们应该着重提到的是根子，因为他作品的质量非常之高，而他又是被遗忘、被忽略最多的。根子是特别的，不但在"白洋淀诗群"中显得特别，而且在中国新诗史上也是极为特别的：创作时间短、作品数量少、整体质量高。根子以令人惊讶的成熟一出手就达到了相当的高度，标示了现代主义诗歌在 70 年代初甚至更晚一段时间所达到的成就，而后戛然而止，"扬长而去"，与诗歌就此作别。他的诗《三月与末日》冷酷而严峻，刺穿了生活温情脉脉的表层，开篇即指出："三月是末日"，全诗充满破碎、混沌、冷酷之美，遍布"恶之花"，充满了质疑与反抗。多多曾用"狞厉""叼着腐肉在天空炫耀"①
来形容根子的诗。同为白洋淀诗人的宋海泉也谈到了他读根子的诗后，
"我感到我面对一个'狞厉'的魔鬼。这个魔鬼不同于反抗上帝、终于
失去乐园的撒旦，也不同于游戏人生、与上帝赌东道的摩菲斯特。像什
么呢？有几分高举反叛旗帜，以其犀利的冷漠傲视世人的拜伦的影子，
有几分波德莱尔的影子。"②根子的诗在艺术上也有鲜明的现代主义特
征，他广泛运用整体象征、反讽、悖谬等方式，意象鲜活可感，意蕴丰
富深厚，很好地达到了感性与理性、诗与思的结合。他的《致生活》和
《三月与末日》一样，表达的是一种否定性的，对社会状况的不信任、
不认同、不接受，其中的"我"是一个分裂、破碎的主体，"大脑"与
"眼睛"离"我"而去自行其是，"我"则成为傀儡，其中所包含的酷
烈与挣扎简直让人惊心动魄。这首诗更具生活的质感，表达上更具弹性，
戏剧性和诙谐感更强，显示了根子诗歌写作的多重笔墨。虽然根子的作
品只有寥寥几首，但近年来对他的评价却越来越高。比如诗评家唐晓渡
如此评价根子："我一直认为根子是最早的'个人写作'的典范，在那
批诗人中是最有天才的；遗憾的是他作品太少，因为他其后不久就放弃
了写作。"而张清华则如此说："《三月与末日》几乎就是那个年代中
国版的《荒原》。无论思想的含量还是艺术上的质量，也许都可以说是
一个世纪里难以逾越的高峰。一百年后我们时代留下的大量文本都会被
淘汰，而我相信这首诗仍旧会屹立不倒。""根子可以说是这代人中的
一个具有原型意义的诗人。他自发而又自觉，有外来影响同时又是基于
自身的觉悟，他的诗处于自己的时代之中同时又超越了自己的时代。"③

---

① 多多：《被埋葬的中国诗人（1972—1978）》，《开拓》，1988 年第 3 期。
② 宋海泉：《白洋淀琐忆》，《诗探索》，1994 年第 4 辑。
③ 参见唐晓渡、张清华：《关于当代先锋诗的对话》（上、下），《当代作家评论》，2009
    年第 1 期、第 2 期。

根子诗歌在"前朦胧诗"谱系中的意义在于,他于70年代前期出现,并就此停顿,比"朦胧诗"的出现早了数年,但却丝毫不逊色于后来的创作,因而令人信服地将"朦胧诗"的历史提前了。

由"白洋淀诗群"再往前,我们可以找到被很多"朦胧诗人"认为是一位前驱式、源头式的诗人——食指。他在60年代中后期,便开始了个人化、包含现代主义因素的诗歌写作。

三　诗人食指

有多位诗人谈到了其诗歌创作与食指的影响之间的关系,比如北岛称食指为"启蒙老师"①,林莽则将食指称为"我们那一代人的代言人"②,多多将食指称为"70年代以来为新诗歌运动趴在地上的第一

---

① "诗人赵振开(北岛)送给诗人郭路生的油印本诗集《峭壁上的窗户》扉页上就工工整整地写道:'送给郭路生:你是我的启蒙老师。1983年10月'。"(李恒久:《对〈质疑〈相信未来〉〉一文的质疑》,《黄河》,2000年第3期)另外,在被问及"刚开始写诗时,谁对你的影响最大"的问题时,北岛回答:"郭路生,也就是食指。那是1970年春,我和几个朋友到颐和园划船,一个朋友站在船头朗诵食指的诗,对我的震动很大。那个春天我开始写诗。之前都写旧体诗。"(翟頔:《中文是我惟一的行李——北岛访谈》,《书城》,2003年第2期)他在另外的场合也说:"那大约是一九七〇年春,我和两个好朋友史康成、曹一凡(也是我的中学同学,我们被人称为"三剑客")在颐和园后湖划船。记得史康成站在船头,突然背诵起几首诗,对我震撼极大。我这才知道郭路生的名字。我们当时几乎都在写离愁赠别的旧体诗,表达的东西有限。而郭路生诗中的迷惘深深地打动了我,让我萌动了写新诗的念头。他虽然受到贺敬之、郭小川的革命诗歌的影响,但本质完全不同——他把个人的声音重新带回到诗歌中。虽然现在看来,他的诗过于受革命诗歌格律及语汇的种种限制,后来又因病未能得到进一步的发展,但作为中国近三十年新诗运动的开创者,他是当之无愧的。"(查建英:《北岛访谈》,参见《八十年代访谈录》,查建英主编,生活·读书·新知三联书店,2006年版,第70—71页。)

② "(食指的诗)把那一代人的心态写得很准确。可能不是那代人,或者不是在北京,没有那种在'文革'中受到大的冲击的生活经历的人体会不深,但是跟我们处境相似的人对他那种东西确实体会都非常深,所以我说他是我们那一代人的代言人。那种东西让你感觉跟你的生命那么密切、那么相关。读出来的时候不是在朗诵,而是自己的心声。所以我为什么说食指贡献很大呢,就是他启发了一代人,原来诗可以这么写,诗应该会回到人最关注的点上,而不是说一些空话,说一些跟自己无关的话,应该是写自己,回到人本身。"参见王士强、林莽:《"白洋淀"与我的早期诗歌创作》,《星星》诗歌理论版,2010年第11期。

人"①。宋海泉则认同了食指为"文革诗歌第一人"的说法，并展开论述道："有人评论郭路生为文革诗歌第一人，应该说这是一个恰当的评价。是他使诗歌开始了一个回归：一个以阶级性、党性为主体的诗歌开始转变为一个以个体性为主体的诗歌，恢复了个体的人的尊严，恢复了诗的尊严。"②应该说，这些诗人、当事者的回忆和评价是最有说服力，也最有可能靠近和还原历史真实的，因而学者据此认定的食指是"朦胧诗人的'一个小小的传统'"③也是可信的，能够站得住脚的。

食指的诗最有价值的地方在于突破了当时社会化、公共化的诗歌抒情方式，而更多面向个人生活、个体内心，写出了真实的自我。这些诗包含了作者的真实体验，抒发了作者内心的情感，是一种与时代的"大我"要求相对的"小我"：犹疑、困顿、悲伤、苦痛、幻灭、绝望……如《这是四点零八分的北京》中所写建筑物的"抖动"、心的骤然"疼痛"，继而对"妈妈啊，北京！"的呼喊，都表达了一种复杂的情感态度，写出了个体在历史洪流中的具体经验和"震惊"体验，富有概括力地呈现了特殊历史形态中的个人，发出了真实的"人"的声音，而不是报纸、广播、标语等所宣传的主流政治话语。食指的诗歌如《烟》《酒》《命运》《疯狗》《相信未来》等，与个体自我、人的内心、人情与人性等更为切近。在诗歌的阶级性、政治性成为它的"本质"属性，诗歌成为政治随意驱遣的工具的时候，这样的诗流露出了若干人性、人道主义的光亮，它虽然并不见得强烈，但因其稀少，更显珍贵，也足以成为照亮那个幽暗世界的奇异的光辉。食指的诗所展现的有血有肉、会疼痛、会悲伤的个体，无疑有着明显的积极意义，它的出现是对于人、对于人心的一种抚慰、慰藉和关怀。诗歌中人性、人情、人道主义的回归在当

---

① 多多：《被埋葬的中国诗人（1972—1978）》，《开拓》，1988年第3期。
② 宋海泉：《白洋淀琐忆》，《诗探索》，1994年第4辑。
③ 李宪瑜：《食指：朦胧诗人的"一个小小的传统"》，《诗探索》，1998年第1期。

时既接续了诗歌抒情、言志的传统，同时也开启了其后人道主义、个性解放的写作路径。

自然，食指身上的两重性、过渡性是不容忽视的，或者也可以说，他是新时代的第一位诗人，而同时也是旧时代的最后一位诗人。食指身上实现了一种奇异的结合，他身上红色文化的烙印是很深的，而同时个人化、个体性特征又是明显的，"新"与"旧"、"水"与"火"是同时存在、不分轩轾的。就食指早年的经历而言，他出身"革命干部"家庭，从小受到正统教育，是一名"品学兼优的好学生"，"文革"中他曾经是一名"老红卫兵"，与红卫兵运动有千丝万缕的联系，与"老兵""联动""四三""四四"派均有接触，他甚至还有着"老兵四秀才之一"的称号。① 在这样的情况下，他的思想与"红卫兵"、与政治体制所着力塑造的"模范青年"都并无二致，是与意识形态要求高度合拍的。这在其作品《海洋三部曲》《鱼群三部曲》《农村"十·一"抒情》《杨家川》《南京长江大桥》《架设兵之歌》《红旗渠组歌》等中均有明显体现，其中的关键词如祖国、党、红旗、东风、革命、时代、无产阶级、人民、（红）太阳等与主流诗歌高度吻合，其话语谱系和编码方式与主流话语的"颂歌""战歌"也是一致的。这种"红色情结"其实在食指的精神世界中占据着非常重要的位置，甚至可以说是他精神世界的基础，它代表了一种观念、信念甚至信仰。即使是在他那些非常个人化的作品中，也是以这些"宏大"、集体性信念作为依托的，他从未失去对世界、社会、未来的信心，哪怕个人经受再大的磨难与挫折，他也依然是"相信未来"的。

如上，我们看到了"两个食指"，一个是对于红色主流文化的信奉、歌颂与"捍卫"，另一个则是对于个人话语的张扬、抒发与坚持。这两

---

① 参看林莽整理《食指（郭路生）年表》，见食指诗集《食指的诗》，人民文学出版社，2000年版。

者之间的关系是紧张的，后者对前者形成了疏离与反叛，前者对后者一直进行着强有力的压制与围剿。它们之间看起来是如此格格不入，却又实实在在地统一在了同一个人身上。这两者之间的矛盾、龃龉、斗争，便形成了永无宁日的精神的内战，和高强度、超负荷的精神负累和自我损耗。食指日后的"精神分裂"其实正可做如是观。这便是食指身上的两重性，它显示了文化变革期的某种变更和过渡现象，在"前朦胧诗"的发展谱系中，食指正好也提供了这样一种"标本"，显示了一种文化的过渡与历史的真实。

在食指写作之前，便存在着若干青年写作群体，这便是后来被称为"文艺沙龙""地下沙龙"的诗歌活动。不管"沙龙"之说成立与否，但这些诗歌存在是没有疑问的，而它们也构成了当代诗歌发展、演变中有效的链条。在这里，我们主要考察两个60年代中前期的地下诗歌群体，"太阳纵队"与"X小组"。

四　"太阳纵队"

"太阳纵队"是以张郎郎和他的朋友为主要成员，以张郎郎家为主要活动地点，主要从事诗歌等活动的一个较为松散的写作群体。"太阳纵队"既联系着后来的写作者食指，其成员牟敦白、王东白等同时也与另一地下群体"X小组"有关联，因而形成了这两个写作群体之间的交叉。

张郎郎在文章中回忆道，1962年，他的母亲陈布文在中央工艺美术学院教文学，当时学生会组织诗歌朗诵会，时为中学生的张郎郎和同为文学爱好者的一帮同学参加，他们下半场朗诵了自己的作品，结果效果极好，在大学生中引起了震动，"第一炮打响了，使我们信心倍增。"张郎郎朗诵了自己的长诗《燃烧的心》，诗的结尾是："我们——太阳纵队"。后来有人提议真的成立"太阳纵队"，大家都很赞同。后来，

"'太阳纵队'的确开过一次正式的成立大会，那是在老北师大的莜庄楼。在一间腾空的教室里，下午斜阳，懒懒照在墙上。那是1962年底或1963年初。参加的人有：张久兴、张新华、董沙贝、于植信、张振州、杨孝敏、张润峰和我。由我起草了章程。那时，还是太年轻，我在章程开始，直率地说：这个时代根本没有可以称道的文学作品，我们要给文坛注入新的生气，要振兴中华民族文化云云。""我们打算至少每个月搞一次比较正式的文学沙龙活动，每次每个人必须有新作品问世，墙上挂画，诗人们朗诵作品。然后，切磋研讨，慢慢形成艺术强力集团，最终会被社会承认。"① 这当然只是一种美好的设想，"初生牛犊不怕虎"。这时他们还不知道他们所要面对的是一个如何庞大无比而密不透风的体系性存在，也根本没有认识到这个"游戏"的危险性所在。

不过，他们兴冲冲地开展着他们的活动，写诗、作文、画画，吸引了一大批人的参与和交流。牟敦白回忆说："张郎郎身材不高，但颇具感染力，知识面比同龄人广泛，他身边围绕着一些热爱艺术文学的青少年，他是核心，而且对追随者有很大影响，或可称为领袖人物。""和《X》社一样，张郎郎的圈子里也没有明显的门第之分，这在当时应算是很开明的。例如张新华是军人子弟，而于植信、张润峰则是普通职员和市民子弟。至于由我而和《太阳纵队》有交往的文学青年则有：'文革'以来的著名诗人'食指'——即郭路生。英年早逝的一○一中学长甘恢理，以及我的邻居王东白。"② 张郎郎他们还办过"手抄杂志"，"其实出版方式也很简单，大家都用同样大的16开纸，稿纸和图画纸都行，留下装钉线就行了。当时参加的还有陈乔乔、耿军、邹枫、张大伟、蒋

① 张郎郎：《"太阳纵队"的传说及其他》，见《沉沦的圣殿——中国20世纪70年代地下诗歌遗照》，廖亦武主编，新疆青少年出版社，1999年版，第42页。
② 筱白（牟敦白）：《边缘人生：我的文革岁月》，（香港）夏菲尔出版公司，2006年版，第71页、72页。

定粵、张寥寥等。谁主编谁来设计封面。我主编的那期封面是铁栅，用红色透出两个大字：自由。"①这里，"铁栅"与"自由"显然是极具象征意味的，或许真的是有一种"预感"，所以张郎郎说它表达了"对自由没把握的惶惑状态"。

果不其然，在那个"泛政治化"的年代，文学问题本身也是政治问题的一部分，而这些追求"自由"的年轻人显然不符合当时的政治规范。他们被认为是"反革命""反动艺术的追求者"，而"太阳纵队"也成了"反动组织"，张郎郎后来被判处死缓，坐牢十年，有的参加者甚至付出了生命的代价。张郎郎写到他被抓之前的逃亡："1966年，袁运生的画、'太阳纵队'组织、秘密聚会、与法国留学生交往、我的诗、我的政治笑话——种种原因，我被抓，我逃跑，我被通缉……在与朋友们匆匆分手之际，在送给王东白的本子扉页上写下：相信未来。"②这种"相信未来"是当时年轻人普遍性的一种情绪和信念，不管食指后来写下的那首名传四海的作品与当时笔记本上的这四个字有没有直接关系，显然，它们之间已经构成了一种对话，一种奇异的呼应。

由于历史的原因，张郎郎的作品和他们所办的手抄杂志等绝大多数已经被销毁，化为历史的灰烬。不过，从仅存的有限文字来看，张郎郎的诗比较纯净、清新，有明显的个人化色彩，比如他的《鸽子》："我对它说过的，是的，我说过。／在那乳白的晨雾笼罩时／我对它说过／我的声音透过这柔和的纱帐，／我自己听得见／它变得像雾一样神秘／它像梦里的喃喃的歌声，／在晨光里袅袅升腾，／发着红红的微光／如同那远方模糊的太阳。／是的，我对它说过：／飞去吧，这不是你的家。""它

---

① 张郎郎：《"太阳纵队"的传说及其他》，见《沉沦的圣殿——中国20世纪70年代地下诗歌遗照》，廖亦武主编，新疆青少年出版社，1999年版，第48—49页。

② 张郎郎：《"太阳纵队"的传说及其他》，见《沉沦的圣殿——中国20世纪70年代地下诗歌遗照》，廖亦武主编，新疆青少年出版社，1999年版，第49页。

永远飞去了/仿佛我的心，也随它飞去了，/永远地，/我早就知道，这是它的家，/我告诉过它，/在我失去的希望里，/在我含泪的微笑中。//这不是它的家。/'小鸽子啊，它弄错了'"。这里面确有如他自己所说的洛尔迦、艾吕雅的影响，显示了新的、异质性因素在诗歌中的存在。

五 "X 小组"

你在等待什么？x，x，还有x……

得到x，我就充实，

失去x，我就空虚……

……

——《献给 x》

以上文字写于1963年春，作者郭世英，他是郭沫若的儿子，时年21岁，这是为他们的文艺作品交流刊物《X》所写的发刊词。他们的这个文艺圈子后来一般被称为"X 小组"，主要成员是郭世英、张鹤慈、孙经武，其外围成员和朋友圈子包括叶蓉青、牟敦白、金蝶、王东白、周国平等。不过，在当时严酷的政治环境中，文学不仅仅是文学，任何的存在都需经过政治透镜的过滤，此后不到半年，"X 小组"被认定为"反动集团"，其成员悉数被捕。他们为之付出的代价可谓惨重：所有成员均受影响，张鹤慈、孙经武被关押十余年，而郭世英更是失去了生命。

来看一位重要当事者张鹤慈的回忆："一九六三年二月十二日下午五时左右，在北京大学中关园153号我家后门的一片苗圃中，X 社成立。这个日期公安部没有搞错。我、孙经武、郭世英和叶蓉青四人姓名都对。但我们为共同发起人，而不是我和孙经武是组织者，郭和叶是被发展对象。当时我们商定的不过是办一个名为'X'的杂志，发表我们读书的体会和文学创作。大家用活页纸写好文章后集中在我处装订成册而已。孙经武虽然想过正式印刷出版，但也只是说说而已，并没有实践。因而说 X 社是一个集团，实在没有道理。因为我们完全是'君子群而不党'。""'X'杂志从 2 月 12 日成立到 5 月 18 日被捕共出了 3 期。上面发表的是我们的纯文艺的创作，主要是诗，是我们对当时流行的党文艺的不满，想闯出一条真正的文学创作的路来。在公安局抓我们之前，我们烧了许多其他材料，但这 3 期刊物决定留下了。因为我们认为这是纯文艺的东西。我们这么做无非是不想虚度青春年华，做一些有益的事。"① 郭世英北大哲学系的同学、好友，后来成为著名学者的周国平在其回忆性著作《岁月与性情》中说："后来我明白，《献给 X》实际上就是世英为《X》写的发刊词了。这份如今被视为地下文学史上的经典的手抄刊物，其实不过是郭世英、张鹤慈、孙经武三人写了作品互相传阅而已。围绕这个刊物有一个小团体，成员除他们三人外，还有一个女孩叫叶蓉青，是北京第二医学院的学生，因为与孙经武关系亲密而入伙。按照世英事后的说法，我算一个外围。为什么叫 X 呢？三人各有自己的解释：郭说是未知数，张说是十字街头，孙说是俄文中赫鲁晓夫第一个字母。"② 关于"X"的确切含义，说法不一，并无定论，或许，这种不确定性、多重可能性，正包含在其本意之中。一般来说，X 用来表示数学中的未知数，它代表未知，以及对未知的求解、探索。引申来讲，它代表一种不确定的状态，代表一种追问、怀疑、求索的精神，这应该与这帮精神上快速成长，热切渴望探寻未知，实现自我的年轻人是

---

① 张鹤慈语，见《访"X"社张鹤慈》，引自"盛唐社区"：www.s-tang.net/viewthread.php?tid=173634。
② 周国平：《岁月与性情》，长江文艺出版社，2004 年版，第 86 页。

极其吻合的，也是受其青睐的重要原因。

"X 小组"的成员在精神上比较独立、叛逆，有强烈的理想主义特征，但与现实格格不入，使其在当时的环境中比较孤立，与社会主流文化处于一种不无紧张的对立中。周国平认为："郭世英和张、孙当时都是二十来岁的青年，并且属于精神上十分敏感的类型，对西方的传统文化和现代文化又有相当的接触，因而格外感觉到生活在文化专制下的压抑和痛苦，表现出了强烈的离经叛道倾向。"[1] 牟敦白的文章中有郭世英说过的这样的话："如果你是一个有良知良心，讲真话的人，生来便是不幸的。没有自我，没有爱，没有个性，人与人之间不能沟通和交流，自相矛盾，互相折磨，这是非常痛苦的。我在中学时代是'正统的'，我真诚相信一切是美好的。但是我们渐渐成熟了，视野开阔了，我一直在看书，在思考，我的接触面当然比一般人广泛，我明白了许多事情。上大学以来，我不再欺骗自己。我应该独立思考，我开始记录自己的思想，我不是学哲学的吗？我应该独立思考。"[2] 这种"独立思考"显然便是他显得"离经叛道"的原因。

如果探究这种精神、思想的来源，至少有两个方面的原因。其一是西方现代书籍的阅读，这种"启蒙"对于他们思想的形成有着重要意义。周国平说："当时有少量西方现代派作品被翻译过来，用内部发行的方式出版，一定级别的干部才有资格买，世英常常带到学校里来。我也蹭读了几本，记得其中有塞林格的《麦田里的守望者》，凯鲁亚克的《在路上》，荒诞派剧本《等待戈多》、《椅子》。爱伦堡也是世英喜欢的作家，由于被视为修正主义者，其后期作品也是内部发行的，世英当时已读《人，岁月，生活》，我在若干年后才读到，当时只读了《解冻》。

① 周国平：《岁月与性情》，长江文艺出版社，2004 年版，第 88—89 页。
② 牟敦白：《X 诗社与郭世英之死》，见《沉沦的圣殿——中国 20 世纪 70 年代地下诗歌遗照》，廖亦武主编，新疆青少年出版社，1999 年版，第 27 页。

在同一时段，世英还迷上了尼采，经常对我谈起，不过我在他的案头只看见一本萧赣译的《札拉斯图拉如是说》，因为用的是文言文，我翻了一下，没有读下去。有一回，他拿给我一本内部资料，上面有萨特的文章，建议我读一下，我因此知道了存在主义。大约是受孙经武的影响，在尼采之后，他又醉心于弗洛伊德的《精神分析引论》。"①张鹤慈的哥哥张饴慈则如此描述郭世英、张鹤慈、孙经武他们的读书生活："当时，他们都不到20岁，读了许多书，对一切新奇的东西感兴趣。那是1961—62年，相对比较宽松，除了公开出版的书籍外，还有许多解放前出版过的小说，记得的有屠格涅夫的《烟》，陀思妥耶夫斯基的《罪与罚》等等，萧伯纳的《英雄与美人》给我触动最大。他们利用高干子弟的特权，还能读许多内部读物，我也从中看了不少，如《麦田里的守望者》、《向上爬》之类的小说，《椅子》之类先锋派的剧本，有些我看不懂，另外像哈耶克的《通向奴役之路》，萨特、维特根斯坦的著作等。他们接触的面很广，已不再向往苏联了。"②应该说，这些书籍无疑提供给了他们另外的一种想象人生、想象世界、想象社会的方式，而这与当时的主流思想、政治意识形态相距甚远，其中的"分歧"很明显，并终至"裂痕"越来越大。

第二个方面的原因，则与他们的家庭出身有关。他们要么出身"高干"要么出身"高知"，距离"权力中心"很近。这让他们一方面享受了一定的特权，因而自我期待较高，内心中或多或少有着优越感（哪怕是被压抑到潜意识中），有较强的"责任感""使命感"，他们也能够有较大的行动空间和思想空间，甚至一定程度的"豁免权"（这也可能引来更大的祸端）；另一方面他们也能够更多地接触到权力系统内部的

---

① 周国平：《岁月与性情》，长江文艺出版社，2004年版，第75页。
② 张饴慈：《张饴慈致邵燕祥的信》，见《新诗界》（第3卷），李青松主编，新世界出版社，2003年版，第528页。

问题，并对之进行一定的审视和反思。郭世英与家庭、与郭沫若的关系便比较"紧张"，他对家里的特权生活非常不以为然、充满嘲讽，对自己的父亲也颇为"不敬"。王东白回忆的一件小事既生动又深刻地表达了郭世英对父亲的态度，"因为郭沫若到处题字，郭世英有一次就说，他就差果皮箱没题了。当时的果皮箱上都是那种印刷体的字。我就很惊讶，怎么这么出言不逊呢？"[①] 郭世英也曾尖刻地嘲讽郭沫若为"装饰这个社会最大的文化屏风"，并说"我爸爸每年都换新帽子，旧帽子都戴不下去了"[②]。这里面或许有着某种"弑父"情结，有着青春期的狂傲与叛逆冲动，但是不可否认，这种思考是有质量、有水准的，代表了新生力量对于正统力量的"反抗"，他们不断地向着"禁区"突进，因而终究难免触犯"天条"。

遗憾的是，郭世英、张鹤慈的作品留下来的不多，但即使是只言片语也能够让人看出若干的端倪，比如郭世英的"浮影　幻象／梦一样／清新　混沌／梦一样／来了　来了／它靠近了我／张大眼睛／——朦胧的雾气"（《浮影》）；"我在欢笑中／狂舞／我在悲切中／慢步／却不知／我脚下的路／是一颗颗蠕动的心／一片片鲜红的土"（《我在欢笑中》）；张鹤慈的"疯狂旋转的地球仪／凝冻的星空／冰月／／摇篮外的一只小手／向妈妈要着花的颜色／玫瑰的血，枝的刺"（《我在慢慢的成长》）；"死叶的血地和小花的白／发的曲线和一颗泪／／路的滞呆／电线杆和小树的徘徊"（《生日》）……其诗歌中意象的叠加、跳跃，意义的暧昧、模糊，情绪的"颓废"、叛逆，颇具现代主义特征，也约略可见波德莱尔、庞德、马雅可夫斯基等异域资源的影响。他们的

---

① 王东白早年与郭世英、张郎郎均有交往，此为 2008 年 8 月 2 日王东白接受笔者访谈时的口述实录。

② 参看牟敦白《X 诗社与郭世英之死》，见《沉沦的圣殿——中国 20 世纪 70 年代地下诗歌遗照》，廖亦武主编，新疆青少年出版社，1999 年版，第 22 页。

写作都未及展开，或可安慰的是，他们在黑暗之中所燃起的火苗，并未熄灭，他们在困难之中所发出的声音，也并未成为绝响。

六　结语

至此，我们进行了一次"前朦胧诗"的回溯。现在，我们可以重新回过头来，通过下面的简表看不同"前朦胧诗"写作群体其成员和朋友圈子之间的交叉关系，以及"前朦胧诗"在历史河流中的蜿蜒前进：

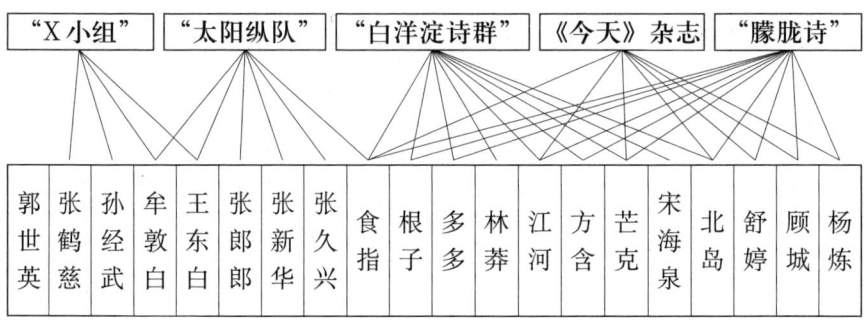

"前朦胧诗"写作群体发展谱系简表

可以看到，这是一条从20世纪60年代延续到80年代的中国式现代主义诗歌的发展谱系，也是一条尊重"人"、书写人性、提倡人的价值的文学路径，同时还是一代代青年不断成长、反抗压制、追求自由的过程。这一过程发展到80年代以后蔚为大观，终成正果，而本文所谈论的60年代前期的"X小组""太阳纵队"也不见得就是它的起点。在更早的时间中，一定也有着与之相近的诗歌探索，问题只是现在是否还有可靠的历史痕迹能够让我们去靠近和追寻。而同时应该看到，"前朦胧诗"写作方式与中国现代文学、与40年代中国的现代主义诗歌之间，也是有联系的，其间虽然发生了某种断裂、转折，但它的精神、它的灵魂，并未真正离开。

到这里，实际上问题并未结束，而似乎才刚刚开始。关于"前朦胧诗"，还有太多未解的问题，比如，关于它的发生、它的内部构成，它作为历史的价值与作为文本的价值，它与红色主流文化的关系，它与外来文学资源的关系，它与新诗传统的关系，它在诗歌史中的位置……关于"前朦胧诗"的研究还有着很长的路要走。

黑暗中独自绽放
——论"前朦胧诗"的亚文化空间

　　近年来，关于"朦胧诗"的发生，人们的视线已经探寻到了历史的更深处，逐渐地从1970年代后期的《今天》杂志追溯到了"文革"之前、1960年代中前期的若干写作小组，大致说来，"'朦胧诗'——《今天》——'白洋淀诗群'——食指——'X小组'和'太阳纵队'"这样一条逆序反推的诗歌发展线索逐渐清晰起来。有的研究者将"朦胧诗"之前的这些诗歌存在称之为"前朦胧诗"。"前朦胧诗"既与"朦胧诗"有着千丝万缕的联系，甚至很多的"朦胧诗"作品其实是在"朦胧诗"浮出历史地表之前早已完成的，但"前朦胧诗"与"朦胧诗"又不尽相同，不宜等同视之，它们要更为驳杂、丰富、多元，"朦胧诗"可能只是"前朦胧诗"的成果之一（虽然是最重要的成果）[1]。总体地看，"前朦胧诗"的主体是一些20岁上下的年轻人，其诗歌活动多是以一个个的圈子的形式存在的。在当时的社会环境下，他们的诗歌实践自然属于"非主流"，

---

[1]　近年相关的研究可参见罗振亚：《论"前朦胧诗"的意象革命》，《中山大学学报》（社会科学版），2011年第2期；陈超：《"X小组"和"太阳纵队"：三位前驱诗人——郭世英、张鹤慈、张郎郎其人其诗》，《当代作家评论》，2007年第6期；亦可参看拙作《"前朦胧诗"寻踪：从《今天》到"X小组""太阳纵队"》，《扬子江评论》，2012年第3期。

是隐秘、地下、秘密交流的，呈现出亚文化的特征。这种亚文化空间既是一种对抗，又是一种逃避，还是一种保护，它为这些流离失所、莫知所从的年轻人提供了一个别样的世界，这个世界慰藉和温暖了他们，赋予了他们一定的精神依托和价值可能。诗歌成为同道中人具有越界、撄犯色彩的一种"行为艺术"，同时也成为包含巨大自由冲动与喜悦的"隐秘的狂欢"。本文拟从社会、家庭、朋友圈子、"青春期"的成长阶段与文化特质、"异质性"书籍的阅读与接受、"异质性"思想与美学取向的形成等几个方面对"前朦胧诗"的亚文化空间进行观照。

一 高压社会中的"缝隙"与"盲点"

1960—1970 年代的中国总体上看还处于高度政治化的年代，社会的"一体化"程度非常高，"异质性"话语与思想的空间非常狭窄，但这其中不可避免地也有起伏波动，也有重点区域与非重点区域、重点人群与非重点人群的分别。简单地说，社会不可能是完全的"铁板一块"，或者说，即使是在表面看来"铁板一块"的状况下，也仍然是有"缝隙"和"盲点"的。其实，哪怕是在社会控制最严密的时候，它也仍然有着权力不能完全掌控的区域存在，因为"人""人的思想"这种最具能动性、自主性的存在总不会完全按照某种指定的轨迹前进，它是最难以强求一律、整齐划一的。而这，正是"前朦胧诗"所出现的前提和可能。其中的区别在于，在"缝隙"较大、"盲点"较多的情况下，这种异质因素会更容易出现、存活、生长，否则它将面临严酷、苛刻的生存环境，甚至付出沉重的代价。

实际上，像"前朦胧诗"这样的诗歌圈子、写作群体的现象在历史上并不鲜见，就中国现代文学史来说，诸如"文学研究会""创造社""新月派""现代派""七月派""中国新诗派"等皆是如此、不胜枚举，"正常"得很。它变得颇为"少见"是在1949年建国以后，随着社会主义制度的建立和意识形态的转型，中国社会的"一体化"程度大大加强，社会生活的方方面面发生着"天翻地覆"的变化，具有自由结社性质的"小团体"往往被视为"非法组织"而不再具有合法化空间。在思想上，社会中的绝大多数处于一种亢奋而乐观的对"新社会""新中国"的想象中，"社会主义意识形态"深入人心，人们投身于一场激烈变革的前所未有、超大规模的"社会实验"中，传播媒介所宣传的压倒性的主题是关于社会进步、社会公平与正义的观念与范例，人们也因此陷入了集体性的"乌托邦狂想"。在这样的情况下，诗歌的形态是"赞歌"与"战歌"，其情绪是昂扬、奋进、热情、激烈的，不可能有冷静的反思与深入的思索，与此不同的声音也很难出现。当然，也应看到，虽则建国之后政治、社会的发展是在往激进、"极左"的方向发展，但其中显然也是有阶段、有起伏的，比如1956年的"百花齐放，百家争鸣"，比如60年代初的"调整、巩固、充实、提高"，它们都在一定程度上缓解了高度的意识形态压力和对社会生活的激进改造。因而，社会控制也会出现时而的"松动"，甚至造成某种容易让人产生错觉的假象，会出现与主流所宣传的（也是唯一被允许，具有"合法性"的）思想不尽相同的声音，其实我们所论述的"前朦胧诗"大都属于此种情况。此外还应该看到的一个情况是，"前朦胧诗"的这些年轻人身份比较特殊，大多身居京城（权力中心与文化中心，这一点并非不重要），出身高级干部、高级知识分子家庭，在一般的社会等级序列中处于比较"高"的位置，能够接触到权力体系内部的一些运作过程、内幕并感知到其"弊病"，他们又往往自视甚高，有较强的责任感、使命感，有变革现实和挑战权威的冲动，所以这些情况的出现也便有了出现"异端"的"现实基础"。60年代中前期的"X小组"和"太阳纵队"便是其中典型的例子。当然，这种暂时的"真空"相当程度上还是属于"例外"，当权力系统还运作正常、很快便回复常态的时候，这些异端马上会遭到"铲除"，他们的参加者如郭世英、张鹤慈、张郎郎之打入另册、遭受厄运——死亡、疯狂、监禁、劳改——也便在所难免了。

"文革"期间显然制造了极大的社会"裂隙"，在这一时间，青年学生似乎也的确感受到了极大的"民主"与"自由"，享受到了言论自由、结社自由、集会自由，他们甚至可以"为所欲为"，审判别人的思想、言论甚至剥夺别人的生命，有着"至高无上"的"权力"。不过，根本的问题在于，这样的"自由"是缺乏"正当性"、缺乏约束的自由，是在法律与制度支持之外的，因而必然是无序、混乱、盲目的，它不是对人的权利的维护而是践踏，这种情况下是人人自危、毫无安全可言的。所以，这样的"自由"并不是真正的自由，恰恰是自由的反面。当时的社会管控当然也出现了问题，有了很大的管理"盲区"，各种不同思想生存、生长的空间有所扩大。不过，这实在是一个"政治"而非"文学"的年代，"战斗"气氛高度感染了人的情绪，难以"沉静"下来并对世界进行有距离的审视与反思，因而也很难出现有个人特征与发现的诗歌作品。在红卫兵大潮过去以后，方可能更具产生个人化话语的可能，食指、杨三白等人的作品便产生于这一时段。当然，红卫兵们还没有来得及立定脚跟、平心静气进行思考，另一场大潮已经汹涌而来，这便是"上山下乡"。"上山下乡"运动无疑制造了更多的"缝隙"，它对于新思想、新诗歌、新文学的发生具有重要的意义。从城市到乡村的巨大位移，革命理想的破灭，从社会中心被抛弃、放逐、无人管顾的感觉，生活与思想方面的不适与重新调整，前路茫茫……种种的问题都使得此前高涨的政治热情不得不面临重新"评估"，而其结果往往是对此前观点与立场的否定，是从"幼稚"走向"成熟"。同时，由于整个社会政治氛围的趋于淡薄以及农村的相对沉寂，个人"政治前途"变得日益渺茫，"政治"已经很难承载和寄托许多人对人生、对社会、对未来的想象，而文学，似乎是在"乘虚而入"，担负起此前政治所承担而现在已经难以为继的功能。一方面是远离"政治"，另一方面是接近"现实"，这种变化让他们离内心、自然、人性更近，也在一定意义上与真正的文学距离更近了。至少，文学是打开了另一扇门，通向了另一个世界，为年轻人提供了另外一种对待人生的方式。此外，文学是无功利的（相对而言，谈政治还有一定的风险），它虽然不见得"有益"但一般来说是"无害"的，而且是与内心的性情、兴趣相契合的，这也是最初他们选择文学的原因之一。

　　"文革"中的思想控制也是时松时紧的，据芒克回忆："写诗最热闹的也就是 72、73 年，到了 74 年好像有个大抄什么的，莫明其妙地办学习班，老多多没事，老根子被抓进去几天，我被关进去三天，关到那个国务院宿舍地下室，据说是江青搞的吧，挨个提审，也不知道为什么，后来就出来了，也不告诉什么原因。像我那么大的青年，关进去有好几百。"①"白洋淀"诗人根子也在这一时期停止了诗歌写作，宋海泉认为他的停止写作与此有关："我觉得根子有一个现象值得研究。他前面的一些准备、铺垫是什么，他怎么一下就成熟了？然后戛然而止，他不写了。那是因为公安局的问题，公安局的找他了。"②甘铁生回忆了当时多多查找别人传抄他的诗作的情况，由此可想见当时的压力之大："记得是在一个冬天的晚上他气急败坏地跑到我家说：'据可靠消息，你准抄了我的诗。'那会儿我们之间经常传看一些文稿，看到有漂亮的句子，意象深邃的诗篇，总要摘抄到笔记本上。虽然不愿意，但我还是让他翻看了我的那些笔记本，撕下了有他的诗句的那些页码。然后他问还看见谁抄过他的诗句，谁从我这儿抄过这些诗。他于是说他还要去谁谁家去

---

① 王士强访谈整理：《从"白洋淀"到〈今天〉：芒克访谈录》，《新文学史料》，2010 年第 1 期。访谈时间为 2008 年 7 月 23 日。
② 宋海泉口述，2008 年 8 月 3 日。

翻找，告辞走了。"①"文革"后期风声较紧的时候，徐浩渊也"二进宫"，重新被抓到了监狱，她回忆道："就是要打倒'四人帮'了，'四人帮'觉得自己能上台了，他们就可以把自己的政敌清理清理。我在黑名单上，当时在河南医学院上学，材料又给打到河南把我抓到河南省监狱。那次真的是要毙了我了，可是我的提审员特别好，虽然我们俩天天吵架，只要一提审就能吵起来，但是他心里已经知道'四人帮'不是什么好东西了，所以他就老找着各种理由不判我，说还有什么什么问题没弄清楚，其实他就是在掩护我，他在等。最后就是等到了打倒'四人帮'，也就出狱了。"②

及至"文革"后，由于"新旧交替"并未完成，社会发展路向尚不明朗，人们的思想也处在变化、探索、犹疑中，一切都还处在"过渡阶段"，这时的社会控制也必然会出现较多的"缝隙"和"空当"。《今天》杂志便是在这样的时候产生的，而且正如它的创办者之一芒克所说："我们在出版杂志的时候就是为了争取言论创作出版自由。其实我们当时办杂志根本没想到以后也就是现在这个影响，我们当时也是豁出去了，就想办完一期被抓住，就完了。我觉得这个东西就是上天给你的时间，就是一种巧合。我们办了两年《今天》杂志，办了九期，没出现任何事情这不是天意吗，那个时候你说你上哪找这样的时机，允许办两年也不出事。天意，上天允许你们这么弄，享受了两年的自由。当时中国社会处于变革时期，正好让我们这一拨赶上了。"③显然，能够有"两年"的时间给他们进行自己的文学实验和探索，这样的机会是并不多得的，这与他们自身的努力有关，更重要的是社会赋予了这种可能，有了某种

① 甘铁生：《春季白洋淀》，见《沉沦的圣殿——中国 20 世纪 70 年代地下诗歌遗照》，廖亦武主编，新疆青少年出版社，1999 年版，第 272 页。
② 徐浩渊口述，电话访谈，2008 年 9 月 3 日。
③ 王士强访谈整理：《从"白洋淀"到〈今天〉：芒克访谈录》，《新文学史料》，2010 年第 1 期。

"空间"和"土壤"。他们由此出发而创造了历史,推动了历史的发展。

二　家庭管控的"缺位"与"圈子"的影响

"前朦胧诗"成员的家庭在当时的社会"等级序列"中大都是"中等"以上,很少是处于社会底层的,他们中有不少是出身于高干家庭(比如郭世英、徐浩渊)或高知家庭(比如张鹤慈、张郎郎),其父母身份大多为干部、军人,或者知识分子、工程师等。这至少有两方面的作用:其一,给了他们一个较好的成长氛围和早期教育,他们的教育环境、精神启蒙,所接触到的信息量,都在较好、较优越的环境中为他们播下了"理想主义"的种子,为他们此后的精神生活打下了重要基础;其二,这些家庭在后来的政治运动中几乎毫无例外地受到冲击,成为"右派""反动权威""反革命分子"等,他们有的死于非命,有的进了监狱,有的进了干校,稍好些的也是在政治运动的浪潮间疲于应付、自顾不暇。家庭这个基本的社会细胞已经破碎,失去了原有的作用与功能,对孩子的监督、管理、教育的职责也已经很难履行,这些孩子实际上处于"放任自流"的状态。这一方面是"自由"的,孩子们自由自在,可以"为所欲为",但同时他们又是"失怙"的,失去根基,没有安全感,这对他们心理、精神的影响是内在而深远的。几位当事人的回忆大同小异,都说到了当时家庭教育的缺失与松弛。关于 60 年代初的情况,"太阳纵队"成员之一张新华说:"我们几个家里都比较松,不大管,我是家不在北京,父亲母亲不在北京,张郎郎家也是,爸妈基本不管,张久兴他们家也不怎么管。年轻人在一起比较投机、投缘。"[1]而主要在 60 年代后期和 70 年代前期进行"诗歌沙龙"活动的鲁双芹、芒克、徐浩

---

[1] 张新华口述,2008 年 4 月 15 日。

渊也不约而同谈到了这一点。鲁双芹说："那个时候怎么说呢，大家都闲着，有的人在插队，我当时在东北兵团的北大荒回来，插队的人比较自由，随便就回来。像我们这样回来的人，在北京都是闲散的，很多这样的人……每天的生活内容就是这一家那一家，当然到我家就来的比较多，因为没大人么……'文革'把这些生活全部都打乱了，家里的人要么在监狱里，要么在干校里，小孩全部流浪在社会上。"[①]芒克则说："66年就不上学了，'文化大革命'嘛，那时刚上初二，过后几年什么也不做就在家呆着。'文革'中我父亲出事了，他原来是国家计委的一个比较高级的工程师，人家说他是反动技术权威，有问题。那个时候很荒诞，学校什么活动也不让我参加了，就连下乡劳动也不让我去了，从那以后我就没再去过学校，和学校基本上没关系了，一直在家，一直到69年初去白洋淀插队。我去白洋淀插队也是老多多（即诗人多多，这是老朋友之间的昵称——访谈者注）给我拉去的，他到我家找我，让我一起去插队。那天我正在家发高烧呢，当时我想去是因为父亲挨整，家里也很乱，就想离开家，觉得离开家是最好的。年轻，觉得跑外边挺好，挺乐意的，就和多多一起走了。插队和岳重（即诗人根子，岳重为其本名——访谈者注）一个村，他是68年12月去的，他们几个人早点，我和多多是69年1月份去的……我当时回北京都是很独立的，从来不跟家里打招呼，不是住在家里，都是住在朋友家，所住的朋友家不是父亲死了就是下放干校，没大人。一帮人在一块有点钱就混饭吃"[②]。徐浩渊则写道："我们的家都被抄没了，常常是在公园、郊外聚会。……1973年以后，各家的家长陆续被放回北京，朋友们也四散了，各奔前程。"[③]

① 鲁双芹口述，2008 年 5 月 21 日。
② 王士强访谈整理：《从"白洋淀"到〈今天〉：芒克访谈录》，《新文学史料》，2010 年第 1 期。
③ 徐浩渊：《诗样年华》，《今天》，2008 年第 3 期。

　　从这里我们看到，原本应该在青年人生活中占据重要位置的"家庭"实际上处于缺失的状态，一个家在大多时候是天各一方、"四分五裂"的，虽然情感的联系可能依然密切，但是"家长"却难以在实际中对孩子起到"监督""引导""保护"作用，不可能起到"监护"职责。一般来说，"家长"代表了"社会化"的一面，是引导孩子走向"正统"与"主流"的一种力量，他们很多时候是代表社会所认同的价值观对孩子进行教育、规劝，而他们的"集体缺席"显然对这帮年轻人具有重要意义，这使得他们没有被社会过分同化，而是相对保持了内心与"本能"的部分，保持了一种"理想主义"的成分，而与社会现实拉开了距离。此外，"家长"的缺席也让他们更早地体验了世态炎凉，也促进了他们精神上的成熟与个性的独立，对他们的个性与性格有着一定的影响。在这样的情况下，他们得以有更多的时间、更大的空间选择了"非功利"的文学作为黑暗中的慰藉与"娱乐"，而没有如常规条件下的在"家长"的"指导"与"规训"下从事更为社会化的、更为"现实"与更具功利回报的行当。

　　与"家长"缺席的同时，是"朋友""圈子"重要性的增加。如果说"家庭"代表了一种"垂直"关系，更具"规训"与"管制"意味的话，那么"朋友""圈子"则代表了一种"平行"关系，是更为自然、平等、"民主"的。朋友之间的交往与内心、性情更为接近，可以自由组合、寻找"同类"，这无疑是重要的。徐浩渊回忆他们圈子的规模："（交往）密切的大概有几十人，不密切的就说不清了。冬天，大家都从（插队）各地回来了，远的也回来了。只要我听说有任何人开辩论会讨论会，就赶紧去听听，还发表意见。"[1]鲁双芹则说："那个时候大家都闲着，有的人在插队，我当时在东北兵团的北大荒回来，插队的人

---

[1] 徐浩渊口述，电话访谈，2008 年 9 月 3 日。

比较自由，随便就回来，像我们这样回来的人，在北京都是闲散的，很多这样的人。我们都住得比较近，所谓的各个大院的，各个部委的宿舍里面，互相串，因为没学上也没工作的时候，很多人闲着就充分交流的时代，都闲着然后就串来串去……我说的那几年完全没着没落，从农村回来，那时是扎根农村的时候，大家都认为大概要呆一辈子，所以从农村跑回来，呆在北京过花天酒地的生活，没有钱，但过得很开心，天天聚会，夜夜笙歌的，晚上不睡觉，'黄皮书'整夜地传着看……那时候的生活现在想想很有意思，后来社会慢慢正常了，人的生活变正规了，反而人与人的距离就比较疏远，然后人们所谓有正事干了。那时候前途一片渺茫，谁也不知道将来会是什么样，状况比较接近的人就有非常近的关系，天天在一块。"① 这些朋友关系中，有的成了恋人，有的成了"情敌"，也有的成了互相激励与提高的"对手"，不一而足。这种朋友关系其实是他们社会交往中非常重要甚至最为重要的一部分。

在一般的社会状况下，家庭教育与学校教育是非常重要的两个方面，但在"文革"这样的特殊时期，家庭与学校的教育功能已经严重弱化。在这样的情况下，同学、朋友、同好、同乡之间形成的"圈子"便承担了部分的教育功能，成为他们自我教育、自我启蒙、共同提高的一种手段，发挥着重要的作用。

三 青春期的激情与叛逆、"青年亚文化"

处于青春期的年轻人大致处于心理学分期"青年期"的前期，正处于从生理成熟到心理成熟的交替过程中。这是一个充满生机、活力同时又充满矛盾、困惑的时期，从社会"角色"上说，是在发生一个从"孩子"

---

① 鲁双芹口述，2008 年 5 月 21 日。

向"成人"的转变，可以说正处于人生的"十字路口"。从情绪、情感发展方面来讲，他们思想还比较单纯、思维敏捷、好奇、好胜、勇于探索。同时，由于年龄和阅历的限制，他们的心理尚未成熟，存在着情绪易于波动、意志较为脆弱、认知易于扭曲、内心常存冲突、思想易于消沉等特点。这原本是一个"社会化"快速发展的过程，但对于"文革"前后的这帮年轻人来说，由于社会整体的动荡，家庭教育与学校教育的缺失甚至中断，他们的成长过程变得异常曲折，精神也处于动荡不安之中，"社会化"的过程受到严重影响。与"一般"状况下年轻人的成长相比较，60、70年代这种特殊历史时期的年轻人或许可以大致分为两类：一类是"快速"社会化的，在当时全社会浓厚的政治氛围中，他们迅速长大，与主流的、正统的、社会化的价值观和意识形态"保持一致"，政治上迅速"成熟"，成为一名"成年人""大人"。另外的一些则是"缓慢"社会化甚至"拒绝"社会化的，他们要么与政治活动"绝缘"，没有参与，要么参与了，但是渐生出离、叛逆之心，并渐行渐远最终走向了其"反面"①。我们所述及的这些诗人，大多属于第二类，他们大多没有进入到时行的价值体系与社会结构中，而是保持了淡漠、疏离甚至对抗，在"大一统"社会中保持了一定的"个人"色彩。这种"个人"

---

① 如芒克与北岛便有所不同。芒克在接受笔者的访谈时说："后来我想想我跟'文化大革命'没什么关系，我们没当过红卫兵，也没造反，'文革'时想当红卫兵没几天就说没你什么事了，那时我刚十五岁不到十六岁，基本上我跟'文化大革命'毫无关系。当时还不到十六岁，就感觉不是很好，特别反感运动中抓人就打，暴打，这种现象很多，这不是欺负人吗？完了人家还给我贴大字报，说我是修正主义苗子。那时候不让我们参加红卫兵，就在家呆着和院里的孩子一起玩，插队的时候和老百姓一起玩，爱呆哪呆哪。"北岛在接受查建英访谈中则说："我曾很深地卷入'文化革命'的派系冲突中，这恐怕和我上的学校有关。我在'文化革命'前一年考上北京四中，'文革'开始时我上高一。北京四中是一所高干子弟最集中的学校。我刚进校就感到气氛不对，那是'四清'运动后不久，正提倡阶级路线，校内不少干部子弟开始张狂，自以为高人一等。'文化革命'一开始，批判资产阶级教育路线的公开信就是四中的几个高干子弟写的，后来四中一度成为'联动'（'联合行动委员会'的简称，一个极端的老红卫兵组织）的大本营。我们也组织起来，和这些代表特权利益的高干子弟对着干。"（查建英：《北岛访谈》，见《八十年代访谈录》，查建英主编，生活·读书·新知三联书店2006年版，第68页。）

色彩、个性虽然是与他们的内心性情、感受、喜好更相近的，但显然不会受到"社会"的认可，而相反是会遭到冷遇甚至排斥的，它们之间原本就"性格不合"。

年轻人正处于精力充沛、思维活跃的阶段，出现了"认同危机"，处于心理上的"逆反期"，这是"一个必要的转折点，一个决定性的时刻。在这一时刻中，发展必须向一方或另一方前进，安排生长、恢复和进一步分化的各种资源"[1]。加之生活方面经历的动荡与挫折，以及接受了"异质性"的精神、思想资源，因而很容易与高度政治化的社会宣传和社会动员拉开距离，产生"对抗性"的思维。他们不一定是直接地否定社会主流所宣传的思想，而更多是不能完全认同，对之产生了怀疑，或者避免与之发生关联等等。如张郎郎所说："我们也没想用诗来反对'现政'，对抗当局。我们既不是革命，也不是反革命，只是不革命而已。"[2]不过，这种"不革命"已经足以被认定为"离经叛道""桀骜不驯""心怀不轨"，足以被判定为"反革命"了。这些写作新诗的年轻人，如果说有什么共同之处的话，他们都是在特定的年龄、生理阶段从一种整齐一致的秩序中走了出来，说叛逆也罢，说觉醒也罢，他们事实上走向了一种"对立面"。这在当时的环境中是"非法"的，又被后来的社会发展和历史确认为是"正确"和"进步"的。另外应该看到的是，这种情况与他们"未成年""不成熟"也有关系，因为"初生牛犊不怕虎"，没有经历过严酷的政治运动与政治斗争，因而他们可以没有禁忌、无所畏惧地进行自己的"探索"，也可以说，是由于对"现实政治"的"无知"因而产生了叛逆冲动和个体想象的"无畏"。这一定意义上也是一

---

① 〔美〕埃里克·H.埃里克森：《同一性：青少年与危机》，孙名之译，浙江教育出版社，1998 年版，第 73 页。

② 张郎郎：《"太阳纵队"的传说及其他》，见《沉沦的圣殿——中国 20 世纪 70 年代地下诗歌遗照》，廖亦武主编，新疆青少年出版社，1999 年版，第 47 页。

种"成全",使得他们得以对社会设置的规则与制度视而无睹、听而未闻,并"另起炉灶"构建他们自己的、有更多独立性和独特性的世界。

这些年轻人由于正处于青春的叛逆期,很容易对"主流"的、占社会支配地位的思想产生"离心"倾向。同时,由于生活遭际的现实教训,社会生活和政治形势的动荡、变幻,加深了他们对此前的政治宣传的反感和幻灭感,从而促使他们与主流思想产生了越来越大的隔阂和对立。这样,他们便在同龄人尤其是志同道合的同龄人中寻求着共鸣,找到了归属感,形成了可以称为"青年亚文化"的交流圈子,并在相互的切磋、交流中强化着这种"身份认同"。青年亚文化作为一种普遍的文化类型,并非"文革"前后的"前朦胧诗"所独有,但在"前朦胧诗"这里确实鲜明体现着青年亚文化的一些共性。如论者所论述和分析的,"青年亚文化最突出的特点便是边缘性和颠覆性。边缘性不仅体现在青年在人际关系中地位的边缘上。青年亚文化常常自甘边缘,或以边缘为时尚,以一种边缘的行为、边缘的视角以及边缘的方式来参与社会、解释社会。颠覆性特征也与青年的边缘地位有关。由于亚文化发生在处于边缘地位的青年与社会结构的矛盾冲突之处,作为解决问题的方法,它必然会对主流社会的结构和意识进行抗拒和颠覆,以捍卫自己的利益。看起来,青年亚文化对主流文化的颠覆与其自甘边缘只是一种姿态,目的是用这种异于主流文化期待的姿态来抵抗、反叛主流文化。"[①]这种"边缘"与"颠覆"在"前朦胧诗"这里是非常明显的,他们有的虽然参与了"主流",进入"中心",但均时间很短,很快便被无情地抛入了"边缘",经历着贫困、荒芜与破败。这样,他们与"主流"之间的关系便不可能不是"矛盾"与"冲突"的,也必然会有他们自己的抵抗、反叛,试图冲破主流文化的"禁区",开拓属于自己的领地,因而青年亚文化非常

---

① 苏文清:《青年亚文化探微》,《江汉大学学报》(人文社会科学版),2006年第4期。

明显的一个特征是对于界限和禁忌的突破，如伯尼斯·马丁所说，"是对无限／深渊的追求"①。这揭示了青年亚文化的重要方面：相对"有限"的现时生活而言，它追求"无限"；相对平庸、日常的现实存在而言，它追求战斗、探索的"深渊"处境和精进、无畏的"深渊"品格。这用来比附"前朦胧诗"在相当程度上是可以成立的。

四 "异端"的阅读与文化选择

内部书（亦即通常所说的"灰皮书""黄皮书"）的阅读对于"前朦胧诗"的价值取向、知识构成的重要性是怎么强调都不为过的，它们很大程度上直接构成了这些年轻人想象人生、处理现实、面对世界的知识结构、精神资源以至行动指南。他们的思想变化，一定程度上也是与他们的阅读史密切相关的，也就是说，他们得以在特定的境遇下吸收到受限制的、"异端"的思想，这为他们的思想"变异"打下了基础，为他们提供了另外的参照系和"资源"。

关于内部书的出版动机，主要的说法是将其作为"反面教材""供批判用"，还有的则指出是为了增加接触、促进了解，并无太多贬低、"指斥"的意图。这一点，有关当事人、组织者的说法并不太统一，到目前似乎并未有权威的"定论"和"证据"。②"动因"或"意图"或许是多元、复杂的，甚至已经成为不可考、难于确证的历史"谜团"。不过，关于它的发行、控制是极为严格的，对这些精神成果的处置是极为谨慎的，这又是毫无疑问的，仅从其"内部发行"四个字已经足以说明很多问题，

---

① 〔英〕伯尼斯·马丁：《当代社会文化流变》，李中泽译，辽宁人民出版社，1998 年版，第 182—183 页。
② 关于这一点可参看张福生：《我了解的"黄皮书"出版始末》，《中华读书报》，2006 年8 月 23 日；孙绳武：《关于"内部书"：杂忆与随感》，《中华读书报》，2006 年 9 月 6 日，第 10 版；张惠卿：《"灰皮书"的由来和发展》，《出版史料》，2007 年第 1 期。

它即使不是作为"洪水猛兽"引进，也被认为是有"危险性"、可能产生不良后果的，因而需要格外谨慎地对待，仅在"内部"发行。据长期在人民文学出版社①工作的张福生说："60年代初'黄皮书'问世时，每种只印大约900册。它的读者很有针对性：司局级以上干部和著名作家。这就给它增添了一种'神秘'色彩。据当年负责'黄皮书'具体编辑工作的秦顺新先生讲，他曾在总编室见过一个小本子，书出版后，会按上面的单位名称和人名通知购买。曾在中宣部工作，后调入人民文学出版社任副总编辑的李曙光先生也讲，这个名单是经过严格审查的，他参与了拟定，经周扬、林默涵等领导过目。俄苏文学的老编辑程文先生回忆说，他在国务院直属的对外文化联络委员会工作时，具体负责对苏调研，所以他们那里也有一套'黄皮书'，阅后都要锁进机密柜里。"②被认为是"黄皮书"出版的具体组织者的孙绳武说："内部发行书前期的读者面比较狭窄，主要供应文艺界和领导人士，70年代后出版这类书逐渐转向更多的方面和层次。……开始出版时，曾严格地按一定范围发行，后来略略扩大印数，改为"控制"发行，以免流行太广。"③因为其稀缺性，在当时能够读到这些"特供"产品显然也属于一种特权，绝非人人可为。这些天赋异禀的年轻人在特殊处境遇到这些新异的思想，无疑会"一拍即合"、一见倾心。因缘际会，这也是一种"宿命"。

"灰皮书"一般是国外政治思想类的书籍，"黄皮书"则一般是文艺类书籍。据目前所见的若干回忆资料和笔者所做访谈，在"前朦胧诗"写作者中影响较大的"灰皮书"有比如托洛茨基的《被背叛的革命》、德热拉斯的《新阶级：对共产主义制度的分析》、威廉·L.夏伊勒的《第

---

① 人民文学出版社是"黄皮书"最主要的出版机构，当时的"作家出版社"与"中国戏剧出版社"均为其副牌。
② 张福生：《我了解的"黄皮书"出版始末》，《中华读书报》，2006年8月23日。
③ 孙绳武：《关于"内部书"：杂忆与随感》，《中华读书报》，2006年9月6日。

三帝国的兴亡：纳粹德国史》、哈耶克的《通向奴役之路》等。这些书籍中的观点大都是与正统的"社会主义"政治观点相异、相对的，对社会制度、腐败、专制、权力的异化、残酷的政治斗争等进行了揭露与反思。这对这些"共产主义的子女"无疑是具有震撼性的，促成了他们思想的"转变"。如果说"灰皮书"实现的是对于现实政治的"疏离"的话，那么"黄皮书"实现的则是向人性、人道主义、个体尊严和价值的"导引"，从"政治"向"文学"的转化包含了对现实政治的失望、怀疑与发自本能的对文学所提供的庇护、想象、慰藉的期求。这种变化不一定是前后发生的，但确是有着内在缘由的。对于"前朦胧诗"的写作者来说，"黄皮书"显然具有更直接、更重要的作用，我们可以通过对他们回忆中所说的影响大、感受深的书籍列一简表①，从中可以看到当时他们主要的思想来源和精神构成：

书名	体裁	著者	译者	出版社	出版时间
在路上	小说	[美] 杰克·克茹亚克	石荣等	作家出版社	1962.12
带星星的火车票	小说	[苏] 瓦·阿克肖诺夫	王平	作家出版社	1963.9

---

① 这一表格的篇目主要依本人所做访谈并结合其他回忆文章、访谈材料所提及的重要的"黄皮书"而定，以体现一定的"公约性"。此外，其他研究者也有这样的论述，似共同之处甚多："在内部发行的苏联和西方文学'黄皮书'中，当年对青年一代影响最大的是塞林格的《麦田里的守望者》、凯鲁亚克的《在路上》和阿克肖诺夫的《带星星的火车票》；其他如爱伦堡的《人·岁月·生活》和《解冻》、艾特玛托夫的《白轮船》、叶甫图申科的《娘子谷》、特罗耶波夫斯基的《白比姆黑耳朵》、索尔仁尼琴的《伊凡·杰尼索维奇的一天》、西蒙诺夫的《生者与死者》和《最后一个夏天》、特里丰诺夫的《滨河街公寓》、沙米亚金的《多雪的冬天》、拉斯普京的《活着，可要记住》、邦达列夫的《热的雪》和《岸》等等，以及西方现代派文学作品如萨特的《厌恶》、加缪的《局外人》等，也对'文革'中觉醒的一代青年人产生了巨大影响。"（沈展云：《灰皮书，黄皮书》，花城出版社，2007年版，第22页）

（续表）

书名	体裁	著者	译者	出版社	出版时间
麦田里的守望者	小说	[美] 杰罗姆·大卫·塞林格	施咸荣	作家出版社	1963.9
《娘子谷》及其它	诗歌	[苏] 叶夫杜申科等	苏杭等	作家出版社	1963.9
厌恶及其它	小说	[法] 让·保尔·萨特	郑家璧	作家出版社上海编辑所	1965.4
局外人	小说	[法] 亚尔培·加谬	孟安	上海文艺出版社	1961.12
等待戈多	剧本	[法] 萨谬尔·贝克特	施咸荣	中国戏剧出版社	1965.7
椅子	剧本	[法] 尤涅斯库	黄雨石	中国戏剧出版社	1962.7
愤怒的回顾	电影剧本	[英] 奥斯本	黄雨石	中国戏剧出版社	1962
人·岁月·生活（1—4）	回忆录	[苏] 爱伦堡著	秦顺新冯南江	作家出版社	1962—1964
解冻	小说	[苏] 爱伦堡著	沈江钱诚	作家出版社	1963
往上爬	小说	[英] 约翰·勃莱恩	贝山	作家出版社	1962

影响较大的"黄皮书"举隅

　　这里所列的大致是最为"通常"，在许多回忆者那里不约而同地回忆到，对他们影响最深的作品。这里面如果要说有什么共性的话，那似乎就应该用"异端性"来概括了：它们大多与主流所认同的标准、所指定的秩序是不同的，属于"非我族类"。显然，正是这些异端、异类提供了火种与动力，真正让"前朦胧诗"写作者们走向了"另一面"。北岛在谈到地下读书活动时说到了书籍所给予的"精神上的导游"和"梦想的能力"："在上山下乡运动以前，我们就开始读书了。那时受周围同学的影响，读的都和政治历史经济有关，准备为革命献身嘛。当建筑工人后，我的兴趣开始转向文学。当时最热门的是一套为高干阅读的内部读物，即'黄皮书'。我最初读到的那几本印象最深，其中包括卡夫卡的《审判及其他》、萨特的《厌恶》和爱伦堡的《人·岁月·生活》等，其中《人·岁月·生活》我读了很多遍，它打开一扇通向世界的窗户，这个世界和我们当时的现实距离太远了。现在看来，爱伦堡的这套书并没那么好，但对一个在暗中摸索的年轻人来说是多么激动人心，那是一种精神上的导游，给予我们梦想的能力。"[1]北岛这里所说的"梦想"其实与芒克、彭刚"先锋派"的"在路上"、宋海泉的"流浪汉之歌"的"流浪"具有相类似的意义，文学提供给了他们另外的一个世界和另外一种想象人生的方式。曾与"白洋淀诗群"人员有密切交往，后来到黑龙江插队的北京知青马佳指出："什么《麦田守望者》、《厌恶及其他》，还有一批手抄本，像马雅可夫斯基的《穿裤子的云》、艾特玛托夫的《白轮船》，阿赫玛杜琳娜的一本诗集，还有《同窗》、《带星星的火车票》。我迄今非常坚定地认为，中国的当代的诗歌和文学受这些书的影响之大是不可估量的。"[2]类似的表述所在多有，表明这些书之于这些人所具有的重要意义是具有共性的、并非个别。

关于这些"皮书"的出版，在时间上大致也与我们所论述的"前朦胧诗"的存在时段有相当程度的重合：自60年代初开始，到70年代末结束。当然这其中也有中断，有前后期"风格""范围"与"倾向"的变化："跟那个年代的发展有关，'黄皮书'的成长也是有变化的。从1961年选题计划被批准，到最后出版的1978年，整整18年，正是国

---

① 查建英：《北岛访谈》，见《八十年代访谈录》，查建英主编，生活·读书·新知三联书店，2006年版，第69页。

② 廖亦武、陈勇：《马佳访谈录》，见《沉沦的圣殿——中国20世纪70年代地下诗歌遗照》，廖亦武主编，新疆青少年出版社，1999年版，第219页。

家意识形态飞速发展的十八年。'黄皮书'也由开始的'温和'变得激愤。如前所说，出版说明、译后记等，进入'文革'以后，换成了大批判的文章。译者队伍也出现了变化，署名多是集体。"[①] 这在一个侧面也体现了外部社会大环境的演变和意识形态控制程度的变化。如此，原本在"正常"情况下并不见得具有特殊重要意义的有关这些书籍的阅读、交流活动便具有了特殊意义，成为与写作具有直接关联甚至同构关系的存在，具有了形成特定"生态环境"的不可替代的作用。单独的述及某本书或者某几本书的影响大概并没有"普遍"意义，因为每个人其接受都是不同的，很难找到哪怕两个读书完全相同的人，他们读到的书有的产生了直接的影响，成为其创作甚至生活的圭臬，有的书影响则并不明显。不过对于他们来说，共同的一点是阅读这些书籍使他们走向了其出版初衷和目的的"反面"，加速了他们的精神成长和思想启蒙，这是一种"普遍"现象。

还应该看到，"现代主义"（或者"类现代主义"）于"前朦胧诗"而言具有重要的意义。这种"现代主义"一方面是一种现实生活、现实处境，另一方面也是一种文化选择、文化认同。他们的现实生活、内心体验、文化积累、价值取向，都是"现代主义"的，当然这其中有不同、有变化，但总体而言大致不差。同时，这种"现代主义"本身也是包含在前述"青年亚文化"之中的。现代主义的产生与存在本来与中国具体情境有很大差别，它主要是西方社会现实与精神处境的产物，表达了现代人空虚、孤独、悖谬、痛苦、绝望、破碎等的复杂体验，但对于中国的这些耳闻目睹了极端动荡与荒谬状况的年轻人来说，这些书籍、文字

[①] 王晓：《有关"黄皮书"的不完全报告》，见《读库0703》，张立宪主编，新星出版社，2007年版，第74—75页。关于"灰皮书""黄皮书"出版的具体起止时间存在不同的说法，比如关于起始有1961、1962、1957几种说法，其终止时间也有70年代末、80年代初的分歧。但其主要的存在时段为60年代初到70年代后期这一点则无异议。

又说出了他们内心所正在经历和渴望表达的，简直是感同身受。如此，现代主义的思想观点便很快在他们内心深处生根发芽了，成为他们精神构成中的重要部分，甚至一定程度上成为他们的行动指南（比如芒克与彭刚成立"先锋派"以及"在路上"去武汉）。现代主义之所以为这些人所普遍接受，其中的情况当然非常复杂，比如其中也不无"赶时髦""跟风"的成分，但最主要的还是两者内心的共通与共鸣，是思想认同上的契合。这种"现代主义"在更大的程度上是一种"横的移植"，它的发生主要是由于异域思想的"启蒙"与推动，经与中国现实和年轻人内心体验的结合，而生根发芽，具有了自己的生命力。

在一定程度上，这些写诗的年轻人具有着那个特定年代不具合法性的"知识分子"的特征，他们代表了良知、个人、个性，代表了求索、反抗与自由表达，这是他们身上最为闪光之处。在知识分子具有"原罪"，受到体制的管制、迫害、摧残，几乎完全失去生存空间的情况下，这些年轻人却"初生牛犊不怕虎"，快速地成长起来并承担起了"一代人"的历史使命。在严格的意义上，知识分子是社会上的一种"异质"存在，他总是对现状、对现实不满，总是发现问题和不足，提出不同意见、发出不同声音，因而知识分子往往是不为社会既得利益者所喜欢的，但他们却构成了社会进步的动力，代表了社会的良知和正义，代表了监督与制衡的力量。从这个意义上说，这些年纪轻轻的写作者虽然并没有知识分子的身份（这与他们中的大多数作为"'知识'青年"的社会身份并不相同），但他们身上却无疑具有了某种知识分子的属性和特征。当然，他们中选择直接对抗政治、介入现实的并不多，他们并非一往无前完全拒绝现实秩序，而大多是选择在另外的方向上前进：虽然看似他们是不"抵抗"，但却未必不是更深的抵抗。实际上很大程度上他们的确是走得更远、看得更明白的，因之他们取消了现实层面的具体吁求，而在更为普遍、更为基础的人的生存、人性的层面上展开思考与创造，在与主流意识形态表面的疏离之下实际上实现的是反叛和离弃。他们走上了社会"规划"与"设计"之外的另外的道路，虽然由于主观与客观的原因，他们中的绝大多数并没有成为真正的"知识分子"，但不可否认他们都是具有知识分子情怀的人，在特定的历史阶段发挥了知识分子的职责，保留了对尊严、价值、灵魂、永恒……的关怀，进行了高质量的精神活动和思想探求。

五 "人"的发现与留存：人性、人道主义、个人主体

虽然存在于强烈的政治氛围之中，虽然他们自身也难以摆脱现实政治的影响，但"前朦胧诗"文化生态中另外的一个重要方面是，它们与"政治"有所疏离，而与"人"更为接近，或者说，它们更多地保留了人性、人道主义、人本主义的东西。"人"的因素（人性、人情、个人、人道主义、主体性……）这虽然原本就是文学中的常识性、必备要素，但在"政治标准第一"（往往演变成"政治标准唯一"）的情况下，"人"往往被压缩到了最低点，处于被压抑、被围剿，甚至必欲"除之而后快"的境地。这样，"前朦胧诗"是在与主流政治所不同的方向上开展他们的工作的，一定程度上他们都是"人本主义者"，他们发出了个人虽然微弱但却真实的声音，他们坚定甚至执拗地坚持着人的理想、尊严、美、崇高等比即时性的政治运作更为长久的东西，在他们的作品中保存了更多"人"的气息、味道。

"前朦胧诗"保留了更多个人的、内心的、情感的、体验的东西，它是以"我"为主，以"我"为中心的，是与"我"有关、为"我"所有的，因而也是具有艺术感染力和生命力的。比如郭世英所强调的"个性解放""个性自由"，张郎郎所说的"不革命"，都是在艰苦的年代里从个体生命感受与价值认知出发、释放与激发个人主体的能量、张扬

个体自我的体现。他们的言行主观上是寻求自我主体的合法性，并以之实现对世界的关怀，而客观上则是背离了政治与社会秩序所设定的框架，步入了"禁区"，这必然会被视为"冒犯"而遭到惩罚。食指的作品里面似乎有两个"我"，但更为动人的无疑是那个饱受苦楚、不无软弱的"小我"、个体的"我"。他的《这是四点零八分的北京》《相信未来》《烟》《酒》《鱼群三部曲》等（而非另一类表现"大我"，更为革命化与政治化的《杨家川》《南京长江大桥》《红旗渠组歌》等）道出了个人内心的痛楚、彷徨、苦闷，也写出了困境中的坚持和犹疑中的坚信，具有很强的人格力量和人性内涵。他的诗歌俘获了众多人的内心，如林莽所说："那种东西让你感觉跟你的生命那么密切、那么相关。读出来的时候不是在朗诵，而是自己的心声。所以我为什么说食指贡献很大呢，就是他启发了一代人，原来诗可以这么写，诗应该回到人最关注的点上，而不是说一些空话，说一些跟自己无关的话。是写自己，回到人本身，不是那种'文革'期间的'社会主义好，社会主义就是好'之类的空泛话，也可能有人对此有体会，但我觉得大多感觉不到，只是一个口号，包括'学习雷锋'也是口号。'文革'中的早期的诗歌大部分都是非常虚假的东西，闻捷的诗什么'草原上的姑娘'，都是很表面化的。为什么说他是'文革写作第一人'呢，我觉得食指把人的最基本的东西写进了诗，不再是假大空的东西，他虽然也很浪漫，但是他是和我们的生活、我们的血肉相关的。"① 同样，如宋海泉所分析的，"人性在现实中丧失了合法的生存权利，但在诗歌的王国里，它却悄然诞生。肉体可以被消灭，思想可以被禁锢，但是，被麻木的感情、被压抑的欲望、对幸福的追求总是会复苏会觉醒的。""郭路生的诗歌所反映的，就是这种复苏和觉醒。这种复苏和觉醒是初步的，肤浅的。虽然幻灭的痛苦已经击

---

① 王士强、林莽：《"白洋淀"与我的早期诗歌创作》，《星星》诗歌理论版，2010 年第 11 期，访谈时间为 2008 年 6 月 16 日。

倒他们，但还固守着旧日的精神家园，编织着已然破碎的梦。大有'虽九死而犹未悔'的气概。这种矛盾或者这种张力，使这种觉醒的感觉更加敏感。正因为如此，它们受到上山下乡的知识青年们的热烈的欢迎。它们迅速地在知青们中间传抄着，反复地朗诵、吟咏、品味着。"他认为食指"使诗歌开始了一个回归：一个以阶级性、党性为主体的诗歌开始转变为一个以个体性为主体的诗歌，恢复了个体的人的尊严，恢复了诗的尊严。"①

人的主体性、对人的关怀、对个体感官的信任、对复杂的内心境遇的传达，是"前朦胧诗"写作者不约而同所追求的，"人""人性""人道"等成为他们精神世界与诗歌世界的重要关键词，这在"白洋淀诗群"、《今天》诗人群那里都有着明显的体现。北岛的诗句说"我并不是英雄／在没有英雄的年代里／我只想做一个人"，这"一个人"虽然也有"大写"的成分，但显然是以"人"的价值、尊严为旨归的，充满对"人"的关怀，而非理念化的政治宣言。他在早期所写的一份诗观中说："诗人应该通过作品建立一个自己的世界，这是一个真诚而独特的世界，正直的世界，正义和人性的世界。"②根子的《三月与末日》也写到了"人"的觉醒和"春天"的失败："我是人，没有翅膀／却使春天第 一次失败了。"一定意义上正是"人"（"我"）的觉醒才发现了"三月是末日"的真相，是"我"的成长映衬出了"春天"的颓败。正如宋海泉所论，（根子）"使诗人的视线聚成焦点，回到自我本身，回到了对人存在状态的准确、冷静和近乎残酷的把握。他第一次敢于对未来喊出：'不'。"③作为一位感性、率性的诗人，芒克更是极端强调诗歌中的"心""真实""心灵""人"等因素，他《十月的献诗》中的"诗人"一节，只有一行：

---

① 宋海泉：《白洋淀琐忆》，《诗探索》，1994 年第 4 辑。
② 北岛语，见《上海文学》1981 第 5 期"百家诗会"。
③ 宋海泉：《白洋淀琐忆》，《诗探索》，1994 年第 4 辑。

"带上自己的心！"他在这一时期的一个创作谈中有这样的说法："诗人首先是人。诗是诗人心灵的历史。""诗是一面镜子，能够让人照见自己。""不要强迫自己写诗。作品要真实，我指的是感情的真实。诗是造作的，人也就是虚伪的。"①这一方面是对于内心真实、个人性情、自我世界的极端强调，同时也是对于假模假式、凌空蹈虚的政治口号式的写作的彻底拒绝。"人"在"前朦胧诗"写作中成了"主角"，占据了重要地位，重新具有了主体性，发挥了创造性和能动性，这是"前朦胧诗"最可贵的地方之一，也是它留给此后诗歌最可珍贵的"财富"。而"现代主义"的文化与美学抉择，其实是在上述人性、人道主义向度上的进一步发展、推进和必然选择，因为它本质上是在更深、更真实的层面上对"人"的关怀。

从文化生态上来讲，"前朦胧诗"是一种特殊的存在、一个特殊的"场"。这个"场"的存在对于个体来说意义非凡，它既是自我保护的一种方式，借此可以在可能的条件下追求价值、自由与尊严，也是个体价值与意义的发生地，以实现交流、提高自己、获得认同。这个"场"一定程度上还形成了特殊的生态环境，具有相对独立、能动的生态功能，成为文化激进主义、文化虚无主义、民粹主义风暴潮中的一叶扁舟。它虽然弱小，但却并不随波逐流，而是坚持着自己的方向，走在自己的道路上。内部书的阅读为"前朦胧诗"写作者提供了改变思考方式和价值观念的契机，而耳闻目睹的现实状况让他们有了现代主体的复杂、痛苦、悖谬的切肤体验，这使得他们在精神认同上选择西方现代主义既具有了理论可能又具有了现实基础，几乎成为一种"必然"。这种文化选择具有重要的意义，他们实际上成了一种先行者，他们的作品、他们的人生也具有了某种启蒙的意义。他们坚持"人"的立场，对人性、人道主义、

---

① 芒克语，见《今天》第9期《答复——诗人谈诗》，1980年7月。

个人主体性、现代品质的强调，使得他们的作品保持了艺术的纯正立场，其写作也成为"新时期"写作的重要源头。同时，他们又是一群重理想、重精神的人，他们坚持着理想主义的立场，追求着精神的丰富与美好，不轻易向现实、向权势低头，这些都诠释和体现着艺术中的永恒维度和价值，并与其后渐次松动和开放的社会氛围紧密关联，一定意义上也可以说他们直接开启了 1980 年代的精神门扉。

在晦暗、闭抑的环境里，"前朦胧诗"有如黑暗中独自绽放的花朵，在花色、品种都极为有限的定制的文艺园地中，它少有人知、无人喝彩，却灿烂而又芬芳，有着别样的美丽，成为那个时代中最为别致的风景、最有价值的存在，同时也为真正的"百花齐放"孕育了种子、保留了可能性。这是自由之花，终将突破艰难险阻，自由生长，广布四方、惊艳世界。

一代人的"诗·生活"
——口述历史中的"白洋淀诗群"

"白洋淀诗群"已然成为中国新诗史上的经典,关于它的研究与论述已可谓连篇累牍、汗牛充栋。这其中有大量同质性、重复性的成分,其主要原因在于资料来源的稀缺和大致相同。本文主要采取"口述历史"的形式,通过对"白洋淀诗群"诗人及相关人员的访谈,获取一手材料,探寻数十年之前存在于白洋淀地区的这一特殊的诗歌场域,力求还原当时原生态、鲜活的诗歌现场与生活现场。如此既可有助于对于"白洋淀诗群"本身的了解和理解,也将包含一些更具普遍性的、可资为当今所借鉴的艺术经验和诗歌启迪。在行文方式上,本文采用了大量的口述材料,主要是通过当事者的讲述来还原历史的语境,以尽量客观地再现当时的"诗"与"生活"。

一 革命与爱情:金戈铁马、"抒情年华"

从大的时代环境来看,"革命"无疑是当时最大的主题,"白洋淀诗群"的这些"知识青年"们都是"红旗下的蛋",很多人都有着"共产主义接班人""以天下为己任"的理想与信念,他们中的大多数也是怀着"大有所为"的憧憬而来到农村的"广阔天地"的，但是，摧枯拉朽的革命毕竟没有发生，真正改变的却是自己。金戈铁马、建功立业的想象终归是被雨打风吹去，他们需要面对的是无情、晦暗甚至冷酷的现实，它与想象中"革命"的暴烈与狂欢相比判若云泥、完全不搭界。而同时，"爱情"显然也是理解这些正处"钟情"与"怀春"年龄的青年男女的一个关键词，确如潘婧所说，他们正处于一个"抒情年华"①。恰值青春年少，加之时代混乱所造成的巨大裂隙，男女之间的爱情便成为个人生活的重要方面，诗歌也成为表达、寄托、宣泄内心情感的一种方式。同时，"青春期"的敏感、善变、遭际、处境，都成为他们生活和写作中需要面对和处理的重要问题。

（1）"革命"热情及其错位和"冷遇"

在风云激荡的"文化大革命"中，"革命"显然是一个无法回避的话题，"革命"成为全社会压倒性的主题，有着摧枯拉朽、席卷一切的力量。而且，对于处于人生最具"革命性"，思维活跃、精力旺盛的年轻人来说，显然也与"革命"有着天然甚至宿命的关联，他们大都有一个向往革命、参与政治的阶段，只是到后来遭遇了现实、经历了磨折才与之渐行渐远、"分道扬镳"。"白洋淀诗群"重要成员林莽回忆说，他去白洋淀插队的时候还带着斯大林的《政治经济学》《大众哲学》等书籍。在被问及是否那时的思想还比较单纯，与主流的观点比较接近的问题时，他回答说："那时的社会教育就是做共产主义接班人啊，读马列主义的著作啊，从中受熏陶。我在初中的时候就把《毛泽东选集》四卷认真读了一遍，包括现在毛泽东诗词都能背，这个东西是潜移默化的，很难说没有受到他思考方式的影响。包括斯大林、艾思奇，当时是有追

---

① 潘婧：《抒情年华》，作家出版社，2002 年版。

求的中学生的必读之物，我们高中的时候就经常和讲哲学的老师辩论，很激烈，作为一个社会青年必须有思想、有思考，你认为能跟老师辩论、讨论问题这是学生的骄傲，其实现在想这个东西可能是肤浅的，但是这种风气是有的。北京的青年，认为自己是必然的共产主义的接班人，有这样的风气，这在当时'文革'中是互相影响的。后来'文革'改变了地位以后才开始另一种立体化的思考，不再是片面、单向的，后来比较复杂，这种复杂是成就人生的一种基础。当时带这种书，一个是没有另外的书，另外也不是批判的，觉得这些书是文化、知识，是必须读的东西。当时认为插队并不是劳动，而认为是一种社会实践，还认为以后要怎么怎么着，实际是很天真、很浪漫的想法。到那儿去六年，对中国底层的农村生活、乡村干部，那种工作方式，他们那种朴素、贫穷、狡黠，确实是耳濡目染。要说是接受贫下中农再教育，这确实是无形的，不再是概念化的所谓新中国，也不是书里、小说里写的那种中国。"（2008年6月16日）①

　　所以，插队生活倒真的是一种"再教育"，但是其实际效果更大程度上却是走向了其初衷的反面，是对早期"革命"思想的疏离、反思甚至背叛。这些当事人很快就可以看到，他们的"革命"更大程度上只是"头脑"中的革命，是想象的，难于实践、未经证实的，它更多是属于乌托邦而不属于现实世界。所以，当与现实生活相接触的时候，必然要受到生活的"修正"和"涂改"，此前的革命理想也不能不变得支离破碎、面目全非。对于这帮理想主义的热血青年来说，"革命"往往具有一种悲剧性质：以快乐始以悲痛终，以希望始以失望终，以完整始以破碎终。虽然，这样的过程以及结局并不是无意义的，但是以偌多人的青春和价

---

① 本文口述材料主要是笔者 2008 年前后进行有关"前朦胧诗"研究的博士论文写作时访谈有关当事人所获得。行文中仅在首次使用该口述者的材料时随行注出访谈时间，此后则不再一一注出。

值观的破碎为代价却是太惨重、太无可挽回了。林莽回忆说："开始对'文革'产生怀疑是从我父亲被关起来之后，1967年。另外我一个小学老师的去世，他是很好的老师，是我六年级时的班主任，被用棒球棒打死的。为什么很多人，包括父亲的同事、朋友都挨整，有的我从小就认识他们，我觉得他们都很忠实于社会主义，是很认真的工作者啊，为什么都挨整？到后来'文革'不可终日的批斗、口号、到处唱'文化大革命就是好'等等，对'文革'本身就是不能够完全认同的感觉。我觉得那时我们这一代中有一批人开始怀疑，食指的《相信未来》，用孩子的笔体，用雪花，在凝霜的大地上，这种'相信'实际上是'不相信'。包括根子的《白洋淀》《三月与末日》，包括我的《二十六个音节的回想》，充满了质疑和批判的思考。这些思考我觉得可能在1968、1969年就比较具体、清晰了。"

（2）"革命思想"的分裂、疏离与幻灭

"革命"如一列隆隆前行的列车，所有人都被裹挟于其中，但在这其中，（此）革命与（彼）革命、革命与"反"革命、革命与"不"革命，是有着复杂的纠缠、并置、龃龉的，它构成了一代青年晦暗难明的思想图景。对每一个个体而言都是有所不同的，仅就与主流的革命思想的关系而言，也是极端复杂的，在有的诗人那里，可能"革命"与"个人"就并不是如通常那样相对立的，而是同时并存的。比如食指，他既写出了《这是四点零八分的北京》《相信未来》这样更个人化、反映了知青"一代人心声"的作品，同时也写出了《南京长江大桥》《红旗渠》之类非常"革命化""政治化"的作品。如果说后者代表了时代的"正面"的话，那么前者应该说正好是它的"反面"，而我们看到，它的正反两面在一个人身上却是如此矛盾而又统一的。关于食指身上的这种"分裂"、矛盾，诗人林莽在笔者所做访谈时也说："我有一篇文章一直没

有写，其实他是很分裂的一个人，不是精神分裂，而是整个人分裂。他有一部分非常革命的诗，包括他后来写的一些，《井冈山的南瓜宴》《解放区来的小保姆》类似的，和'文革'前的革命诗没什么两样，可能比他们写得还好。这些东西几乎都没被发出来。另一部分就是《相信未来》《鱼群三部曲》《烟》《酒》之类的，带有个人灰暗的、痛苦的印记。如果把他的诗集编成两本的话，完全可以认为是两个人写的。我觉得他是这样，当他进入正常人思维的时候，他突然就变了，进入诗人的，甚至带有一种病态的时候，可能就更好，写出很真实的一面。"

当然，不管是怎样严密的控制与强烈的规训，终归是不可能完全"一体化"的，总有"异质性"的东西存在，总会有不同的声音与观念留存。说到底，人是一种会思考的高级动物，他终归还是要有自己的意志与尊严，有属于自己的与众不同的空间，它可能被压抑到极小，但是却仍然会存在，而且它有着极强的生命力与耐性，只要有可能，它就会随时爆发出惊人的能量。诗人芒克在说到"文革"的时候，他认为自己基本与之"没什么关系"，这里面有被动的、大环境的原因，也有主动的、个人的原因。他说："那个时候人都什么脑子，都'左'得不得了，我接受不了这种东西，在农村（指插队，引者注）挺好，城里一天到晚大喇叭喊口号，农村与外边隔绝了，尽管农村也武斗、造反，也有持枪乱打，我也不知道为什么，他们争来争去争什么我也不知道，我基本上没参与。后来我想想我跟'文化大革命'没什么关系，我没当过红卫兵，也没造反，'文革'时想当红卫兵没几天就说没你什么事了，那时我刚十五岁不到十六岁，基本上我跟'文化大革命'毫无关系。当时还不到十六岁，就感觉不是很好，特别反感运动中抓人就打、暴打，这不是欺负人吗？完了人家还给我贴大字报，说我是修正主义苗子。那时候不让我们参加红卫兵，在家呆着，和院里的孩子一起玩，插队的时候和老百姓一起玩，爱呆哪呆哪。"（2008年7月23日）这样的情况自然与诗人随性、淡泊、乐观的天性有关，不过也应该看到思想控制与社会管束的某种明显的"缝隙"，实际上，我们所要谈论的思想、文学、诗歌，很大程度上正是在这种"缝隙"中生长出来的，它们最终成了与社会的"庞然大物"决然不同的存在，也成为那个时代最有价值的文化记忆。

　　绝大多数的"知识青年"没能在"广阔天地"里面"大有作为"，而相反大多是"无所作为""无所事事"，其思想与精神面貌也不能不发生变化。关于'文革'后期自身的思想，林莽说："'文革'后期首先自己的处境不好，肯定非常反感，对假大空的报纸社论、虚假的报道、口号式的东西肯定是深恶痛绝的，只能听之任之或者干脆视而不见。我们有一个习惯，'文革'前很讲究出身，见了面问家里是干什么的，后来所有朋友、同学见了面都不问家里是干什么的，大家都有很自然的忌讳，因为很可能出身非常不好、被审查等等，主要看你自己的思想，甚至不问叫什么。你再想问我是谁，可能找不到了。经常碰到陌生人，大家心里话都不说，很忌讳，大家都不说。'文革'中绝对不敢把真实思想暴露，不光是我们，在工作单位不敢说真话，回家可能偷偷说点真话，没有安全感，不知哪句话被人汇报上去就成了反革命了，那种自我保护意识是非常强的。当时的思想就比较明确地跟社会拉开距离了。看报纸就是字里行间看它可能的缝隙，为什么这么说，意味着什么，在分析它，看有没有可能找到一丝生机。我们跟'文革'的疏远是比较彻底的。"我们看到，此时，他们身上的"革命"色彩已经消泯殆尽，事实上具有了一种"反""革命"的思想（虽然不敢明说），所以，此时的"革命"已经悄然发生了"逆转"。同为"白洋淀诗群"成员的宋海泉则对知青插队的"后果"方面有这样的叙述和感慨："知识青年下乡对这代人的成长过程到底有什么影响，知识上肯定是全完了，风气上肯定是腐败了，道德上我觉得也是摧毁。因为事情全回来了以后，请客送礼啊，他们回城开始做这个工作，越培养越强，越刺激越大。所以这个东西的评价我觉得还需要稍微往后一点，还需要一些统计性的材料。举个例子吧，有多少人从农村搬回来，是完全没有通过这种行贿手段，把这个统计出了就知道了。它对社会风气的影响，恐怕是致命性的。他们可能对这东西很看不惯、很反感，但他要做，他不做他生存不下去，同样把贪婪之心给惯起来了。当兵主要看谁有后台，家里就送过去了。但是插队返城，这得一个一个地办，那你说云南返城的事就不用说了，那是到最末期，那就是再不让回来就该造反了，到了那种地步。在那之前很长一段时间，大概从 74 年开始，开始一个劲往回、陆续往回弄，这个过程延续了 5 年吧，把大批人搬回来。这个主要靠行贿，有不行贿的很少，所以这些东西到了后来，自己也看不起自己了，没办法，没法生存。他在农村的话，这样一个外来户没法生存，除非你完全融合进去，这我觉得又不大可能，差别总是有的。"（2008 年 8 月 3 日）

如此，与时代的变化相同步，"生存"便替代了"革命"，当生活出现了新的前景与可能性的时候，"革命"在大多数人那里便退到了"次要"位置，并逐渐地消失于无形了，作为与"革命"想象相吸引或者相排斥的文艺活动，也在与之的纠缠中发生着变化。

（3）爱情作为内驱力，情感的悸动与漂泊

革命与爱情，正如飞鸟之两翼，驱动着这些"知识'青年'"的生活。甚至，很大程度上后者是更为重要的，因为它与个人生活的关系更为密切，在"革命"理想不断落空、饱受质疑、不能给人任何承诺（或者原本就未对"革命"抱有期待）的情况下，"爱情"显然会在个人生活中占据更重要的位置。就生理和心理阶段而言，二十岁左右的年轻人也正处于"恋爱季节"。虽然红色年代清教徒式的禁欲主义使得"爱情"并不具备充分的"合法性"，但是人的天性和本能的力量是压制不住的，尤其是在社会管控出现大幅的"缝隙"和真空的情况下，爱情这种人类

美好的情感自会顽强地生长，哪怕是在黑暗深处也能散发出璀璨的光亮和醉人的芬芳。在这样的情况下，爱情的"诗意"很多时候便是通过"诗歌"来表达的，有的时候它是作为获取爱情、求得认可的一种"手段"而存在的，更多时候它是为了表达、抒发爱的感受、情绪而存在的。应该看到，爱情，很大程度上成了诗歌的内在驱动力。

"白洋淀诗群"的成员在插队之前或者插队过程之中回到北京，往往各自有若干处的"活动中心"，这也便是后来被称为"沙龙"之所在。当时鲁燕生、鲁双芹在铁道部宿舍的家便是这样一个人员聚集的中心，"白洋淀诗歌群落"的多名人员如芒克、多多、根子便是这里的"常客"。画画、唱歌、写诗、吃喝、游戏，当然，这其中也不可避免地有着男女之间的爱慕、爱恋、追逐。在当时的环境中，一方面他们是自由的，无拘无束，缺乏管制，家庭与社会两方面的教育都处于缺位的状态，这帮精力旺盛、无所事事的年轻人可以"为所欲为"；另一方面，心理则是空虚、茫然、不知所从的。因而爱情、诗歌、文学等某种意义上也是"乘虚而入"，它与个人的性情、爱好有关，也与生命的"本能"有关，一定意义上，这种爱情与诗歌是一而二、二而一的关系。用另一位"沙龙"女主人、同样与"白洋淀诗群"多位诗人联系密切的徐浩渊的话来说，那本身就是一个"诗样年华"①。同时，诗歌与爱情产生了关系，其实也是对于口号化、概念化诗歌的一种抵制，这里面本身便是有进步意义的。建国后诗歌中描写爱情的为数甚少，一定程度上这也成了"禁区"，比如闻捷虽然在少数民族风情的"掩盖"下写了青年男女的爱情，但这种爱情很大程度上也只是"革命"的附丽，其本身并没有独立性，还需要"革命"赋予其合法性。从这个意义来说，知青的爱情书写是发自内心、更为本真、以自身为目的的，因而也更为真挚和感人。值得探讨的

---

① 徐浩渊回忆70年代的文章《诗样年华》，见《今天》2008年第3期。亦见北岛、李陀主编《七十年代》，生活·读书·新知三联书店2009年版。

另外一点是，谈论男女恋爱、个人交往似乎有侵犯个人隐私之嫌，但是一定意义上文学正是暴露人的最大隐私的一种艺术门类，它与人的"隐私"是密不可分的。当然，我们所做的并不是要"八卦"具体人与事的聚散离合、爱恨情仇，而是要借此看到，文学的动机也许是非常私密、个人化的，从根部来说，它与社会、与历史都并不搭界，而仅仅是属于一时一地的单个人的，它甚至纯属偶然。但是，这种偶然却在创造一种必然，甚至本身就是必然的一种体现，社会、历史就是这样走过来的，这或许便可以说是从个人以及社会的"潜意识"进入"意识"甚至"超意识"的一种过程。

恰值青春年少，又身处时代乱局之中，他们承担着自由中的混乱，也享受着混乱中的自由。关于当时的"自由"状况，鲁双芹回忆道："因为我等于是 69 年的毕业生，铁路一中，然后跟我姐姐这一辈的人，她们是老初三的，跟她们这些大很多的人开始有来往，然后就认识了徐浩渊她们这样的人。那个时候怎么说呢，大家都闲着，有的人在插队，我当时在东北兵团的北大荒回来，插队的人比较自由，随便就回来。像我们这样回来的人，在北京都是闲散的，很多。我们都是住得比较近，所谓的各个大院的，各个部委的宿舍里面，互相串，因为没学上也没工作的时候，很多人闲着就充分交流的时代。都闲着，然后就串来串去，在徐浩渊她们家聚的、她这个沙龙的人都是所谓文艺青年，写诗的、唱歌的、画画的，我们天性比较喜欢这些东西。所以很自然的这些人就聚在一块。有人写诗，你就会觉得我也可以写；有人在画画，我们也画画，我们找一个模特，在一块画；写的东西就互相看；唱歌大概要有点天赋吧，然后有人会唱歌，有人会弹琴。就是那么个时代，每天的生活内容就是这一家那一家，当然到我家就来得比较多，因为没大人么。很自然的，因为闲着，这些所谓文艺青年就聚在一块。原来'文革'之前社会稳定，大家的生活将来是什么样的也是清晰可见的，但'文革'把这些生活全部都打乱了，家里的人要么在监狱里，要么在干校里，小孩全部流浪在社会上。特别自由，但那种自由代价也特别大，根本不知道有什么前途，将来是什么样的，什么都不知道。"（2008年5月21日）

这一代人的青春是漂泊的青春，无根、辗转、流浪、放逐……对于这帮年轻人来说既是事实上难以摆脱的宿命，同时也有着强烈而致命的诱惑。"在路上"不但是精神的、形而上意义上的，而且也是现实的、身体意义上的，在城市与农村之间的漂泊迁徙，在祖国广阔大地上的"串联""串点"，无疑都在强化着这种感觉。芒克与彭刚在插队期间也"在路上"了一回，他们跑到了武汉。芒克回忆说："最初写诗吧，我也不知道为什么，也是无事可做，我又不是天天去干活，当初看那个马雅可夫斯基小传，写诗人的生活，当时一看挺有感触，觉得诗人挺好，挺有意思，无形中也学人家一些皮毛。看了那个《在路上》，我和彭刚也成立'先锋派'也'在路上'了，72年去了武汉，是我们俩成立了'先锋派'之后去的，当时特别天真，没几天就狼狈不堪地回来了。都说彭刚是艺术疯子，'小凡·高'，他比我小二岁，是52年出生的。彭刚很有天赋，有些古怪的想法，当代绘画小圈子里他的才气确实值得欣赏，我们俩的关系比较好，我们商量成立'先锋派'，别人想参加我们还不要。他父亲是搞煤炭的工程师，'文化大革命'中自杀死的，家里也没有颜色，就画广告色。我们'在路上'回来以后他画了几幅画给我看，我坐在那个简陋的破车站里，有点像凡·高，昏暗的灯光里睡着各种奇奇怪怪的人，因为是扒火车嘛，这对他触动很大。"宋海泉在谈到他的作品《流浪汉之歌》时说："当时流浪主题恐怕是很多人的共同主题，因为大家都在流浪，尤其我们当时是根本找不到插队的地方，没人接收我们，本来接收我们的人不干了，把我们给轰出去了，我们只好流浪。我是一直属于那种特边缘化的人，自己跟社会隔离，我会看到这个社会、这个世界，但世界找我不好找，用中国人讲话就是隐者，这种状态、这种形象。

但内心又充满一种激愤,那么怎么样呢? 作品就用了漂流一时那种形式,这是当初的想法。再一个,当时插队的时候,全村人都不在,就我自己,一年四季的就我自己在村里呆着,那种孤独。还有插队的人开始往北京城里走,人越来越少,这种孤独。去还是留,到底接受这个世界还是不接受这个世界,这个问题比较鲜明,就这样一个东西。自由在心中到底是什么地位,进入到社会里去、融入到社会里去将是一种什么代价,实际上它表现的是这样一个情况。当然诗的本身表现出的是你要自由,不要融入社会,我要躲开这个世界。但这个问题在后来的 73 年到 75 年越来越强烈,最后只好投降,还得向社会投降,还得融入到社会里去。这首诗它记录了这个思想转变,过渡时期的转变。"

当然,也不应该把知青插队完全当成"受苦受难""苦大仇深"来看待,实际上这其中也有着别处所无的欢乐,即使是在同样的情况下,心境与品性的不同所感觉到的可能就完全不同。芒克在白洋淀的生活便显得非常诗意、丰富而又融洽。他回忆说:"当时白洋淀周围很多村都是住的知青,听说北京去的有两百多人,几个人在一村几个人在一村,我们那村等于是一个岛,主要是打鱼的人多,没什么地。当时还是老房子,景致也挺好,甲鱼泛滥都爬到村里,我们没少吃那个。那时村里人不怎么吃都送给我们吃,都吃腻了。有一年螃蟹泛滥,河里的东西都吃伤了,我到现在都不吃。村里小孩帮我们掏鸟蛋,一脸盆,给点钱就给我们。风景很美,不同季节有不同景色,很好。回北京也没啥意思,又没钱,在村里还挨家挨户吃点。最初是几个人在一起做饭,后来走的走,老岳重去乐团里,老多多得肝炎回家不来了,村里没几个人了,你来我走的,我就和老百姓一起混了。自己的房子破烂,又冷,到老百姓家腾出一间房或者睡在一个大炕上,在人家吃,还有点意思,有人关照点,混熟了哪家有好吃的都请我去,处得非常好。"而且,芒克不但在生活上与当地农民"打成一片",他还与一位农村姑娘产生了爱情。甘铁生回忆当时他去白洋淀的时候，"我很想见见猴子（芒克）。那时我只是听说过这个侠气颇重的诗人。他的诗纯净美好，像是无邪的单簧管在大自然里抒发情感。他不太和书卷气浓重的人厚交，但却喜欢和同村的劳动人民为伍。盛传他在村里爱上一个姑娘，拼死拼活地要娶她。他和村里的后生交朋友，把他领到北京的家里住。一次，猴子的姐姐终于发了脾气，轰人家走，猴子就帮助村里后生一块儿和他姐姐干仗。"①这一点林莽说得比较简单，但足以证明确有其事："芒克回来最晚。芒克无所谓，他跟村里农民混得特别好，还有个农村女朋友，一心想跟她结婚，不想回来了。还是他妈妈找陶雒诵帮忙。"②我们在这里说到这件事，实际上并不仅仅是说一个人的爱情"故事"，而应该看到，它同时折射出诗人的审美趣味、价值取向等问题，也对了解诗人的生活与思想不无助益。

而回到北京，回到他们的"大本营"，由于时间完全是可以自己支配的，他们则天天聚会，"吃喝玩乐""夜夜笙歌"，仿若一种"狂欢生活"。鲁双芹回忆说："那时都闲着没工作，年轻人认识后都很兴奋，肯定也有男女之间的感觉了，很频繁地来往，到我们家来的可能男孩是找我的，女孩是找我哥哥鲁燕生的。原来多多、岳重都曾经是我男朋友嘛，那个时期认识了很多人，有时到家来的谁也不知道。有时见一面就不再见了，没有什么规律。那时就是今天这么一拨人，明天那么一拨人，特别热闹，像过路的妖精一样。好多人都来过我们家，很多人现在也不记得了，就是互相带，比如一个人把一伙人带到这里，就这样一种交往方式，北京的这些圈子串得很厉害的。聚会的时候就是在一起玩，有时

---

① 甘铁生：《春季白洋淀》，见《沉沦的圣殿——中国 20 世纪 70 年代地下诗歌遗照》，廖亦武主编，新疆青少年出版社，1999 年版，第 273 页。
② 廖亦武、陈勇：《林莽访谈录》，见《沉沦的圣殿——中国 20 世纪 70 年代地下诗歌遗照》，廖亦武主编，新疆青少年出版社，1999 年版，第 285 页。

在一起滑冰，有时游泳、写生、画画，要不就是吃吃喝喝的，喝酒、聊天、听音乐。因为多多和岳重是搞音乐的，他们会带些唱片过来，我们聚会大家比较热闹时让他们唱，他们有拉琴的，有弹钢琴的，非常有意思的生活，因为都是喜欢文艺的人在一起聚、在一起玩。记得也没钱，怎么一天到晚的聚会，现在都不知道吃的什么东西。我记得我们那时，徐浩渊在肉店里偷肉，或找些家里的东西卖，当点东西弄点钱，然后大家一块买点东西吃。吃的东西有那种很多淀粉的粉肠，有一点点肉味。葡萄酒，酒精勾兑的劣质的酒。记得我喝醉过一次，喝竹叶青，那种绿色的酒，喝醉了大闹一场，折腾得特别厉害，后来一闻就要吐。就那种日子，现在想想我们怎么能过那种日子呢，什么都没有，唯一有的是时间，有的是年轻，天天聚会，玩，这种日子过了很长时间。都从插队的地方回来，回来后不愿意回去，也没有工作，也没有考大学。到生活开始发生变化，到可以考大学，很多人回到插队的地方开始找机会，有的地方招工，这时候人开始变化了，所谓有点前景、有点机会了，开始该干吗干吗了，慢慢就散了。但我说的那几年完全没着没落，从农村回来，那时是扎根农村的时候，大家都认为大概要呆一辈子，所以从农村跑回来，呆在北京过花天酒地的生活，没有钱，但过得很开心，天天聚会，夜夜笙歌。晚上不睡觉，‘黄皮书’整夜地传着看，旁边还有人等着，我们的书就是这么看下来的。刚开始跟所谓的西方的文化相接触，我们稍微早一步，社会还没开放，我们接触到了这些，对人生有很多的影响。”
芒克也回忆道：“那个时候我们就这么一个小圈子，不知沙龙是啥，就到鲁燕生家里就完了。画画、写诗，大家都没当成事，就是热爱，成为朋友就是臭味相投，人以群分、物以类聚嘛。当时不敢搞什么活动，跟活动毫无关系，没有诗歌朗诵之类，就是写点东西互相看。去他们家就是聊天、喝酒、吃饭、看人家画画，就是年轻人混日子，一天一天的。圈子很大，人挺多，年龄基本以初中生为主，高中生都没有。我们正好家里没人管，学校没有了，生活在农村，和社会没多大关系。我当时回北京都是很独立的，从来不跟家里打招呼，不是住在家里，都是住在朋友家，所住的朋友家不是父亲死了就是下放干校，没大人，一帮人在一块有点钱就混饭吃。那时都很穷，买盒烟大家分几根抽。"这倒是有点"共产主义"的味道了，在"私有财产"一定程度上具有了"原罪"的情况下，这帮年轻人充分发挥了同舟共济、大公无私的精神，在"小圈子""小群体"的"公共生活"中找到了归属，获得了安全感和意义感。社会性与功利色彩褪减到了最小程度，而爱情、绘画、诗歌等无疑为原本荒凉的生活增添了靓丽的色彩，这不应该被看做是逃避，而应该被看做是一种"自救"，是困境中人性的强大本能和反抗意志使然。当然，应该看到，这是在社会极度混乱甚至失控的情况下出现的，当社会重新有了"规划"与"设计"，人生有了另外的现实可能性的时候，这种生活的"脆弱性"无疑就会显现出来，很多的人便另图他谋，"生存"的功利性便压倒了"游戏"的非功利，这样的圈子、聚会也将很快难以为继。

二　读书与交流：精神启蒙、共同成长

对"白洋淀诗群"写作者而言，其精神成长中一个重要的方面在于对"黄皮书"与"灰皮书"等"异端"的阅读，这是具有启蒙、颠覆、重建意义的一种"改造"，使得他们得以较大程度地摆脱主流意识形态的管控，产生了一定的独立思考和追求。同时，圈子成员彼此之间的交流也非常重要，形成了一个特殊的、小的"精神场域"，他们互相促进、"比学赶帮超"，得以共同成长。

（1）"异端"的思想："黄皮书"与"灰皮书"

这一代年轻人的写作是与其阅读分不开的，在当时晦暗、封闭的条

件下，读书成为他们战胜空虚、虚无、混乱的一种重要武器，也成为启蒙思想、开阔视野的一种重要资源，为他们从事写作打下了必要的基础。当然，从这些思想资源的"类别"来看，他们也是多种多样、个个不同的，有的受革命（左翼）文学影响很深，有的对中国古典文学颇为倾心，有的对西方古典主义文学与思想涉猎较广，还有的则对西方现代主义文学与文化服膺不已。这对于每个人来说都是与其所处的具体现实、个人的性情、兴趣、爱好等密不可分的。不管怎么说，在观照他们的文学、诗歌的发生时，其阅读史是跳不过去的。

林莽1998年曾经在一次访谈中说自己在1967—1968年近两年的时间每天读一本书，这对自己后来从事文学影响很大[①]。关于这一点他在十年后重新忆及："（这些书）主要是小说，几乎是一天一本。诗歌也有，比如莱蒙托夫、普希金，别的也有。再就是中国古典诗词、毛泽东诗词，这些东西也有。读书将近两年的时间，借什么书就读什么书，很厚的600页的小说吧，几乎一天就能读完。那时年轻，也没有什么事情，就在家里纯粹进行读书。当时主要的来源是从学校的图书馆里给偷出来的书。因为我们学校当时存放了一批书在楼顶上。我们到楼顶上下围棋、躲避军训，然后有一次下围棋就发现了那批书。那批书现在看来应该是很正常、很好的一些书，是非常重要的一些文学作品，但是当时是作为'封资修'，被批判、被下架的。那批书对我后来的写作，对我文学认知的基础意义是很重要的，当然后来的黄皮书对思想的启发意义更大，它不光是对社会本身的了，还有思想意识，或者说更重要的是对文学本身的启发意义更大。那些书，当然'文革'的现实再加上古典小说的启示，你就觉得这个世界并不是一个理想的世界，不再是一个你所认为的一片光明的世界，它是一个复杂的、充满了人性的恶的世界。所以'文

---

① 参看廖亦武、陈勇：《林莽访谈录》，见《沉沦的圣殿——中国20世纪70年代地下诗歌遗照》，廖亦武主编，新疆青少年出版社，1999年版，第289页。

革'后期的时候，我就开始对社会的、生活的态度，甚至对历来的社会运动，都采取一种比较客观的态度来认识，这一点我非常感谢那些小说的作者，包括18、19世纪的一些小说。"

多多较早的一篇回忆文章中谈到当时阅读"黄皮书"的情况："1970年初冬是北京青年精神上的一个早春。两本最时髦的书《麦田里的守望者》《带星星的火车票》向北京青年吹来一股新风。随即，一批黄皮书传遍北京：《娘子谷及其他》、贝克特的《椅子》、萨特的《厌恶及其他》等"。① 林莽在廖亦武、陈勇所做的访谈中说："我有个同学叫崔建强，经常到我们村（指插队的村庄，引者注）去，从他那儿得到过几本'灰皮书'或'黄皮书'，包括萨特的《存在主义》，黑格尔的《辩证理性批判》、《小逻辑》等。当然也有苏联解冻文学作品，像叶普图申科的诗集，小说《带星星的火车票》，"垮掉的一代"的《在路上》等，都在流传。有个知青叫杨桦，他爸爸是总政文化部的干部，有特别购买证能买到此类似的书。'文革'后期，杨桦把家里的书拿出来让大家读②。多多最早接触的一批'黄皮书'就是从他家来的。我呢，一部分是江河那儿来的，也有部分是从宋海泉那儿来的。这些书传得非常快。一般给你的期限是一到两天，必须读完。有的还要摘抄。也有人整本抄这些书。时间宽松时，江河也抄过几本书。这些书对白洋淀诗歌的写作促进很大，改变了许多人的思考方式。"③ 十年后，他与笔者谈起了插队当年阅读"黄皮书""灰皮书"的情况："（读到的）有10多本，《麦

---

① 多多：《被埋葬的中国诗人（1972—1978）》，《开拓》，1988年第3期。
② 关于这一点，杨桦在一篇回忆文章中说："当时的禁书成了可贵的精神美餐，由于我父亲是搞文艺批评的，家中颇有藏书。全套的'文史资料'、'鲁迅全集'、'沫若文集'、'契诃夫'等。大量的西方古典名著，最可贵的是全套的'文艺黄皮书'。这些书在知青中广为流传，许多书借来借去自然下落不明。"杨桦：《白洋淀的回忆》，该文标注写作时间是"1998年3月—4月初"，发表于《诗探索》理论卷2008年第2辑。
③ 廖亦武、陈勇：《林莽访谈录》，见《沉沦的圣殿——中国20世纪70年代地下诗歌遗照》，廖亦武主编，新疆青少年出版社，1999年版，第286页。

田里的守望者》《带星星的火车票》，还有《在路上》《厌恶及其他》，聂鲁达，存在主义，后来俄罗斯的一些，《白轮船》，叶甫图申科的《"娘子谷"及其他》等。读了一些作品，都是插队初期那段时间，现代主义的东西就是这时开始读的。"

诗人芒克则这样回忆在白洋淀插队、开始写作的时期他的阅读与接受情况："看的主要是《洛尔迦诗钞》《马雅可夫斯基全集》，惠特曼《草叶集》，勃洛克的，叶塞宁的。大都是个别的诗，不是诗集。还有泰戈尔、普希金、莱蒙托夫，中国当时出版得很多。'黄皮书''灰皮书'看了不少，《在路上》，比较仔细看的有塞林格的《麦田里的守望者》，雷马克的《凯旋门》《生死存亡的年代》等这些东西，就是有书就读。还有小说，传统写作的东西，像德莱塞、莫泊桑、左拉，那个时候看了不少。那时候有兴趣看，精神上空虚，在农村呆着没意思。这些人带了一箱的书，老根子带了一本《震撼世界的十天》，丢了还非说我给弄丢的，那时都是谁带的谁带走。我（写作）基本上还是受西方翻译体系影响，跟彭刚成立的'先锋派'这个词是从西方来的，当时法国绘画就有'先锋派'，我们当时就以为先锋和前卫一样，永远是走在最前面的人，都是与众不同的、最新的东西，标新立异。"

虽然当事人之间讲述的内容有同有异，但这些不同的声音还是值得重视，在此将其并置也希望它们能够有所对照、展开"对话"。鲁双芹在谈到这一时期的阅读时说："那个时代，其实我们的渠道是从中宣部的一个副部长的孩子那里，他们家有很多所谓的'黄皮书'，内部的文学刊物；所谓'灰皮书'大概指理论性的刊物，从他家里面流出来的书在这些人中间传阅，传的时候是非常少的时间，一本书在我手里有时就几个钟头，下个人在等着，要拿走，然后我就记得连夜在翻篇，所以看的东西就是一种时尚，人家看了人家在讨论，要不知道吧你就太土了。那时就觉得有一个世界，在眼前打开。看的'灰皮书'比如德热拉斯的《新阶级》，南斯拉夫的。新阶级就是新的阶级，它其实讲的是共产党，我们都是所谓的共产党干部的子女么，我们处在一个特别低落的状态，因为父母等于是一辈子为事业献身，最后全都是反革命，什么叛徒、特务，都在监狱里。给我们特别大的打击，打到地狱里，特别痛切的感觉。我记得最清楚的这本书里的一句话'共产主义要吃掉自己的儿女'，就觉得我们也是这样的。这本书我就记得这一句话，对我是特别大的震动。'黄皮书'看的比较多，苏联阿克肖诺夫的《带星星的火车票》，然后就是美国的《在路上》《麦田里的守望者》。后来我碰到张寥寥，张寥寥就是张郎郎的弟弟，认识他以后看到后来的这些东西，那个时候早期看的是诗集，然后就是苏联的小说，还有比较早的像海明威、雷马克的，就那一类的书。我一开始看的都是名著，什么《约翰·克里斯多夫》《安娜·卡列妮娜》等比较古老的名著，然后碰到这些从中宣部途径流传的书，当时是比较现代的，开始看那些东西。实际上整个那一批书，对后来所谓的人生观、世界观的形成，不是特别明确地知道是什么东西影响你，但是看到这些东西对我们有非常大的影响。当然我们那时候主要的情绪是愤恨的，因为家庭的原因，然后比较黑暗、比较绝望，觉得只有艺术是值得追求的，只有艺术代表真善美的永恒价值，别的东西都是肮脏的，那样一种生活状态。远离政治，一辈子会远离这些东西，包括现在受过我们这样教育的人都是一种比较爱好文学和艺术但是脱离现实的。在现实生活中，就是始终保持一个距离。像张郎郎就比较地投入，感觉有使命感、责任感，对于社会的变革、对于进步，有一份责任，他们那代人跟现实的关系就比较密切。然后我们这代人就脱离现实，后来大都是选择比较'灰'的人生态度，看的书也是倾向这一类的东西，比较有共鸣，对于内容比较正面、比较积极的东西反而有点距离。

"诗歌方面，波德莱尔的东西我印象挺深，因为后来我看自己写的东西有点像他的，全都是巴黎、阴暗的街道，我说我脑子里在想什么东西呢？喜欢一种情调，你写的东西反映那样一种情调，到现在为止，我也还倾向于这种东西，比较喜欢黑暗的、绝望的、死亡的、痛苦的，偏爱这类的东西，其实是自己感情的一种宣泄。洛尔迦的我也喜欢，洛尔迦是另外一种风格，跟音乐一样，很唯美的，其实我觉得包括我现在做玻璃、学美术，都是喜欢这种情调的东西，特别纯净、唯美的，把人升华到另外一种状态。印象比较深刻的是马雅可夫斯基的，我也很喜欢，但是张寥寥是特别喜欢，张寥寥的诗非常地像他，寥寥他人有很强烈的感情、很大的热情，然后文字也比较有气势，比较像他。我也非常喜欢马雅可夫斯基，但他的东西不是我能写出来的。"

在当时的情况下，每个人所读到的书自然不尽相同，不过与他们精神最为契合、最为流行、影响最大的大概也差不多，一定意义上可以说是"大同而小异"。关于这一时期的读书，宋海泉回忆说："'黄皮书''灰皮书'之类的，当时'黄皮书'出的大概有五六十本吧，'黄皮书'出得稍微多一点，'灰皮书'少点，三四十本，主要的、重要的都看过。你像有几个人，我们有几个书源，其中一个是黄以平，101的一个同学，他认识北大哲学系王太庆的儿子，他们家'灰皮书'就一大批，全都是全的，所以到他们家去，谁谁家是搞文艺的，把他们掏空了、看完了为止，都这么个看法。好多不光是这些，光这些属于不太有本的东西，看书基本上由小说到诗歌，再看文艺理论，再看历史跟哲学，它是逐渐递进的过程。所以到后来有的人走到这有的人走到那，后来去干别的，那都是随着看书的过程不一样，他延伸得不一样，都有一个过程的。当时'黄皮书'看的影响最大的几部是《在路上》《带星星的火车票》，再有的是剧本像《愤怒青年》，它不是黄皮，是正式出版的。还一些后来就杂了，萨特的《厌恶》，诗歌叶甫图申科的《"娘子谷"及其他》，影响比较大的是这些。剩下的实际上很多是从50年代以后的《译文》杂志，一篇一篇找的。像毛头，他主要靠《译文》那个东西，茨维塔耶娃的东西，还有《人·岁月·生活》，他主要就靠那些，他所了解的东西也不过就那些，他那里茨维塔耶娃的东西太多了。然后像其他几个女诗人，他对女诗人比较敏感，像阿赫玛托娃这些东西，当时翻译过来很少，总共就两三首，但是一看就很有才华，不得了。《译文》杂志是从50年代开始办的，一直办下来，对大家影响很大。原来的时候主要的流派是这些，一个是苏联'解冻文学'，'解冻文学'对大家冲击力是比较强的，再一个就是美国'垮掉的一代'。其他的一些东西虽然有，但是有的真的看不懂。政治上冲击力最大的实际是两本书，一本是托洛茨基的《被背叛的革命》，一本是德热拉斯的《新阶级》，当时这些都是重点批判的东西。你像德热拉斯的《新阶级》，吉拉斯一直被铁托关着，他本来是南斯拉夫共产党第二号人物，一直被关着，他认为南斯拉夫建立以后，南斯拉夫的革命者蜕变成了一种统治者，这种统治者他既没有资产阶级的勤劳，又没有贵族阶级的那种文化修养，他又贪婪又无知，叫他什么呢只能叫他新阶级。他在前言把概念定义完以后，然后是它的形成、演变什么的，对大家影响很大。

"还有一本书就是罗曼·罗兰的《约翰·克里斯多夫》，很多人没有谈到这个问题，因为它是一个比较古典的东西，它的英雄主义在当时恐怕已经走下坡路了，这本书在什么时候起作用呢，在早期，就是插队之前的早期。'文革'第二年、第三年，也就是到了67、68年的时候，这本书流传过一段，这也是很多人建立自我意识的一个非常重要的来源。这本书因为他青年时期反抗的那些东西和我们当时是非常合拍的。那么到后来第三卷那段比较平稳、清明的时期，也是大家很向往的东西，所以这些东西影响很大。尤其是傅雷的译文太棒了，傅雷的译文从四几年对年轻人的影响就非常大，实际等于到60年代末，影响也还是很大的。其他的，就还有些历史的东西，历史的是什么书呢，这个东西它跟思想解放有关系，思想不解放、松不开的话，谈其他的东西都谈不上，那么思想解放最核心的是政治观念的解放。这个东西比如说吧，有一本书《第三帝国的兴亡》。那时候这本书从社科院图书馆借出来后每人半天的时间，这么厚2本，一本半天，2本一天，就这么干，大家印象特别深刻。看完了大家就讨论，说到关键地方就不说话了，不敢说了，最后一个同学他悄悄地说了一句话，说冲锋队怎么跟红卫兵一样啊，大家就不说话了。这是到67年的事，很早很早的事，所以他们有时候把真正读书的时间地点说晚了，实际67年夏天就开始了。"

从上述所引的不同当事人的叙述来看，我们可以比较清晰地看到他们对思想资源的接受有着若干共通以及共同之处。就其来源渠道来看，要么是自己家有内部的"证件"可以借到这些书，要么是从同学、朋友那里借来，这一定程度上是早于大规模的社会许可的阅读的，具有先行一步的性质，很大程度上给了他们思想的启蒙。同时，就其阅读书籍的范围甚至具体篇目来看也大致不差，比如《"娘子谷"及其他》《带星星的火车票》《麦田里的守望者》《在路上》《向上爬》《凯旋门》《厌恶及其他》……就诗人而言，在他们中影响较大的有马雅可夫斯基、聂鲁达、洛尔迦、波德莱尔、艾吕雅、普希金、莱蒙托夫、惠特曼、阿赫玛托娃、茨维塔耶娃等，若从文学流派角度来讲，那么主要的则是"解冻文学"、"垮掉的一代"、存在主义等。从具体作品来看，那些表现青春叛逆、反抗、颓废、绝望的作品更为契合他们的心境，因而也更容易引起他们的共鸣，为他们所喜好，并在现实中进行一定程度的"模仿"。当然这里面的情况对于每个人来说都各有不同，很难做出一个总括性、全称性的判断，不过就其所受影响而言却有其共性，这是特殊时期他们的重要精神食粮与营养。就这些作品而言，它们有的成为重要的思想和精神资源，有的则对他们的文学活动有直接的作用，这其中尤其是西方现代主义的作品，对于他们意义非凡，对其文学创作有直接的触动作用，对从"浪漫主义"到"现代主义"写作的转变起到了非常重要的作用，关于这一点我们后面还将述及。

（2）交流、竞争与"共同成长"

知青们的写作绝大多数是在"小圈子""群体"中进行的，很少有一个人"单打独斗"的现象。他们更多是在与同学、同好的交流、沟通中培养起对诗歌的感觉与兴趣，同时在互相"比试"、互不"服输"的心态下展开写作的，由于相互的砥砺思想、切磋技艺，他们互相促进，呈现出一种"共同成长"的现象。也就是说，他们是在群体中，与所在的群体一起成长的，虽然从根本来说，他们又是各个不同的，彼此之间的区别与个性都很明显，但是从成长的时期、氛围、契机来说，却是相同的。或者说，他们是在"群体"的保护下成长起来的，这个"群体"具有与"外界"不同的特征与倾向，在普遍的精神荒漠中营造出了一方小小的"绿洲"，但在这个群体内部，又是具有鲜明差异性和充分个体自由的，因而避免了个性的泯灭和自我的丢失。所以，这种圈子里的互相交流、影响是非常重要的，它不但对参与者个人有意义，而且对其"周边"、对身边的人也有意义。

"白洋淀诗群"汇聚了许多诗歌写作者，日后以诗知名的诗人便有芒克、多多、根子、林莽、江河等。他们之间互相的交流、提高也足以成为文坛的重要典故。芒克在回忆中谈到了多多、根子、严力、北岛、食指等诗人："我们三个人中（指芒克、根子、多多，引者注），多多认为根子比较早[①]，他写古诗词，词牌格律，他的那几首比较长的诗，《三

---

① 芒克此处似有"潜台词"，他似乎并不认同这种说法。不过笔者查阅了多多流传较广的文章《被埋葬的中国诗人》，就现代诗而言，多多似乎指出的就是芒克写作比根子要早。多多在另外的场合也说过："芒克最早写诗，然后是岳重，我是1970年在北京才开始写诗的，在这之前食指的诗已经在地下流传。"（记者访谈：《多多：我主张"借诗还魂"》，《南方都市报》2005年04月09日）不过这里若据芒克的回忆，他本人应是在1971年开始写作，同时若结合芒克、徐浩渊、宋海泉等的回忆，根子的诗歌写作应是在1972年，但这里多多又说他是1970年"才"开始写诗的，这里的时间问题真的成了一个众说纷纭的"罗生门"。

月与末日》《白洋淀》，注明是 72 年的，71 年我没见到他写的东西。我 71 年大概写了七首还是九首，保存到现在的只有一两首，72、73 年我写了很多东西，不当回事，有的烧了有的没了，后来保存的也是一种侥幸。再后来回到北京，那都到 78 年了，有的人说传抄你早期那些诗，赵一凡手里存了很多，是老北岛跟我说的，说赵一凡手里有你很多诗，那才敛吧敛吧收集起来。我们那时也没想把它留住或者把写诗作为什么东西，也没想发表也不可能给我们发表，而且还有危险性。没有特别当回事，无非后来自己私下地读，因为老多多写诗我所知道是 73 年，之前写不写我不清楚。根子的是 72 年这是肯定的，他不轻易给人看，后来唱歌去了，他本钱很好，那个时候招文工团，就被招到中央乐团，男低音。他就那么一两年写，后来唱歌了。后来多多谈到的，包括他们写的诗我也没看过。我最早所知道的，60 年代就开始写诗的，就郭路生一个人，他的诗也是 70 年代初才看的，那时我已经开始写诗了。第一次知道郭路生，还是别人给我朗读的，《烟》和《酒》，那时我们对这比较有兴趣，还不是《相信未来》呢，'燃起的香烟中飘出过未来的幻梦，／蓝色的云雾是挣扎过希望的黎明。'好像是这句，有点意思，但它比较朗朗上口，方块诗，跟我们当时那个路子不大一样，老北岛说受他的影响很大，这我相信，但我写的不受他的影响，我和彭刚是很自由的路子，老郭很传统，受何其芳、贺敬之他们的影响，我们俩最早玩西化。老多多抄了很多的诗句，老根子也有艾青的短句，还抄了国内一些老诗人的句子，整诗没见过，都是一些句子。

"当时我知道写诗的除了多多、根子，后来严力跟我们在一起写，我们这还有一个叫马佳的，也住计委院里，也经常见见面，后来听说不写了。他那时写的很多也很长，还不错，老多多和他挺熟悉的。办《今天》杂志以后就不再联系了，那时候他在我们圈子里也算是一个很重要的人。72 年认识的老北岛，我看他的诗比较少，是城里的好朋友，去白洋淀找我们玩过，我们认识还是别人介绍的，他是四中的我是三中的，那时候年轻人狂得没边，还没写出什么东西呢就互相看不起，但都是非常好的朋友。就是各闷各的，等见了面，啊你这个句子不错，就这样。老北岛和我生活的环境不一样，他没到农村插过队，可能从年龄层次上看他也比我大一些，他们还是高中生，我们初中生嘛。还有一个我觉得每个人的本性、天性不一样，我们互相也是有一些影响、借鉴的，其实也是互相刺激。比如说我要是不认识这几个人，也没兴趣写东西了，就是因为认识这些人，相互一较劲就写了。比如我看老北岛写了，一看他写的我就有欲望写，我也就写，我要是不看到他的东西我可能也不写了。这人，看周围的环境，看人家写他就来了劲了，都是这样。

"和多多的诗歌竞赛活动，就是在73年，两个人较劲，对诗的看法相同，什么样的句子是好诗，什么是诗句，较劲。我们中学就是同班同学，关系很好，就说年底一人拿出一本诗集，看谁写的棒。其实还真是憋着写了不少东西，有时候写诗跟大众没多少关系，跟品味差不多的几个人一起较较劲就能写出不少东西。不知为谁而写，其实有时候有目的地写，不一定能够写出好东西，办《今天》杂志的时候硬写，我觉得不灵。"

宋海泉回忆当时的情景，他谈到了根子、多多的诗歌创作，也谈到了早期对食指诗歌的阅读与接受："根子的东西是何方带到白洋淀的，他的《三月与末日》，他带到白洋淀去给我看的。72年，因为我当老师是71年底，我是第二年四五月份，72年看到的，据何方说，他写完了就拿过来了，当时卢中南给我看了很多艾吕雅的诗，等卢中南一出去，何方说你看这个，一首顶他好几首。很有冲击力，冲击力太强了。

"郭路生的作品很早的时候就读过了，69年就读过，我记得文章里写了，郭路生的东西应该说对那一代人影响太大了。那时候开玩笑，家里只要有插队的就有写诗的，人人写，而这个起因恐怕构成一个典型。

当时真是这样，这不是我说的，这是一个小伙子说的，他说我没插队，我哥哥姐姐插队了，他说我觉得插队的都是写诗的，不管什么诗哪怕打油诗，这作用太大了。但是每个人和每个人他不一样，有的人觉得，哦，诗还能这样写。有的人觉得，你像谁看了郭路生的诗跟我说的一句话，说这才叫诗，跟我说过这话。然后，有人呢，觉得确实有想表达的东西没表达出来，我自己没表达出来，他表达出来就特别喜欢，还想再表达怎么办呢？就开始学着写了，不管怎么写，写什么的都有了，因为插队没什么可娱乐的，自己在那不需要其他东西，坐那就想、就写。郭路生我是从他的《相信未来》开始看起，然后又找的他前面的作品来看，他什么都写，他既写过这样的诗，也写过长江大桥、生产队之类的。那《长江大桥》写的，属于红卫兵后期诗歌的延续，这些东西到郭路生那有一个转变，他也有个过程，这些东西都是延续的，都不能隔离开这种文化的主流，他是主流的一部分，从那么一个小支流出来了，怎么延续到那个小支流。有没有过去写古诗写得特别好，而转过来写新诗的，我知道赵哲是一个，看她的新诗就有古典的东西，情绪、境界，包括一些意象，都能看到古诗里头去的。"

徐浩渊重点谈了根子和依群的诗，这两位被她认为是"圈子"里面比较重要的诗歌写作者（而不见得是"诗人"）："根子他也就是那一下出来了8首。最后就那一首《连衫裙，蔚蓝的湖与誓愿》，所以（总共是）是9首，然后就停了。其实我觉得谁都有个诗的年龄，不能都叫诗人呀。我的意思就是谈不到什么诗人，什么叫被埋葬的诗人？人人都有个诗的年龄。在人20岁左右的时候都想写诗，都瞎诌两句，发泄自己的情绪、情感，过了那个年龄以后就不写了，这不是诗人。人人都有个诗的年龄，真正的诗人是过了那段他还想写，玩命还要往外头涌，这是诗人。郭路生是诗人，他在50多岁写的那个《夕阳》还是写得挺好的。马雅可夫斯基、惠特曼、洛尔迦，这都是诗人。郭小川是诗人，连那贺

敬之我都不觉得是诗人。诗人他不是一个短暂的诗的年龄，是过了那个
年龄他还想写，他还有得写、有得说、要表达。那才是诗人。依群的诗
也不多呀，我要么都说那段都是诗的年龄呢。其实依群，也就那么四五首。
当时他们插队那里头，诗最多的是陈铁威。特别可惜，铁威的诗后来怎
么都找不到了。依群自己写的也就那么四五首。他的写作时间其实也就
70年代初，70年，或者是71年到72年。那是个高潮，后来就没有了。
根子的作品比依群晚一点，根子是72年。72年呢他们跟谭晓春他们一
块儿去白洋淀玩，晓春不是白洋淀的，玩去了。回来以后，他突然拿了
诗给我。因为我老觉得根子能写诗，根子给我讲电影，根子最爱给我讲
电影了，他一讲电影，就那个声音、画面和韵味就全出来了，所以我就
觉得这个人他不可能不写诗。为了给北岛写那篇文章（指徐浩渊发表于
北岛主编的《今天》及《七十年代》上的回忆性文章《诗样年华》，引
者注），我跟谭晓春联系，他还说，有一次他记得特别清楚，就是根子
大概从阿赫玛杜琳娜写的那个《八月》，就是'八月是那样慷慨地挥霍
星星'什么的。哎哟他读那两句，我马上说根子，你不可能不写诗。这
个情景让晓春记下了。他读的那个声音、感觉，我马上就知道他能写诗。
所以我一直逼着他，结果有一天他突然就一大摞纸拿给我，还挺不好意
思的。我一看，哇，一下八首就全出来了。而且他那个《白洋淀》就有
什么亮晶晶的花环怎么怎么着……就是他们春天去白洋淀看见的一个景
象。那个时候在中国已经挺有规矩的，几点开灯什么的，白洋淀周围那
些村庄到那个点儿突然都开灯以后，就像跃出来一个光环一样①。他后
来就一下子全拿出来了，我一看，哎哟，不得了。因为大家都写，真写
不过他。长得真让你念得喘不过气来，那么沉重，而且写得真好。"

---

① 根子诗歌《白洋淀》中有这样的诗句："到了暮色最浓的时候／湖四周的灯火，突然／一
齐闪光，那时候我还小／没有搞懂，为什么／这样一个巨大的、亮晶晶的／花环，会猛
地戴上／我的船头，我的肩颈／滚着水珠。"

林莽谈到了芒克、多多、江河等人和白洋淀诗歌群落写作的大致状况："芒克的《致渔家兄弟》，显然是受俄罗斯诗歌的影响，莱蒙托夫、普希金等。他早期这样的诗写过不少，说有十多首，但好像是都丢掉了。后来是受西方现代主义的影响，他的天分在于，更自然化，出口就这样了。多多受西方现代主义的书本的影响，包括名字，他是一个读书写作的人，芒克也读，但他不是对着本抄，很自然地抒发出来，很生动，形象化。那时波德莱尔的东西非常风行，几乎所有人都读过，很喜欢，抄过他的很多诗，是现代主义里面对我们来说很容易接受的一个人，包括聂鲁达。那会儿我和多多有接触，去过芒克村，但是没见过他，他出去了没在。和多多在白洋淀见过，在北京也见过，我们住得比较近，和江河我们经常凑在一起。多多作品从72、73年，以后每年都可以看到一些，他可能比芒克晚点，几个月或半年？最早是根子、芒克，然后他也写，然后互相激励、互相影响。在白洋淀讨论诗歌也不多，跟多多讨论过，他从北京回来，路过宋海泉那儿，我也在那儿。当时经常互相串联，第一次跟他讨论诗歌就是那次，那时他对现代主义感兴趣，我那时也是。晚上住在一起。当时还有一个叫赵金星的，四中的学生，在北京很有名气，他不写诗，他写了一本类似马克思哲学批判的书，曾经被公安局检查，后来因为是卖轮胎啊之类的被审查，大概也是借口，政治上激进被抓起来了。他女朋友在白洋淀，多多也从北京回来，路过那儿住两天。我们就一起讨论。有时也是为了互相借书看。白洋淀那时水路不是很通畅，出村要坐船，有时把自行车放在船上，上岸后骑自行车，三十里路，要走三到四个小时。

　　"白洋淀写诗的我接触的有十多个人，当然包括后来成气候的比如多多、芒克等。有一段时间江河在我那儿住着，我们俩是高中同班同学，在我那儿住过得有两到三个月左右，他当时的女朋友潘青萍，就是后来写《抒情年华》的潘婧，也在白洋淀。后来的宋海泉，这些都接触比较多。别的都不怎么写了，留下诗歌的也不多，听说当时有不少人写，但是没有见过。赵哲的诗'文革'后才看到，杨桦的流传时我看到过，最后组织编书的时候才拿到他们的原始底稿。宋海泉的是比较原始的，杨桦的也是比较早的，赵哲的语词方法上肯定是当时的，不是改过的，能看得出来。多多早期稿子我见过，他有个习惯，个别地方有改动，重要的作品好像还都是原来的作品，改动不大。方含的作品我都不敢说，他的作品有多大改动我弄不清楚。"

宋海泉这样谈到当时写作中互相竞争、互相激励、互相促进的写作情况，应该看到，这样的情况在当时并非个别现象，既然是处在"群"里面，相互之间的比较、影响、竞争总是"难免"的："当时写诗也不是为了什么，也不为了出名，当然有一种谁要写得好的话，长长'份儿'、得得意，可能有这种感觉。它有种比赛的性质，毛头跟猴（即多多与芒克，引者注）交换诗集叫决斗。这个过程叫碴诗：碴舞、碴歌、碴琴、碴诗，所谓'碴'就跟打架似的，看谁力量大，有种比赛、决斗的意思，说缓和点就是比赛，说硬点就是决斗，北京方言，一直存在着。顶多大家有种'碴'的感觉，在决斗的过程中大家得到一点小小的满足。非功利的诗歌的发展那是一个特殊时期，非常特殊的时期，为什么特别呢，因为大家没有别的事情可做，这是一种自己给自己的满足，在小范围之内、同学之间流传的一种满足，碴架、比赛性质，除此之外不可能有别的目的。但这种目的本身是比较虚无的，你说是非功利它也有小功利，完全性的非功利不太可能，有种游戏性的。这种'碴'也好，比赛、决斗也好，其实都是一种文学的方式。所以截然把这种分开，也值得商榷，有时也想动力到底是什么？这个诗歌也好，有没有功利？肯定有，如果这个东西完全非功利的话就发展不起来，在我们生活里边任何关系它必须有功利的一面。"这样，总的来看，由于对以西方现代主义为主的文学与思想资源的阅读和接受，对不同来源与渠道的诗歌营养的吸收，同人间的互相影响、竞争与激励，圈子内较好的"生态"氛围等的因素，促成了一大批诗歌写作者的产生与存在。

结　语

　　"白洋淀诗群"在"大时代"的缝隙之中发生，与"主流"有着明显的异质性，相对于时代主潮的"革命"，他们是"去革命""不革命"的，相对于无所不在的"政治"，他们更多是被排斥、被放逐、边缘化的，有着主动或被动的"去政治化"特征。与此同时，情感生活、爱情、朋友圈子，为他们的生活提供了温暖和慰藉，同时也为他们的诗歌提供了一种内驱力，构成了其诗歌或隐或显的一种因由。"黄皮书""灰皮书"等"异端书籍"的阅读对于他们的思想启蒙和精神成长具有重要的意义，而朋友之间的互相交流、较劲、竞争又促成了彼此之间的思想砥砺、诗艺提升和共同成长。如此，"白洋淀"诗群在大环境的恶劣之中又形成了一个彼此抱团、互相取暖的小环境，进行着他们离"本能"、离内心、离自然更近同时也离艺术的普遍原则更近的另一种路向上的诗歌写作。历史终归是公平的，这种写作的价值在日后得到了追认并得到了发扬光大。有必要说明的一点是，关于文中当事者的口述性材料，一方面笔者进行了必要的去伪存真的辨识，另一方面则又尽量客观、保持中立，尊重讲述者的立场与观点，因而本文呈现的是一个有差异、多声部的世界，其中的同与异、是与非，读者诸君自可体悟和判断。

难以为继的"再出发"
——重审新时期之初的"政治诗"热潮

1970 年代后期，随着"文革"的结束，中国进入了一个全面调整、转向的"新时期"。从此时到 1980 年代的前期，"政治诗"的书写都是比较大的热点，无论是"归来者"诗人、"文革"及以前开始写作的中年诗人，还是"文革"以后开始写作的青年诗人，都有很多人从事政治诗的写作。他们的创作产生了广泛的影响，许多作品甚至有着轰动性的效应，其在思想与美学层面也多有独特之处，体现了明显的"转型"特征。今天，从历史与美学、文学史价值与文学价值相结合的角度对之进行观照，可以更清楚地考辨其内在特征与存在意义。

一、历史的"断裂"与"重新出发"

进入"新时期"，人们对新的时代与社会充满热烈的期待和激情的想象，人们普遍认为：过去的错误已经结束，现在是正确而美好的，而未来将越来越好。正如诗人艾青在写于 1978 年 12 月的一篇文章中所表述的："如今，时代的洪流把我卷带到一个新的充满阳光的港口，在汽笛的长鸣声中，我的生命开始了新的航程。"① 这种乐观情绪在当时是极具普遍性的，是一种时代的"共名"。评论家谢冕关于诗歌状况的论述同样代表了当时的一种普遍性认知："由于打破了禁锢思想的重重枷锁，中国新诗死而复生了。诗人的神圣使命重新得到确认，诗人不仅能够面向现实说话，而且能够面向现实大胆地说出歌颂光明和诅咒黑暗的话，甚至于诗人能够站在现实生活面前独立而庄严地说话。"② 总体而言，历史在此发生了"断裂"，人们重获自由，社会的方方面面都在"重新出发"，一切生机勃勃、充满希望，这是那个时代的典型情绪，也是当时"政治诗"写作热潮出现的背景和基础。

应该看到，"政治诗"在中华人民共和国成立之后一直都很"热"，而且几乎成为一统天下的存在，"新时期"与"新中国"有着相同的时间逻辑与价值诉求，与建国之初胡风所高声歌唱的"时间开始了"一样，新时期的政治诗也体现了理想、浪漫、充满乌托邦激情的特征。这里面确实有着评论家唐晓渡所指出的"时间神话"："通过先入为主地注入价值，使时间具有某种神圣性，再反过来使这具有神圣性的时间成为价值本身。"③ 在这里，时间本身便代表了价值，在单维的时间逻辑中贯穿了关于时代、社会的"进步"与"发展"的观念。但如果仔细分析，"新时期"的政治诗还是具有与此前政治诗所不同的一些特征，具体而言，此前的诗风是"革命现实主义与革命浪漫主义"的结合，而现在的诗歌则更为强调"现实主义"特征，其基本面貌已经发生了一些改变。"革命现实主义与革命浪漫主义"究其实是一种关于"革命"的"浪漫主义想象"，它并没有多少"现实主义"的成分，其重点在"革命"，

① 艾青：《在汽笛的长鸣声中》，《艾青谈诗》（增订本），花城出版社，1982年版，第119页。
② 谢冕：《新诗的进步》，见全国当代诗歌讨论会编《新诗的现状与展望》，广西人民出版社，1981年版，第29页。
③ 唐晓渡：《时间神话的终结》，《文艺争鸣》，1995年第2期。

而革命摧枯拉朽、高歌猛进的特质是拒绝平静、琐碎、凡俗的现实的，实际上建国后的数十年中并没有多少"革命现实主义"的诗歌，而只有"革命"的诗歌，离"现实"很远。当然，应该看到，"新时期"政治诗的热潮仍然属于"社会主义现实主义"的范畴，它仍然具有较强的意识形态属性和政治特征，但值得注意的是，其中确实具有了更多的现实主义特征，它与当前的社会现实结合更为紧密，有了更多的现实针对性和有效性，说出了个人内心要说的话，与人的内心距离更近了，而这，在此前的政治诗书写中，都是不被允许和不可想象的。从这个方面来看，这种诗歌书写便具有着不可替代的进步意义。

"新时期"政治诗热潮的出现有其必然性，中国社会自古以来是一个政治社会，"政治"在人们的生活中发挥着巨大的作用，而在20世纪70年代末80年代初的这一时期，中国的政治发生着翻天覆地的变化，"拨乱反正""思想解放"，政治生活的内容与形式发生了极大的变化，人们自然对此感慨良多。更重要的是，此前被压抑已久的情感终于得到了释放的机会，民众的政治参与热情被重新激发，关于政治的言说也是势所必然的。正如有的论者所描述的："在那个全民性政治热情高涨的年代，几乎所有诗人都加入到政治大抒情的创作队伍当中，他们放开喉咙大声歌唱，直抒胸臆无暇假借，一时之间政治抒情诗如滚滚浪涛遍及诗坛。"① 在政治诗的具体书写中，可以大致概括为对过去的批判、对现在的关注、对未来的憧憬等，而这都建立在若前所述"断裂"的时间逻辑和进化论的时间观上。就基本的价值取向、抒情模式而言，这些诗歌的写作是共性大于个性的，趋同性很明显：比如对"极左"政治的批判，对自我、对人性的反思、对正义与光明的热切呼唤，等等。它们参与了新时期中国的政治转型和对于"未来"的想象，所以，虽然它们一

---

① 石兴泽：《强度　厚度　力度——新时期政治抒情诗的浪漫主义特质》，《海南师范学院学报》（社会科学版），2007年第1期。

定程度是反（此前的）政治的，但同时又是高度迎合政治的，是与当时社会的政治导向高度合拍的。

二、思想特征与价值取向

从创作主体来讲，"新时期"之初政治诗歌的书写主要有两大群体：其一，是以"归来者"为主体的中老年诗人，这些诗人有艾青、公刘、邵燕祥、流沙河、白桦等，他们在"文革"以前早有诗名，尔后被迫中断，现在则再度"归来"；其二，则是更为年轻的青年诗人，如雷抒雁、叶文福、骆耕野、熊召政、张学梦、曲有源、李发模等，他们有的是在"文革"后才登上诗坛，有的虽然较早已开始写作但真正成名是在"文革"之后。这两类诗人关于政治的书写侧重点有所不同，比如中老年诗人由于他们的创伤性经历，因而有更多的对过去的"黑暗""浩劫"的批判与揭露，有的则更为可贵地涉及对"人"、对自我的反思，而年轻的诗人则更多地关注、干预、批判"现实"，憧憬重新起步的"现代化"改革的美好前景，等等。不过，总的来说，他们对待历史、对待现实的态度与立场是大致相同或相近的。这其中最关键的是诗歌与现实关系的调整："在这个时期，重新获得生命的诗所首先发出的，是恢复诗的真实性的呼吁。这自然是针对十年动乱中诗普遍走向虚伪和矫情而提出来的最基本的出发点，也是重新调整被扭曲的诗与现实关系的第一步。"[1]重建诗歌与现实的关系，使诗歌恢复真正的现实主义特征，诗人公刘的观点较具代表性："我以为，至少在中国，现实主义今后必将仍然是我们的主要阵地，理由也许可以举出百十条，但关键的一条是：文学艺术（包括新诗）必须面向此时此地的人生，因而就注定了必须面向此时此

---

[1] 洪子诚、刘登翰：《诗与现实关系的调整——八十年代新诗发展的一个侧面》，《福建论坛》（文史哲版），1993年第3期。

地的现实。"①

　　由于此前严酷的政治情势已经过去，整个社会的政治氛围轻松了许多，言论尺度大为开放，因而，这一时期的政治诗也以实话实说、针砭现实、暴露问题、大胆批判而引人注目。"诗歌是他们传达理想表现真实人生的手段。一旦环境有了改善他们便会迅速地弃置昨日的迷惘而以真诚的声音面对他们的时代。'文革'的结束重新燃起他们以诗行使权力的使命感。"②这种面对时代的"使命感"首先指向刚刚过去的"历史"，对"文革"、对"极左"政治的反思是这一时期许多政治诗歌写作的出发点。这其中比如关于"文革"中被迫害致死的张志新的事件，便有多位诗人不约而同进行了书写，其中有数首后来成了名篇，比如雷抒雁的《小草在歌唱》、公刘的《刑场》《哎，大森林》、韩瀚的《重量》、流沙河的《哭》等。这一现象可以作为政治诗热潮中关于制度反思、历史批判的一个缩影，颇具代表性。诗人白桦的《阳光，谁也不能垄断》在当时有着较大的影响，其中既包含对"四人帮"的批判，也包含对其"余毒"的警醒，诗中对于"阳光"的渴望与无限信任，在那个时代是具有相当普遍性的。当然，应该看到，这些诗里反思和批判的力度仍然是有限的，比如仅仅将问题归结到"四人帮"，或者不经论证地宣布过去的情形将"永远不会再回来"，实际上都是很表面、想当然的，并不深入，也未揭示出事物内在的机理与本质。不过，它们都是特定历史阶段的产物，不可能超越当时的认知范围，也不可能越出当时的言论尺度。它们的出现，在当时是有意义的，发挥了积极的作用，这本身已经难能可贵。

　　与"回顾历史"相比，更重要的是"直面现实"。这一时期政治诗的一个重要维度是干预现实、介入现实，暴露现实中的问题，真正发挥现实主义诗歌的传统与功能。艾青是新时期较早提倡"说真话"的诗

---

① 公刘：《关于新诗的一些基本观点》，《文学评论》，1983 年第 4 期。
② 谢冕：《20 世纪中国新诗：1978—1989》，《诗探索》，1995 年第 2 期。

人，他指出："诗人必须说真话。""人人喜欢听真话。诗人只能以他的由衷之言去摇撼人们的心。诗人也只有和人民在一起，喜怒哀乐都和人民相一致，智慧和勇气都来自人民，才能取得人民的信任。""人民不喜欢假话。哪怕多么装腔作势、多么冠冕堂皇的假话都不会打动人们的心。"① 而他的诗歌也的确贯彻了"说真话"的精神，这在《光的赞歌》《古罗马的大斗技场》《鱼化石》《盆景》等诗中均有鲜明的体现。与"说真话"相类似，是公刘对于"诚实"与"勇气"的强调："诗必须对人民诚实"，"而指出黑暗则更需要勇气，勇气源自对于理想和人民的深刻信赖，源自对于过去、现在和将来的历史感；不真正热爱光明者，又焉能真正鄙弃黑暗？！"② 对这一时期的公刘而言，诗歌是一种批判的武器，他以此表达他的爱与恨、悲与喜，既以表达自己、直抒胸臆，同时也表达他对于社会、人生的关切、认知。他的诗具有较强的哲理特征、政论色彩，是一种广义上的"政治抒情诗"，但这里的"政治"显然与主流意识形态的要求之间并不是完全同步的，而带有着更多的个人色彩和对制度、体制的超越性思考和批判锋芒。此外，熊召政的成名作《请举起森林般的手，制止！》书写的则是新时期的特权、官僚、腐败现象，发表之后引起巨大轰动。诗中写的是，人民群众的生活依然饥饿、贫穷、艰难，而党的干部则已脱离群众、高高在上，成为官僚特权阶层，作者对这种现象进行了猛烈的抨击。骆耕野的《不满》主要是写对于"现状"的"不满"，这种"不满"一方面是因为对于现状有着更高的期待和要求，另一方面则是对现实中存在的问题的批评、批判，比如这样的诗句，便写得非常有针对性："我不满官僚主义，／轻浮地荡尽了先烈的遗产；／我不满文化水平，／至今还托不起四化的航船；／我不满软弱的法制，

① 艾青：《在汽笛的长鸣声中》，《艾青谈诗》（增订本），花城出版社，1982年版，第110页。
② 公刘：《离离原上草·自序》，《离离原上草》，人民文学出版社，1980年版，第2页、第3页。

／英雄碑前有民主的泪浸血染；／我不满大话和空想，／睡在海市蜃楼上描绘缥缈的明天；／我不满抱怨和牢骚，／躲在时代的堤岸上指责涌进的波澜……"如此，"不满"实际上提供了一种动力、一个美好的前景和无限的可能："呵，不满就是一个绝妙的议事日程，／不满就是一部崭新的行动提案；／不满已催生出伟大的战略转移哟！／不满已催挂起新长征的战斗风帆！"这其实也指向了一种"新"生活，"不满"其实也代表了一种"满意"和"希冀"。自然，政治诗在暴露与歌颂之间的分寸、比例把握上，并非没有出过"问题"或"事故"，比如曲有源、叶文福、熊召政等一些暴露性题材的诗作，都引起过较大的争议，甚至引起文艺界之外力量的介入，作者因之而受到打压并被迫做出自我批评、检讨等。这显示了当时文学规范的某种"边界"，尤其是关于现实的批判，它的尺度并没有当时的一些诗人所认为的那样宽松。

"新时期"的中国社会无疑是一次充满激情与梦想的现代化之旅，因而诗人们也充满了对于"现代化"的想象。诗人们普遍对未来充满了信心，充满了革故鼎新、阔步前行的高迈情感。哪怕是对历史与现实充满了激烈的批判态度的诗人，也无不满怀热情地讴歌"新时代"，这与建国之后的历史情境大致相同，被认为是一个成长中、包孕着无限可能的时代。在50年代曾经写过《中国的道路呼唤着汽车》的诗人邵燕祥，1978年又写了堪称历史的呼应的《中国的汽车呼唤着高速公路》。这首诗可以说典型地体现了那个时代的"主旋律"和价值观。其中充满了对于"速度"与"进步"的追求、渴望。与此类似的如《假如生活重新开始》，作者的心情是欣喜、豪迈的，面对过去："把长长的身影留在背后。／愉快地回头一挥手！"面对未来，则："依然是一条风雨的长途，／依然不知疲倦地奔走。／让我们紧紧地拉住手！"这其中的原因，则是因为他的心中有这样的信念："时间呀时间不会倒流，／生活却能重新开头。／莫说失去了很多很多，／我的旅伴，我的朋友，／明天比昨天更长久！"诗中的情绪与信念在当时显然都是具有典型性的。这些政治诗中的自我形象往往是抽象化、本质化了的"大我"而非个体、世俗的"小我"，其精神状态是也是自信、高亢、乐观的。雷抒雁的创作便很有代表性，他的作品注重哲理性与思辨性，社会性和使命感较强。对于真理、正义、光明、理想的无惧无畏的追求是雷抒雁诗歌极为重要的价值取向，它一方面包含了强烈的人道主义诉求，同时也契合了时代主潮，被认为代表了"时代的强音"，在其《群山的雕像》《第五根弦上的强音》《炼石》《信仰》等中均有明显的体现。张学梦也是对于"现代化"这一主题用力颇多的诗人之一，他的长诗《现代化和我们自己》最主要的便是呼唤科学技术的现代化和"人的现代化"，因为人需要"向前看"："重要的永远是现实和未来，／任何东西都会陈旧的——／知识、经验、生命、荣誉……／为了获得永不衰竭的力量，／必须不断地把新的营养汲取。"这种争分夺秒、时不我待的紧迫感，也是当时自感已经浪费了许多时间，因而需要奋起直追的人们的共同想法。张学梦的政治诗不仅有很多政治术语，而且有大量科技术语、哲学术语、经济术语，这在其诗歌《关于生产力的歌》《休息吧，形而上学》《啊，经济规律》等之中都有鲜明的体现。这样"非诗"的词汇进入诗歌，反映了将社会生活的方方面面都"诗化"，并使之纳入"现代化"轨道的企图。如有的论者所分析指出的："大量的科学术语入诗，甚至以科学术语表现生活，成为张学梦诗歌的另一个不容忽视的特点。尽管这些术语生涩、新奇、斑驳，破坏了传统诗境的和谐，但它带给我们的科学精神，却拓展了'小生产'的目光所无法企及的美学境界，为我们展现了一种现代美。这也是诗人审美理想的一个组成部分。"① 应该说，这种相信"未来"、呼唤"现代"的想法是在历史"青春期"所难免的一种"规划"与"想

---

① 苗雨时：《现代精神的歌者——张学梦论》，《廊坊师范学院学报》，2001 年第 2 期。

象"，其中或许不免有天真、幼稚的成分，但它是真诚的，更重要的，它是历史前进过程中必经的一个阶段，缺少了它是不完整、不真实的。

三、局限性与内在危机

"政治诗"一方面包含"政治"，另一方面又是"诗"，其中当然也有这两个方面的矛盾、冲突、龃龉。就"新时期"之初的政治诗而言，这些诗中"政治"的成分多是大于"诗"的成分的，政治的标准仍然高高在上，"政治正确"仍是不可触碰的高压线，而艺术的标准、诗的标准，则只是次要的、不那么重要的，它仍然没有独立性，客观上成为"为政治服务"的一种手段。叶文福写作的反映部队中腐败问题的诗《将军，不能这样做》所引起的巨大争议便是一个典型的例子。这首取材于现实、后来被称为"反腐败预言诗"的作品发表后引起两种截然不同的反映，毁誉参半。支持的如刊物《文学评论》曾就此发表文章，题目叫做"诗人，应该这样说"[1]；批评者则指出这种诗"歪曲我军将军形象，是违背文艺为人民服务、为社会主义服务的宗旨的"[2]，这样的争论甚至超出文艺的范围而遭到来自部队方面的直接干预。我们看到，"政治"仍然是衡量诗歌的标准，那种认为诗歌已经松绑、获得自由的想法，如果不说是错觉，至少也是过于乐观了。其实，这只是问题的一个方面，即政治作为外部力量对于诗歌的规训、制约，而另一方面，除极少数之外，诗歌也并未失去向政治的靠拢、献媚，诗歌仍然是把政治作为最高标准来规范、定义自身的，政治已渗透到诗歌的血液之中。仍以叶文福为例，他在艺术上更多地继承了中国 50 至 70 年代诗歌的遗产，与"红色意识

---

① 李拔：《诗人，应该这样说——读〈将军，不能这样做〉有感》，《文学评论》，1980 年第 1 期。

② 龚彦：《评叶文福的"将军诗"及其他》，《解放军报》，1982 年 2 月 13 日。

形态"之间有着密切关联。诗人北岛在回忆 80 年代前期叶文福朗诵诗歌的情形时说，他是以"革命读法"来"吼叫"他的诗的，叶文福"受到民族英雄式的欢迎。他用革命读法吼叫时，有人高呼：'叶文福万岁！'我琢磨，他若一声召唤，听众绝对会跟他上街，冲锋陷阵。"① 这仍是此前"集体主义"时代的、"运动"式的产物，诗歌与政治，其实并未远离，而诗歌本身的独立性，其实仍是一个暧昧未明的问题。学者李新宇在讨论"文革"诗歌时指出，"为政治服务并不一定意味着诗歌品位的低下……但是，无论为什么服务，要想服务得好，都必须通过审美这一中介。文革诗歌却在急切地成为工具的时候略掉了这一中介。""没有个性，没有审美，这就使当代诗歌早已存在的政治概念化和标语口号化倾向进一步发展起来，结果是损害了为政治服务。"② 从这个角度来看，"新时期"的政治诗与"文革"诗歌之间所存在的问题是相近的，其连续性大于断裂性。

政治诗歌的书写整体而言反映了"时代的情绪"，既符合主流政治的设计，同时也体现了写作者内心真实的声音，实际上这种比较合拍、融洽的情况在当代诗歌史上并不多见。同时，因为它能够反映人们的心声，也为主流所鼓励和倡导，因而也能够产生较大的影响，发挥较大的作用。它对现实的关切、对历史以及对自我的反思、它的理想主义特质……是其中最有价值的部分。当然，在我们重新回过头去回顾这一诗歌写作潮流的时候，不能不看到其中存在的问题。学者王光明在谈论"新时期"艾青的诗歌创作时所指出的问题其实是非常具有普遍性的："浓重的政论色彩掩盖了诗歌所不可缺少的形象性"，"在'归来'之后的艾青那里可能听见他在 30 年代后期发出的那种浓郁动人、颇具穿透力的歌唱的微弱回声，却无法听到能压过他当年的更具艺术力量的声

① 北岛：《朗诵记》，《书城》，2002 年第 7 期。
② 李新宇：《"文革"诗歌略论》，《齐鲁学刊》，1993 年第 3 期。

音。"①这样的现象不仅在"归来者"诗人中非常普遍，在年轻诗人那里情形也颇为相似，他们大多很快便遭遇了难以为继和难以超越的问题，要么停滞不前，要么改弦更张，归根究底，这是这种写作方式的内在危机所致。"政治诗"的大部分作品其抒情仍然是一种公共的、"大我"的抒情，其"政治"的意味远大于"诗"的意味，概念化、理念化的现象非常普遍。在艺术上，它仍然延续着此前的简单、固定、模式化的象征、隐喻手法，声调高亢、情绪激昂，热情有余而蕴藉不足，这其实还是此前政治抒情诗的书写方式，虽然表达的内容是反向的，但在书写方式上却是延续的、一以贯之的。正如论者所指出的，这些政治抒情之作"就诗歌艺术本身而言，并没有能提供新的艺术手段与新的艺术语言"，"在这一阶段，诗人的情绪还沉浸在对粉碎'四人帮'后一系列拨乱反正活动的兴奋之中，还顾不上对诗歌的把握世界的方式做认真的思考，诗歌的话语形态与主流的政治性话语形态一体化的结构并没有改变"②。它们并没有发展出一套新的语汇、表达方式、美学范式来。因而，从诗歌艺术本身来说，其价值并不太大，它们很快便被更为年轻、更富创造性和活力的"朦胧诗""第三代"挤压到了诗坛的边缘，并受到读者的忽略。虽然这当中的许多作品在特定的时期产生了一定的影响，但真正具有较高文学价值并能够流传下去的，并不太多。故而，"新时期"政治诗虽然是一次堪称壮丽的"再出发"，但是它们很快便遭遇了"难以为继"的危机，时代在飞速地变化着，属于它们的辉煌很快消散，并且一去不返，它们也成了作为潮流的政治诗书写的最后"绝唱"。

---

① 王光明：《现代汉诗的百年演变》，河北人民出版社，2003 年版，第 573 页、第 574 页。
② 吴思敬主编：《中国诗歌通史·当代卷》，人民文学出版社，2012 年版，第 225 页。

第二辑
打量当下

宿命的下降或艰难的飞翔
——论1990年代以来的当代诗歌转型

在1990年代以来的现代化、全球化以及消费化、资本化的时代条件下，诗歌的被冷落与"不景气"是不可避免而且已经是显而易见的了。但这并不意味着如某些人所断言的诗歌的衰落或死亡，相反，它在新的时代精神氛围下，不但健康生长着，而且在增加着新质，发生着意义重大的变化和转型。这种转型，其中当然也包含着对于"传统"的继承和接续，但更重要的，是对于此前规则和禁区的突破与毁坏，是以异端和叛逆姿态出现的对诗歌的新的探索。这一时期人们的物质、精神、文化生活发生的变化，清晰地投映在诗歌当中。我们看到，虽然这种变化"浮出地表"并形成比较明显的特征其时间并不长，但诗歌在其价值指向、艺术构成、功能等各方面的变化已不可谓不大，有比较明显的转向或者说转型。

本文所关注的这种诗歌"转型"，从宏观方面来说大致是指诗歌由"生产型"到"消费型"，由"精英型"到"大众型"，由"形而上"到"形而下"，由"传统性""现代性"到"后现代性"，由"教化""寓意"到"娱乐""游戏"等的一系列转变，其具体表现本文拟从以下四个方面进行梳理和阐释：其一，写作题材与主体姿态方面，世俗化、私人化与粗鄙化；其二，诗歌美学构成方面，后抒情、叙事、戏剧性；其三，诗歌语言方面，口语化、"后口语"化；其四，艺术风格与写作伦理方面，娱乐性、游戏化、狂欢化。这种转型在时间上是自 1990 年代初逐渐发生的，而在世纪初——尤其在近年蓬勃发展的网络诗歌中——变得更为明显，具有典型性。

一　世俗化、私人化与粗鄙化

随着消费意识形态和大众文化的逐步建立，诗歌在实现着一个"世俗化"的过程。这种世俗化的诗歌距离普通大众的生活更近了，表达的是日常的、"在世"的生活景观，"很多诗人都作低空飞行甚至完全站在真实的大地上，诗笔直接关心平民的、世俗的、个人的现实生存。有的甚至是十分琐碎的凡人真实小事和小感受"。[1] 同时，诗歌与普通大众的生活意愿和审美趣味也更接近了，它表达和肯定个人的世俗欲望和生活伦理，尊重个体的需求和感受，在功能上更为注重游戏性、消费性、娱乐性，这当然也消解了一元化的文化专权和意识形态，促进了文化的多元化、民主化和艺术生产力的解放。这一倾向在 1980 年代已经初露端倪，比如韩东、于坚、李亚伟、胡冬、杨黎等诗人的创作。更为晚近，这种"反神话写作"则可以说是蔚然成风了，更多的诗人，尤其是年轻诗人，是作为一名普通人——或者如作家莫言所言，是"作为老百姓"——的身份来进行诗歌写作，原来的那种高高在上的精英姿态、悲悯关怀、启蒙言说已经被一些不起眼的"俗人俗事"所代替，这大概是非常重要的一个变化。诗人徐江所说的"尊重俗人的诗歌权利。为俗人们写作"[2]在 1990 年代以来至少是部分地实现了的。

---

① 王珂：《走向世俗：文化转型期先锋诗的运行轨迹》，《湖北社会科学》，2000 年第 8 期。
② 徐江：《俗人的诗歌权利》，《诗探索》，1999 年第 2 辑。

我们可以比较一下1980年代和其后诗歌中的自我形象和自我想象。如果说以"朦胧诗"为旗帜的1980年代诗歌所张扬的是理性、高尚、崇高的"大我"的话，那么1990年代以降，这个"我"更多的则是一个平庸、凡俗的甚至生物、感性、欲望的"小我"，从另一个角度看，这也可以说是从"超我"向"自我"和"本我"的过渡。同时，以"个人"和"私人"的面貌出现的"我"大概也是现代社会发展的必然产物：人不再是完整统一的整体，理性充分发育反而对人产生极度压抑，商业、科技、体制等对人的异化，庞大社会机体与个体力量对比的悬殊，等等。这样，私人化的出现几乎已经是必然的了，诗人们已经无从（最主要的是没有了信心）把握整体和外部世界，也没有了原来彼岸式的精神理想和价值认同，他的诗歌只能与凡俗、平庸的个人生活，与晦暗、变幻的内心世界相纠结了。

还有必要说一说"审丑"的问题。有论者指出，"朦胧诗"后的"第三代"诗人们对于"审丑"有着特别的嗜好与兴趣，"他们不惜打破所有的美好幻想，亵渎所有神圣事物，并刻意展览潜意识深处那些畸形、变态乃至卑琐、低下的情绪、意念与欲望。"[①]这种情况在"第三代"之后的诗人中有过之而无不及，而且在近几年盛兴的网络诗歌中更为显著，几乎达到怎么让人不舒服、怎么让人恶心就怎么写的程度。这方面最极致的例子当属"下半身"和"垃圾派"诗歌。他们每每将生活灰暗、龌龊、令人生厌的一面写入诗歌，将"常识"中许多被认为不能入诗的、"丑陋"的东西置入诗的视界，这仅从诗歌的题目就可见一斑，比如《我这一生有多少时间花在抠脚气上》（朵渔）、《我的嘴里有一口痰》（南人）、《每天，我们面对便池》（南人）、《垃圾堆上的人物》《擦屁股的》（老旦）、《庸俗的人就是我》（管党生）、《人是造粪的机器》

① 陈旭光、谭五昌：《秩序的生长："后朦胧诗"文化诗学研究》，陕西人民教育出版社，2002年版，第149页。

《屎的奉献》（徐乡愁）、《谁牛逼，我就操谁》（典裘沽酒）……"下半身"诗人沈浩波宣称"诗歌从肉体开始，到肉体为止"，"垃圾派"诗人徐乡愁则说，"一切思想的、主义的、官方的、体制的、传统的、文化的、知识的、道德的、伦理的、抒情的、象征的、下半身的、垮而不掉的东西或多或少都有些伪装的成分，只有垃圾才是世界的真实！"这在传统的诗歌观念看来，简直就是"大逆不道""胡说八道"的，但在一个消解神圣的文化大众化的时代，却又是必然的。这种审丑往往说的是"大实话"，是身体的和生理的感受和反应，这种表现因不符合"理想"而遭到此前诗歌的拒斥，却也因"真实"而有着震撼力和"象征意义"。它是对于"禁区"的一种突破，代表了一种对既定秩序的反抗和破坏欲，表达了某种文化施暴的快感，也还原了生命的感知和实在，应该可以成为对诗歌可能性的一种探索。

诗歌的"世俗化""私人化"以及"审丑"其实都牵涉创作主体的一个重要方面：道德意识的淡化、下移和主体的粗鄙化。中国作为一个"伦理本位"的国家，从来都是扬"群体"而抑"个体"，重"道德"而轻"个性"的，过重、过于压抑的道德意识已经束缚了中国人太长的时间，诗歌中的"思无邪""诗言志""文以载道""发乎情而止乎礼"等观念已经根深蒂固，深入到了民族艺术和文学观念的集体无意识深处，成为"宝贵的精神文化遗产"，然而，这同时也成为不容否认的难于突破的障碍和局限。过重的道德化规约和否定着个人的欲望与追求，甚至扼杀了个人的创造性与自由意志，产生着"虚假"和"欺骗"的艺术，使人成为"秩序"与"权力"的奴仆。因而，现在的道德意识的淡化与下移便是有着进步意义的（我所以没用"滑坡"之类的词语也正是基于此因）。主体的粗鄙主要地体现在身体的狂欢和对神圣之物的颠覆与亵渎上，这包含着对于世俗伦理的高度认同和对个体自我的尊重与肯定。这个时期更多的诗歌是"诗言体"（于坚语）的，身体构成了诗歌欢乐的能指海洋，身体未驯的力量有效拆解了文明机制的规训与管制，回复了生物个体的本真状态，感受着生命充溢的欢乐和无拘无束的自由，这当然是有着积极意义的。而且，应该看到，创作者本人也并不一定认同作品中的"粗鄙"，能够将这种"粗鄙"以艺术的形式表现出来，这中间是有着"戏剧性"间距存在的，他看重的也许更多的是作为文化反抗的"象征"意义。

二　后抒情、叙事、戏剧性

抒情作为一种古老的艺术手法与诗歌结缘可谓由来已久，无论是在中国还是西方，最具有心灵性的诗歌都是最为便捷和灵活地反映人的情感的艺术体裁。"诗缘情而绮靡"，因为含蕴了人类共通的真诚而高贵的情感，才有着诗歌超越时空、恒久不衰的艺术魅力。然而，作为艺术手法和美学构成的抒情却在1990年代以降的诗歌中遭到了极大的质疑和颠覆，传统的抒情方法和抒情方式似乎已经"过时"，它已几乎见不到踪影。这个时期的诗歌已经进入了一个"后抒情"的时代，比如于坚，他"主张一种具体的、局部的、片断的、细节的、稗史和档案式的描述和0度的诗"，"诗不抒情"①，他的很多诗情感态度极为内隐、"冷酷"，所呈现的更多的是没有情感温度的"物世界"，这与法国"新小说"作家罗伯－格里耶所提倡的"零度写作"其精神是相通的。于坚的"事件"系列、"作品"系列、《便条集》等都是这方面的代表，而长诗《0档案》则更是这方面的杰作，作品通过对体制化、格式化、程序化的现代社会的仿写、模拟，呈现出了非人性的、僵硬的、冷酷的一面，貌似"无情"实则满含"深情"。到更为年轻的诗人那里，传统的抒情方式对于他们

---

① 于坚：《拒绝隐喻》，见《磁场与魔方》，谢冕等主编，北京师范大学出版社，1993年版，第312页。

显然是更为陌生的了，他们更多转向了"叙事"和"戏剧化"情境。当然，我们看到，这里的"后抒情"并非"没有"抒情，实际上抒情是有的，只不过是改换了方式，变成了"冷抒情""零度抒情"或者"间接抒情"，变成了"回到事物和存在的现场"（谢有顺语）的"客观化"抒情，等等。

　　这种"后抒情"的产生是与现代社会的发展和人类认知与情感方式的复杂变化相关联的。在当今的时代状况下，古典抒情方式已经显得过于简单化、片面和想当然，现代人在抒情的同时已经带有了对它的反思和质疑，所以从情感态度上过去的那种"物我两忘""主客不分"的状况已经很难出现，激情洋溢、热情澎湃、一往无前的赤裸裸的情感抒发已经不复存在。因此，"在'后朦胧诗'中，我们看到了一片主体委顿甚或消隐、情感极为冷漠、'零度'的'冷风景'"。[1] 创作主体的后撤和隐退淡化了其情感立场和态度，扩大了情感表达的可能性和空间，增加了作品的艺术张力，实际上是一种以退为进的抒情方式，它所达到的效果反而可能更为强烈和有效，实际上，如谢冕所概括的，"他们并没有摈弃激情，只是以一种无可奈何的扭变体现他们愤世嫉俗的抗争。"[2]

　　"叙事"与"后抒情"其实也是相关联的。"叙事"的应用与诗人们对现实生活的认知程度和表达欲求有关的，"'叙事'在本质上是对处理经验的全面强调。"它的加入"提高了诗歌处理复杂题材的能力，尤其是处理复杂日常生活经验的能力，因而使诗歌显得更丰满，更具有复杂性，也更具有表现力。"[3] 但同时，却更与我们论述过的创作主体

---

① 陈旭光、谭五昌：《秩序的生长："后朦胧诗"文化诗学研究》，陕西人民教育出版社，2002 年版，第 218 页。

② 谢冕：《美丽的遁逸——论中国后新诗潮》，见《磁场与魔方》，谢冕等主编，北京师范大学出版社，1993 年版，第 218 页。

③ 孙文波：《我所理解的 90 年代：个人写作、叙事及其他》，《诗探索》，1999 年第 2 辑。

的姿态有关，他们摈弃了高高在上的"精英""圣人""立法者"等角色，回归于平常的凡人、俗人。他们并不"小资"式的滥抒情甚至根本就"无情可抒"，他们感兴趣的是此在的、日常的生活事件，并以之为基础用冷静的方式表述复杂的现代经验，因而，他们更多的是"从身边的事物中发现需要的诗句"（吴思敬语）。这样，"陈述"便替代了"抒情"，"细节"便替代了"意象"，"事件"便替代了"情感"。因此，可以说，"20世纪90年代以来强调诗歌的叙事性，实际上是诗人试图在诗歌内进行的一次革命……把诗人从民族的集体情感和公共记忆中解放出来，进入对个体生活和当下社会生活的具体叙述之中，从中抽象出个体与时代之间的复杂矛盾和生活的支离破碎以及人的存在特征的模糊难辨。"[1]我们可以以韩东的《甲乙》为例来看诗歌的这种"叙事"，这首诗写的原本不过是"下床——系鞋带——往外看——站立"的平淡无奇的过程，但通过作者不动声色、近乎阴冷的叙述，却产生了跌宕起伏、动人心魄的效果："物世界"的烦冗、无趣、乏味，情感的缺席、冷漠，人与人间的陌生、暧昧甚至肮脏……将作品的空间极大地打开了，具有很高的智性含量和现代意味，其内在的情感容量更为丰沛深刻。

　　由于主体的退隐，产生的另外一个效果是诗歌的"戏剧化"，主体的后撤造成了多重的视角和立体的层次感，形成了相互对话与辩驳的"复调"效应。其实很多"叙事"的诗歌作品便有着"戏剧"的效果在里面，比如上面刚说到的《甲乙》，从作品中的视觉角度来看，便有着多重的"看／被看"的关系。这种表现方式，与20世纪初T.S.艾略特提出的"非个人化"理论是相通的。具有戏剧化效果的作品很多，特别是在年轻诗人那里，他们似乎更痴迷于让诗歌本身去呈现，作者也抽身而退成为"观众"，造成了很有意味的艺术效果。比如沈浩波的《静物》："瘦肉、

---

[1] 李怡等：《中国现代诗歌欣赏》，高等教育出版社，2004年版，第136页。

肥肉、肥瘦相间的肉／排骨、腔骨还有一把／切肉的刀／都摆放在油腻的案板上／／案板后面／卖肉的少妇坐着／敞着怀／露出雪白的奶子／／案板前面／买肉的我，站着／张着嘴，像一个／饕餮之徒／／而惟一的动静／由她怀中的孩子发出／吧嗒吧嗒／扣人心弦"。全诗仿佛一幕哑剧，除了喝奶的孩子发出一些声响以外，没有什么声音，但这却是一个极具戏剧性的情境，角色之间的紧张关系自动彰显，活画出了物欲时代食、色、利、欲之间互相纠葛的关系，形成了很强烈的艺术效果。

在构成诗歌"戏剧性"的因素中，"戏拟"无疑是非常重要的。作为后现代主义艺术常用的一种艺术手法以至艺术理念，戏拟（parody）是一种语言对语言的滑稽性模仿，是对既成的、已经定型、有确定形式与意义的艺术进行变形、解构、改写，在此过程中形成喜剧性的"搞笑"效果，并在此基础上获得新的内涵，形成反讽。"戏拟旨在通过貌合神离颠覆、解构母本的模式与规范，进而消解它所代表的思维方式和思想意旨。"[1] 这一点上，"开风气之先"甚至到目前的"集大成者"可以说是伊沙，它的作品充满了对前此文化模型、思想观念、语言方式、艺术形式甚至思维方式的破坏与重组，《张常氏，你的保姆》《纸老虎》《私拟的碑文》《反动十四行》《嫂子颂》《中国诗歌考察报告》……往往既令人忍俊不禁又发人深省。这样的"戏拟"实现的是双重的效果，既有着对于所戏拟对象的戏谑、嘲弄、颠覆的否定性意义，又具有建设性地对于新的价值伦理、艺术境界的追求和肯定，后者其实是包含非常深刻的思考和严肃的意义的，但遗憾的是往往并没有被读者充分认识到。

广义上的"戏拟"还包括拼贴、并置、粘贴等这些具有后现代主义特征的艺术手段。它们的共同之处都是将一个或多个艺术要素的形式与内容、能指与所指、符号与语境相分解、拆卸，打破固有组合以形成杂

---

① 黄擎：《论当代小说的叙述反讽》，《浙江大学学报》，2002 年第 1 期。

花生树般新的意义，这也是"戏拟"。诗歌的戏剧化情境带来了诗歌的意义和形式上的纵深感和繁复性。余怒的许多诗广泛地使用了拼贴、并置等手法，有着明显的后现代主义诗歌的艺术风格，形成了其独特的既是"守夜人"又是"终身的反对派"的形象。其长诗《猛兽》简直就是洋洋洒洒的"拼贴"大餐，众声喧哗、众相集陈，是对一个世界的"模拟"。我们可以看他的一首短诗《举例》："雕像／第三者／天鹅绒一样的女大使／金斯基的嘴唇／一幅地图／弹壳改造的钢笔／人工细菌／圣经／口香糖／和一只感冒的鼻子／这些构成世界"。对诸种看似风马牛不相及的事物的并置产生奇异的效果，在象征意义上组成了一个矛盾、繁杂，异质而又共存的"世界"。这种手段在网络诗歌时代更成为招牌式的"技艺"，而且在高科技条件支持下还出现了声音、图画、图像、文字、符号等混杂并置的多媒体诗歌……一代诗人在拼贴、戏拟、粘贴的话语探索与实验中体验着他们无边的自由与虚无，拓展自然也可能拆解着诗歌的边界。

三 口语化、"后口语"化

在语言意识上表现出鲜明的口语特色的"第三代"诗人中的韩东、于坚，在1980年代已经写出了《有关大雁塔》《你见过大海》《尚义街六号》《远方的朋友》《作品第52号》等作品，产生了很大的影响，这在90年代以后——尤其是近几年——成为日显壮大的潮流，并且在网络诗歌中成为几乎一统天下的存在。

作为语言倾向上的诗歌的口语化是与贵族化（书面化）相对的，这种诗歌的贵族化发展到一定程度往往就会变得模式化、体制化、小圈子化，与充满丰盈的生命感受的生活相隔膜，变成一种萎缩、封闭的"小众"的艺术，这显然与艺术民主化、反抗权威、消解中心的现代艺术的发展流向是相悖的。历史地看，"其实所有那些人类智慧的大师，都是口语表达的奇才，而能在寻常生活中抓住生命要义的人，亦即能用平常语言言说生活真义和诗性的人，才是真正得诗之真谛的诗人，也才是真正有能力对存在发问，对当下发问的强者诗人。"① 口语化在某种程度上意味着与生活语言和日常生活的对接，所谓"我手写我口"实际上是艺术与生活世界产生密切联系的体现。社会与时代在发展变化，人们的语言也在发生着变化，诗歌能够也应该将这种变化反映出来，是故，在持续的"口语化——规范化（这里的规范某种意义上意味着凝固、静止，并将之"书面化"）——再口语化——再规范化"的过程中，实现了语言的更替与艺术的演变。于坚从口语写作的意义指向方面指出，"口语写作实际上复苏的是以普通话为中心的当代汉语的与传统相联结的世俗方向，它软化了由于过于强调意识形态和形而上思维而变得坚硬好斗和越来越不适于表现日常人生的现时性、当下性、庸常、柔软、具体、琐屑的现代汉语，回复了汉语与事物和常识的关系。口语写作丰富了汉语的质感，使它重新具有幽默、轻松、人间化和能指事物的成分。"② 从这个角度看口语写作也许是诗歌艺术能力的加强，针对1980年代以后口语诗歌存在的过于简化、粗制滥造、水平下降等弊端，在上世纪末期以来，伊沙、沈浩波、侯马、朵渔等诗人又提出了"后口语"的概念。他们之谓"后口语"并非如其字面意义上的"口语之后"或者"比口语更口语"的意思，如朵渔所解释，"此处的'后'不是'后现代'的'后'，不是英语中的 post，甚至不是'前后'的'后'，它不具有时间性，而只是一个

---

① 沈奇：《拓殖、收摄与在路上——现代汉诗的本体特征及语言转型》，《拒绝与再造》，西北大学出版社，1999年版，第77页。

② 于坚：《语言之舌的硬与软——关于当代诗歌的两种语言向度》，见《1998中国新诗年鉴》，杨克主编，花城出版社，1999年版，第463页。

标识，一种说辞……我理解的'后口语'这一说法只是针对 80 年代的口语写作中的类似于'口水化'的失败芜杂的部分，它是对此的自觉的规避与提升。""'后口语写作'不具有流派写作的有关'后口语'特征，它只是指明了一种健康的、对汉语诗歌有建设意义的写作方向。"①因此，这里的"后口语"实际上可以被看作是对口语写作的一种纠偏和"拨乱反正"，是"取其精华去其糟粕"的一种"继承"。"后口语"的另一提倡者沈浩波是从这样的角度和高度对之进行描述的，"保持和维护 90 年代汉语诗歌的原创立场，坚持精神独立，对于内在技艺的追求和探索，形成自身对诗歌的高度自律，并进而深入到生活中去，体现出感受的强大力量，在谛听、战栗、追问中完成对诗歌理想的追求……这些，是我想指出的 90 年代末期形成的后口语诗人群们得以生存和强大的可能！"②这反映了诗人语言意识的增强和对更有诗性、表现力和尊严的口语诗歌的有意识的追求。

但是，所谓"后口语"的诗歌更多的却仍是在与其初衷相悖反的向度上制造着"口水诗"与"口语垃圾"，很多时候语言成了被人随意装扮、任意涂抹的怪物、小丑，它完全失去了自主性、灵性和尊严，诗人面对语言失去了敬畏之心，完全是在孜孜不倦地过度消费和滥用语言。日常语言与诗性语言界限的消失最终会导致使语言的敏感度、表现力、可能性一步步地蜕化、僵化、萎缩，从而造成其生命力的衰减甚至死亡。如果说 1980 年代中后期以来的口语诗歌的负面影响已经或多或少地被"后口语"诗人认识到了的话，那么"后口语"诗人也并未能做出足够的有说服力和影响力的纠正和提高：情况并未得到改观甚至很多方面变得更为糟糕。设若我们认定"后口语"可以成立的话，那么，应该说这一时

① 朵渔：《关于"后口语"》，诗歌网刊《灵石岛周刊》第 5 期，http://www.lingshidao.com/zhoukan/05.htm。
② 沈浩波：《后口语写作在当下的可能性》，《诗探索》，1999 年第 4 辑。

期的诗歌离真正的"后口语"还差得很远，这也是本文将"后口语"一词加上了引号的主要原因。

四　娱乐性、游戏化、狂欢化

在当今，诗歌创作似乎首要的已经是一种个人的游戏、消遣、娱乐、发泄、"玩"，而不再是作为意义、价值、伦理、真理等的负载。在这种状况下，创作者心态是轻松的，他既没有现实责任，也没有历史记忆与精神诉求的负累，他可以率性而为，唯"乐"是图。这样创作的作品是轻松、滑稽、喜剧性的，简单明白，自然而然，没有精雕细琢，也并不刻意求深求新。这无疑是具有"时代特色"的符合"消费"需求的诗歌。凡斯在他的诗歌《别碰我》中坦白地说，"我们不是精英是众多的复制品／你将人生看得太重／生命无非是一个实现欲望的过程／／为什么人生一定要有意义一定要牛逼／我们谁不是一副滑稽的样子"，对于传统的"意义"与"成功"进行了否定，还原了一个"复制品"与"欲望"的个体。如果说这其中的游戏性还不是很明显的话，那么另一位也是"垃圾派"的诗人的话则更为坦白直接，"我好玩，我也思想；我思想，我也好玩。我游戏，我写诗；我写诗，我快乐。"①在这个时代，对很多人来说，写诗读诗就是为了"好玩"，诗写得"不好玩"是"可耻"的，没人喜欢、无人喝彩。游戏、娱乐在这个时代是具有相当吸引力和生存空间的，诗歌也概莫能外。诗歌传统中"兴观群怨"的"教化"功能已在一定程度上被消遣嬉戏、取悦世俗的"娱乐"功能所压倒和替代，这虽然福祸难辨，但不能不说是一次意义重大的转变。

---

① 蓝蝴蝶紫丁香：《论中国网络诗歌的游戏精神》，诗江湖网站 http://sh.netsh.com/bbsjh/3307/130/49598.html。

甚至，某种程度上，对很多诗人来说，诗歌就是他们的"狂欢生活"，成了有异于"日常世界"的"别一世界"。这种"狂欢""是脱离了常轨的生活，在某种程度上是'翻了个的生活'，是'反面的生活'。"①它以"笑"的快乐原则取代"严肃"的现实原则，更凸显着求证个人生命存在和意义，缓解与反抗权势威压、生存焦虑、死亡恐惧以及形形色色的压抑机制，体味生命的欢乐以增加其活力、动力，等等的因素，这无疑是极为重要的。狂欢，实际上是人们战胜"异己"力量的一种文化手段，巴赫金解释狂欢的含义为"欢快的无所畏惧"，同时认为这"在一定程度上是同意反复，因为完全的无所畏惧，不可能不是欢快的（恐惧是严肃的基本要素），而真正的欢快与恐惧是互不相容的。"②这里，狂欢不仅否定"不快乐"，而且也否定严肃（包括恐惧）的欢乐，通过话语、仪式、情境的虚拟征服打破了文明的禁忌和既定权威，实现了自我的新生、成长与生命的极乐、自由。这种情况所以出现在中国当下，显然并非偶然，它与政治意识形态的松动，物质消费主义盛行以及社会生活节奏、结构、方式的变化都不无关系，更与时代精神文化氛围的世俗化、去中心化，创作主体的身份、姿态以及诗歌艺术本身的流变，新的传播媒质与空间的形成都是紧密相关的。这种"狂欢化"不仅在年轻的诗人那里比较普遍，而且已经"反哺"到更为年长的一些诗人那里，甚至在更为注重诗歌的"精英品格"与"知识型构"的"知识分子诗人"中也可见其踪迹，这不能不说是非常有意思的现象。

还必须说一说网络。网络诗歌似乎天然就是游戏和狂欢的，它构成了充斥着酒神精神、波希米亚风格、反智主义倾向等等林林总总洋洋洒

① 〔俄〕巴赫金：《陀思妥耶夫斯基诗学问题》，白春仁、顾亚铃译，生活·读书·新知三联书店，1988 年版，第 176 页。
② 〔俄〕巴赫金：《巴赫金全集》（第六卷），李兆林、夏忠宪等译，河北教育出版社，1998 年版，第 553 页。

洒的"极乐天堂"。网络诗歌的写作方式和写作伦理是独特的：空间上是"无边"和"无限"的；容量上是"海量"和"无穷"的；时间上是割舍"过去"与"未来"，悬空于"现时"岛屿的；从主体身份来讲，是"隐身"和"匿名"的；从主体心态来讲，则是放逐责任与义务，寻求发泄与刺激的……可以说，网络真正推进了诗歌的"狂欢"。网络诗歌相比传统写作呈现出了许多全新的面貌与特色，应该说这至少代表了文学在未来的一种发展向度。当然，应该看到，网络写作作为一种"时尚的民间写作"，与民间的"藏污纳垢"相类，它本身是明暗共生、鱼龙混杂、瑕瑜互现的。网络诗歌的"狂欢"更多是一种"反抗冲动"或者"激情释放"，近乎一种消费性的快餐。不久之后，其作品粗糙、表浅、单一和模式化的缺陷都已显露无遗，它还远"需要深度和精美"（谢有顺语）。更为内在的原因，很多的时候，网络狂欢成为欲望化、消费化、功利化生存的推波助澜者，网络写作者成为"快感原则"支配下的单向度的"空心人"，成为消费符号的傀儡和化身，这当然是极大的迷失。因此，网络诗歌现象不能不说是"乐中有忧"的，它已经必然地暴露出了它的初级和未完成。

自然，仅仅从以上四个方面来概括近几年诗歌的变化和"转型"难免是以偏概全、言不及义的。因为时代的整体状况是纷繁复杂、多元并存的，许多异质的甚至截然对立的因素存在着，任何的概括大概都只能说明一个侧面、一种维度，而且当某种潮流形成时，它的内部本身已经包含了否定性的因素，因而，并不可能有纯粹而完全的转型。同时应该看到，这种转型本身是复杂的，其成就与缺陷也是混沌交错的，任何简单的价值判断都可能是粗暴的片面的。在这个时代，诗歌的转型应该说至今也仍在进行中，它的意义至目前也并未完全显现出来，它仍是"在路上"的，对之进行"盖棺论定"还为时尚早。也许，在当今这个消费化、娱乐化时代，诗歌难免出现宿命性的下降，一切都在走向平面化、即时性，诗歌也不能例外。同时，也应该看到，诗歌它有着强劲的翅膀，有着自由的灵魂，即使是在极端困难的境况下，它也仍将做艰难的飞翔。对此，我们不应盲目乐观，但也不必过于悲观……

本土性·身体性·公共性
——新世纪诗歌的几个侧面

进入新世纪以来，随着社会、文化的转型，加之网络新媒体的助推，诗歌呈现出活跃、繁荣的发展态势，大量的诗人、诗作涌现，以至有人惊呼又来到了一个诗歌的"黄金时期"。这样的判断或许只是从现象出发，过于乐观，不足采信。但总的来看，新世纪以来诗歌更多元、更自由，包含了许多的进步性因素，其活力、创造性得到了充分的释放，这一点是应该得到充分认知的。这一时期的诗歌对此前诗歌所存在的问题进行了一定的矫正与修复，诸多不同的力量相互纠缠、颉颃，不同的写作路向、美学风格并行不悖地进行着自己的探索，可谓百花争艳、百舸争流。新世纪诗歌呈现了若干新的特征，本文拟对其中的本土性、身体性、公共性三个方面进行一些分析和考辨。

一、本土性

新世纪诗歌的一个特征是本土性更强，诗歌与此时此地的中国，与当前的时代、现实结合得更为密切。这一问题之所以凸显出来，有两个因素值得重视：其一是随着社会的发展，中国的社会分化在世纪之交以来呈现愈加严重之势，社会矛盾凸显，现实问题日益突出，这种状况下对诗歌表现现实、反映现实形成了"召唤"，是一种外在的压力；其二，则是诗歌发展内部的逻辑。90年代以降，诗歌摒弃此前反映论的现实主义写作规范"向内转"，追求诗歌的独立性、本体性，"纯诗"成为写作的主流。但是，这种写作取向一定程度上却脱离了现实，放弃了关怀，成为语言炼金术和智力竞赛。这样的情况下诗歌必然因为过于精英主义、过于封闭而失去活力，如此，诗歌与现实、与社会的关联对其构成了一种内部的压力。在这两者之外，还应该看到一个"技术"因素——网络——所发挥的不容忽视的作用。网络的出现和快速普及不但改变了信息传播、社会交往方式，而且改变了文学发表、评价的体系，它所引起的变化是全方位的、深刻的。在网络时代，一方面信息量大增，更大规模的社会现实事件以更直接、迅疾的方式呈现在网民面前，具有足够的"震惊"效果；另一方面则是诗歌的发表"门槛"大为降低，传播平台与评价体系亦发生变化，如此使得一些比较尖锐、敏感的诗歌可以绕开重重审查而在网络上发表（网络发布虽然也有审查但毕竟相对宽松，而且在网络发展的早期，其审查和"处置"也比较滞后，技术手段上还并不"完善"），这些都构成了诗歌对社会问题、现实问题进行书写的前提和便利性条件。

"底层写作""打工诗歌"在新世纪初几年成为诗歌界的热点，究其实质，是对诗歌过于精英化、脱离大众、远离生活的一种纠偏。它所引起的关于"诗歌伦理"问题的论争差不多是诗歌界近十数年来分歧最大、最具诗学内涵的一次讨论。对"底层写作""打工诗歌"持认同态度的，认为其体现了真正的现实主义精神和人文关怀，恢复了诗歌与时代、与现实的联系，其聚焦于大地上普通的人与事，写出了他们所面临的被剥夺、被奴役、被忽略的状况；对其持保留、批评态度的则认为这种写作距离现实太近而没有拉开足够的距离，转化与提升不够，艺术上比较粗糙,艺术性不高,等等。关于"底层写作""打工诗歌",首先应该看到其正面价值和意义,诗歌对于现实的书写显然是值得提倡的,诗歌不应拒绝社会生活,不应拒绝公共关怀,甚至也不应拒绝政治,舍此,诗歌则可能成为完全个人化、私人化的东西,其意义至少并不大。正如诗评家张清华在讨论这一问题时所指出的:"它给我们当代诗歌写作中的萎靡之气带来了一丝冲击,也因此给当代的诗人的社会良知与'知识分子性'的幸存提供了一丝佐证。在这一点上,说他们延续了一个真正的现实主义的写作精神也许并不为过。"①当然,问题还有另外一面,那就是关于现实的书写如何成为"艺术"、成为"诗歌"的问题,亦即关于现实的书写其艺术成色如何、艺术性高低的问题,正如诗评家吴思敬所指出的:"作为诗歌,面向底层的写作不应只是一种生存的呼求,它首先还应该是诗。也就是说,它应遵循诗的美学原则,用诗的方式去把握世界、去言说世界。我们在肯定诗人的良知回归的同时,更要警惕'题材决定论'的回潮。伟大的诗歌植根于博大的爱和强烈的同情心,但同情的泪水不等于诗。诗人要将这种对底层的深切关怀,在心中潜沉、发酵,通过炼意、取象、结构、完形等一系列环节,调动一切艺术手段,用美的规律去造型,达到美与善的高度协调与统一。也许这才是面向底层的诗人所面临的远为艰巨得多的任务。"②应该说这指出了底层写作所存在的问题,非常有针对性、有见地。本土性、现实性书写既有其不可替代的价值意义,同时也包含着许多的误区和陷阱,正如历史上所出现的似曾相识的问题一样,在这一点上它所处的现实语境并无多少特别之处。

2008年的汶川大地震引发了地震诗歌的书写热潮,这同样是密切诗歌与时代、社会、现实之关联的一种体现,关于这一写作潮流的讨论

① 张清华:《"底层生存写作"与我们时代的写作伦理》,《文艺争鸣》,2005年第3期。
② 吴思敬:《面向底层:世纪初诗歌的一种走向》,《南方文坛》,2006年第5期。

与反思也有助于对诗歌本土性、现实性问题的深入思考。这样突发性、事件性的书写当然并非常态，实际上诗歌与现实、与时代、与社会之间应该是日常、密切、无所不在而又灵活自如的关系，而不是仅仅对于外在现实的跟风式的书写，这一点从近年来所出版的"新现实主义诗歌年选"即可看出。这一出版行为一定意义上可以代表近几年关于诗歌与现实关系的"焦虑"、探索与成就，编选者对"新现实主义诗歌"阐释道："新现实主义诗歌就是以诗歌的方式对社会、对历史、对生活的解构和重建。它不是简单的'打油诗'、'讽刺诗'，也不是纯粹的歌功颂德和一味的批判揭露，而是对社会现实的艺术升华和创造。它不是概念，不是流派，不是运动，也不是一个狭隘的团体和固步自封的风格，而是一种诗歌创作主张或者说方向，换一句话说，是一种对社会和历史的担当精神，其核心是变生活为艺术。"[①] 而关于编选理念，则是"以重塑诗人的社会角色和担当意识为己任，倡导现实主义创作方向，试图通过选本的导向作用对当下诗歌创作存在的问题进行干预、介入和校正，力图在诗人与社会之间、诗歌与读者之间焊接一座精神与灵魂的桥梁"[②]。应该说，其中关于现实主义的理解是开放、包容的，从其所选的作品来看，也的确比较有现实性、现实感，对当今时代的现实有着多向度、不同侧面、不同风格的书写，其中的作者既有知名诗人，也有"草根""底层"写作者，既有对重大社会事件的书写，又有对日常生活、个人小事的书写，既有传统现实主义手法的写作，也有以现代技法为主而骨子里不脱现实的写法，等等。"新现实主义诗歌"所提倡的现实主义精神是新世纪诗歌的一个重要特征，也应该成为诗人们坚持和弘扬的立场，从

---

① 李荣：《前言·让诗歌离生活更近一点》，见《当代新现实主义诗歌年选·2012卷》，李荣主编，长江文艺出版社，2013年版，第2页。
② 李荣：《与热爱有关（代编后记）》，见《当代新现实主义诗歌年选·2013卷》，李荣主编，长江文艺出版社，2014年版，第295页。

内在和本质意义来讲，诗歌的现实主义精神其实是不应也不会过时的。

当然，难度永远是存在的，诗歌与现实的距离不可太远，但也不可太近，诗歌应该追求两者之间微妙的平衡。近年来的"底层写作""打工诗歌"虽然形成热潮，但除了郑小琼等不多的几位诗人以外，大多的写作者都是在表浅的层面复制现实，而并未写出真正的、深入的、个人化的现实，有较高的艺术价值、能够经得起时间检验的作品恐怕并不太多。而数量众多的地震诗歌中，虽然过去的时间并不长，但能够让人记住的已经很少，包括当时红极一时的一些作品，短短几年已经被人遗忘、不知所踪。书写"现实"看似是最容易的，但同时恐怕也是最难的，写出其内在的现实性，既要"接地气"又要有诗性、诗意，对书写者的要求实际上很高。这其中一些知名诗人的作品尤其值得注意。比如翟永明写老家河南因卖血而感染艾滋病现象的《老家》，写"雏妓"现象的《关于雏妓的一次报道》均极具震撼力；而蓝蓝《嫖宿幼女罪》的诗句"写完这首诗，我就去洗手。// 再刨一座墓坑 / 父亲们便可以恸哭 // 祝愿世上的人们都瞎了眼睛 / 一个女童赤裸着蹲在床头 / 捂着脸发抖。// 汉语也可以犯罪 / 在她身上留下烧焦的耻辱 // 医生不能治愈泪水 / 法官大人———你也不能"，所写亦是真实、荒谬、创痛的社会现实，这样的诗句如一枚钉子，让人触目惊心、过目不忘。这样的诗既传达出了一个时代普遍性的现实，体现了诗人的良知与关怀，又具有诗的含蓄蕴藉，而没有距离现实太近为其灼伤，可以说为诗歌处理此类题材树立了正面的典范。

二、身体性

身体性可以作为观照新世纪诗歌的一个关键词。身体是新世纪以来众多诗歌描写的对象，而更重要的，新世纪诗歌中是有身体在场的（而并非缺席），形成了一种新的"身体美学"。进入新世纪以来，政治意识形态氛围逐渐淡化并退居幕后,而消费主义意识形态则逐渐大行其道、粉墨登场,在这样的背景下"身体"也具有了更多的合法性,获得了更大、更自由的表现空间。这其中最引人注目的大概要数诗歌民刊《下半身》,其名字本身便有一种冒犯、亵渎、"不严肃"的意味,其发刊词则更是张扬凌厉:"我们只要下半身,它真实、具体、可把握、有意思、野蛮、性感、无遮拦。""所谓下半身写作,指的是一种诗歌写作的贴肉状态,就是你写的诗与你的肉体之间到底是一种什么样的关系? 紧贴着的还是隔膜的? 贴近肉体,呈现的将是一种带有原始、野蛮的本质力量的生命状态;""所谓下半身写作,追求的是一种肉体的在场感。注意,甚至是肉体而不是身体,是下半身而不是整个身体。因为我们的身体在很大程度上已经被传统、文化、知识等外在之物异化了,污染了,已经不纯粹了。太多的人,他们没有肉体,只有一具绵软的文化躯体,他们没有作为动物性存在的下半身,只有一具可怜的叫做'人'的东西的上半身。而回到肉体,追求肉体的在场感,意味着让我们的体验返回到本质的、原初的、动物性的肉体体验中去。""诗歌从肉体开始,到肉体为止。"①其对身体性、肉体性的强调达到了极致,可谓无以复加。这些表述如果认真分析的话显然是有问题的,许多论断过于极端,站不住脚。但如果放到大的社会、历史与文化语境之中来看,却又不无必要性和正面意义。在中国数千年的禁欲主义文化传统中,"身体"一直是被抵制、取消、遮蔽的,身体、肉体、欲望被道德化、原罪化了,而"下半身"诗歌所做的,则是对其的"去道德化""非罪化",如此自然是有一定的"颠覆"和"解放"意味的,有其进步意义。这种宣言式、口号化的表述所体现的极端姿态大概也属于居弱势的反抗者不得已而为之的矫枉过正,这和鲁迅所言欲在黑屋子里开一个窗子需主张将屋顶掀掉

---

① 沈浩波:《下半身写作及反对上半身》,见诗歌民刊《下半身》第 1 期,2000 年 7 月。

的情形不无类似。实际上，"下半身"其最大的意义可能并不在"下半身"而是在于"身体"：身体的在场、身体的合法性、身体的美学、身体的意识形态……身体的缺席既和中国的文化传统有关，也和中国新诗的具体状况有关。中国诗歌一直是缺乏真正的身体的，身体很大程度上只是通向"志"、通向意义的手段和桥梁。在 1990 年代的诗歌中，精神高蹈、重灵魂而轻身体的诗歌写作占据主流，在这样的条件下对身体的强调同样是对诗歌发展状况的一种不满与抵制。正如诗人于坚在世纪之交的诗论《诗言体》中所说："诗自己是一个有身体和繁殖力的身体，一个有身体的动词，它不是表现业已存在的某种意义，为它摆渡，而是意义在它之中诞生。""没有身体的诗歌，只好抒情言志，抒时代之情，抒集体之情，阐释现成的文化、知识和思想，巧妙地复制。我理解的诗歌不是任何情志的抒发工具，诗歌是母性，是创造，它是'志'的母亲。"①从这个背景下来看新世纪诗歌中的身体，无疑能够更多地见出其必要性与合理性。

新世纪诗歌中的身体性主要表现为身体不再是一个禁区，身体的觉醒、欲望的张扬、身体合法性的强调、身体的奴役与反抗、身体的消费性等都在诗歌中有着充分的表现。这里面的情形非常复杂，有历史的进步意义，也有过度、失当甚至突破底线的情况出现，比如关于"性"的书写，性话语泛滥、过分张扬肉体欲望、性生理与性心理的无意义展览等等营造起了一个"肉体乌托邦"，将人的肉体、生理属性单向度突进，放逐了社会、历史、文化等属性，其中的偏颇显而易见。在这其中"下半身"诗歌仍然是具有典型性的，其对身体的唤醒、对身体合法性的强调都具有积极意义，但同时其对欲望、对"下半身"的书写也有把握失当之处，"为性而性"，性、欲望、身体成为唯一的目的，这必然走向

---

① 于坚：《诗言体》，《绿风》，2000 年第 5 期。

了其自身提倡的反专制的反面，正如朵渔后来所分析的，身体在这里成为"没有差别的身体"："这里的身体，都是没差别的身体，它们被扩大、被夸张，成为被'先锋'雇佣的陈词滥调的腐尸。""首先确立一种平庸的身体伦理，然后通过对身体的某一部分的怪异的强调与变形，挑衅这种平庸伦理，试图通过一种触犯众怒的伦理暴力，来使自己的写作获得意义。此时，身体成为不折不扣的工具，从对抗一种道德专制中建立起另一种道德专制。"① 这自然会使得写作中的"身体"重新回到一种单一、贫乏、苍白的状态，是另外一个极端上的对身体的取消和扭曲。"下半身"诗歌有其意义，但也有其问题和负面影响，这是而今我们进行回顾与反思时应该看到的。时至今日，关于性的赤裸裸的书写在网络上仍有不少，它们虽然也属于"身体写作"，但只是其中品格不高、意义不大的一支，不能代表身体写作的真实水平。真正的身体写作，应该既不漠视身体、妖魔化身体，也不过分拔高身体、神圣化身体，身体是存在的、在场的，应该尊重其欲求、要求，但同时身体也不是唯一的，它是在复杂的关系网络之中的，具有社会属性、文化属性。诗歌应该写出身体在这个时代的复杂而真实的处境，既不回避，也不偏激，或者说，诗歌应该是有身体的，但不应该是唯身体的。

一般来说，新世纪诗歌距离观念更远而距离身体更近，它是有生命的投射、生命的痛感的，个人的处境与命运嵌入到了诗歌之中，"诗"与"人"在一定程度上合而为一，诗歌具有了对于时代与个人的双重意义的见证性。身体既是一个时代苦难和眼泪的承受者，同时也是欢乐与笑容的承载者，与时代、历史、个人、命运等均有着深度的关联，写出身体的真实处境，便写出了一个时代的真实，同时也写出了一个个的个人的真实。总的来看，新世纪以来的诗歌所体现出的身体状况是有效的、

① 朵渔：《没有差别的身体》，《意义把我们弄烦了》，人民文学出版社，2004 年版，第 180 页、181 页。

有意义的，呈现出了这个时代身体状况的胶着、混沌、挣扎，是有复杂性、有深度的。这其中，尤其是许多女性诗人身体书写的特征非常明显，值得分析。身体在消费时代既是一个主体也是一个对象，对于女性而言更是如此。近年的女性身体写作包含多种类型，比如有的是具女权主义意味的对女性身体权利的张扬，有的是淡化性别立场，以"中性"的、"人"的立场进行书写，有的则以挑逗、作秀的方式迎合着对女性身体的窥视与消费，等等，颇值得分析。由于女性更为感性、敏感的特点，她们的写作中优秀的作品往往能够将身体、时代、个人等结合起来，既有女性身体的独特性，又有时代性、普泛性和动人的艺术力量。比如，郑小琼关于"断指"的书写让人震惊不已，写出了一个时代惊心动魄的真实，这是身体的残缺、伤痛，也是灵魂的悲怆、无告，颇具象征意义。玉上烟近年所写的《乳房之诗》《子宫之诗》等显然也属于身体写作，她写出的是生活中普通女性的身体经验，同样让人过目难忘，其《乳房之诗》写道："张玲，乳腺癌。宽大的衣服并没有出卖她。但她的一只乳房空了，另一只，孤单地睡在腋窝下。／高慧芳身材高挑，秀峰是重量级的。飞蛾扑火躺在了另一个男人的手臂里。一年后乳房被那人老婆用刀捅伤。／黄金的酒杯已在生命中破碎。／刘秀丽，两只胳膊垂下来能遮住肚脐，人称飞机场。男人去外地打工，至今爱归不归。"相比她们三人各自的困境，"我"是被羡慕的对象，因为"我能说会写，长得又好"，但是事实上她也是悲伤的："我悲伤是因为我在等待一个永远不会到来的人。／尽管，我有美好的乳房"，这样的书写是真实而疼痛的，敏感、悲悯而又举重若轻，虽然看似"敏感"但绝不浅薄。

三、公共性

新世纪诗歌还体现为公共性的增强。诗歌更为关注公共生活，具有敞开、介入、批判的特性，诗中体现的公民意识也更为明显。在问题迭出、困难重重的转型期中国，许多的诗歌表现出明显的权利意识、责任意识、参与意识、自由意识，饱含着对于人的关怀和对于社会的关切，这些诗歌敢于直面困难（内心的困难与生活的困难），敢于说出真实（内在的真实与外在的真实），对当代人、当代社会做出了及物性的表达，体现了写作者的担当、良知与勇气，为萎靡浮躁的时代带来了一股让人耳目一新的空气。一般而言，"公民意识是社会意识形态的形式之一，它是公民关于自身权利、义务的自我意识和自觉认同的总称。公民意识包括公民对自身社会地位、社会权利、社会责任和社会基本规范的感知、情绪、信念、看法、观点和思想以及由此而来的自觉、自律、自我体验或自我把握；还包括公民对社会政治生活和公民行为的合理性、合法性进行自我价值、自我人格、自我道德的评判，对实现公民自身应有的权利和义务所取手段的理解，以及由此产生的对社会群体的情感、依恋、感应和对自然与社会的审美心理的意向。"公民意识主要包括人格意识、自由意识、责任意识、义务意识、权利意识、制度意识等①。公民意识包含了对于人与人的关系、社会生存的方式等的新的想象与理解，颇具现代性意义。关于这一点，"80 后"诗人郑小琼曾在接受访谈时说："现代人的意识最为基本的便是以个体尊严开始的，当把内心的尊严扩大到社会群体，让群体与个人的尊严能够得到保证，独立思考和民主意识，对生命的尊重与敬畏。我们个体的尊严得到了保证，个体的自由没有遭受到损害，每一个个体的言论能够不被戴上这样或者那样的帽子。我一直认为，人类的发展史本身就是一部人作为个体的解放史，在这种不断解放的过程中，作为人群不断形成了他人和自我的自由与尊严得到了保障。而作为现代公民，个体的独立思考和尊严最能体现现代公民的核心

---

① 姜涌：《论公民意识的基本内容》，参见《当代社会发展研究》（第 3 辑），何中华、林聚任主编，山东人民出版社，2008 年版，第 40—47 页。

观念，而由此推及人与自然、人与社会、人与家庭、人与自我之间的关系，公民本身便是具有公共责任的人民，作为一个公民要承担着这种公共责任，不逃避这种责任。"①特别是在年轻的诗人中，这种公民身份的凸显是比较明显的，诗中体现着更多社会良知、公共关怀的特质。

中国数千年以来的传统社会一直是臣民社会，社会大众是臣民、子民，面对等级森严、动辄得咎的社会权力结构，他们只能在强权的缝隙中小心翼翼地过活，毫无个人的权益、尊严和自由可言。在历史并不长的"人民社会"中，虽然"人民"已经"当家做主""站起来了"，但是就个人、个体而言，其独立性、合法性依然没有真正建立。"人民"是一个集合、集体，它的内涵很宽泛，似乎无所不包，但同时其所指又并不确定，任何一个个人都可能被剔除出"人民"的队伍而成为"敌人"的一员，所以，这种不确定性、含混性、弹性使它成为一个极为特殊的范畴：可大可小、可轻可重、可"是"可"非"。这使得"人民"在某些具体的历史情境中成为被征用的对象，甚至成为一种话语空壳、语言游戏，这是革命话语的强势推进所造成的一种"污染"，是对其本意的严重窄化、异化。和有些语焉不详的"人民"相比，"公民"的内涵与外延则要清晰得多，它首先是以对于个体、个人的尊重为前提的，个人的主体性是第一位的，不存在被置换、被抽空的危险，同时，公民是以平等、民主、自由、正义等为核心诉求的，更具现代性，也更符合社会历史的发展潮流。故而，"臣民""人民"与"公民"之间差别甚大，前两者属于等级社会、阶级社会的范畴，而后者属于现代社会、平等社会的范畴，它们之间最大的区别就是个人有没有独立性，个人的价值是否能够得到最大程度的尊重与保障。公民意识的觉醒，实际上真正在中国文化中将个人推到了历史的前台，使他们占据主要的位置。中国文化

---

① 周发星：《独立行走的自由——郑小琼访谈录》，《创作与评论》，2012年第4期。

历来重群体轻个体，总是羞于谈起自己（欲望、需求、利益等），偶尔说起也总是遮遮掩掩、欲语还休，而公民意识则与此完全不同，个人真正地站立起来，个体的合法性、个体的尊严得到充分的尊重，以此为基础，人与人之间的平等友善、社会整体的公平正义才有牢固的基础和可靠的保障。

虽然进入新时期以来，中国当代诗歌中便出现了公民意识的萌芽和生长，但只是到了近年它才得到加速度、勃发式的发展，这一情况的出现与诗歌界内部的发展脉络有关，同时与中国社会的总体变革、发展阶段密不可分，是对于外部现实状况的回应。随着中国的发展，社会矛盾进入多发期，各个社会阶层均感到压力巨大、困难重重。诗人原本敏感，自然会深切地感受到自身的痛苦、无助、匮乏，同时，也能够感同身受地体味到他人的痛苦、他人所受到的不公不义，感受到社会中无处不在的权力与压迫机制，等等，所以，他们在诗歌中表达着对自我、对他人、对社会的关切。这种情况的出现，和网络平权时代的大环境，和新诗人的知识结构、精神视野，以及社会公众思想开化、启蒙与自我启蒙的程度等都不无关联。公民意识在诗歌中的体现越来越明显，虽然在具体个案中有隐有显、有多有少，但作为其价值内核的自由意识、权利意识、责任意识、参与意识等，却无疑是越来越多、越来越明显了。出现这种情况，自然是有意义的，因为它包含了关于个人生活、社会发展的新的可能性与愿景。晴朗李寒有一首《国情课》，其中包含了对现实的深切关怀，可谓忧国忧民："古树扎根于深山的岩石间，／灌浆的麦子长在田野里，／疲惫的母亲拥着孩子睡在土炕上——／他们希求的，只不过是身下／一小片安稳的土地。／然而，城市等不及了，／钢筋、水泥、推土机等不及了。／拆！拆！拆！！这恶鬼画出的符咒，／让世代繁衍的村庄，一夜间从地球上消失。／从此后，／我们都成了无根的漂木，没有故乡的旅人。""谁懂得我内心的这份沉哀——／邪恶的时代，恬不知耻的人，／将灵魂出卖给魔鬼，在体内埋设了毒药。／对于轰然而至的车轮和嗜血的履带，／智者的沉默，匹夫的愤怒，／都显得如此无足重轻。"它有着社会关怀、公共指向，也有内心的"沉哀"、悲悯，读来令人动容。翟永明《我们身边的毒》、杨黎《错误》、蓝蓝《2010年10月8日纪事》《真相》、朵渔《夜行》《提灯人》、沈浩波《文楼村纪事》、唐不遇《历史——致弱冠之年的你们》、郑小琼《耻辱》《女工》等作品同样兼具"关怀"与"诗性"，有对"不可言说之物"的言说，亦有对"诗意匮乏时代"的诗意发掘，同样体现着一种可贵的写作伦理。诗歌的公共性作为对过度私人化、放逐价值诉求写作取向的反拨，作为密切诗歌与社会、与公共事务的关联，作为对个人权利的尊重与弘扬，均具有重要的意义，在今后当会获得更充分的发展。

　　需要说明的一点是，本文所述新世纪诗歌的本土性、身体性、公共性特征，大概只是近年来诗歌发展的几个侧面，而并非其全部特征，本文之所以讨论这三个问题更多只是希望提供一个个人化的视角，希望能够引起学界对相关问题的更多讨论。此外，这三个方面的特征之间也是有内在关联的，本土性、现实性指向个人层面则为身体性，指向社会层面则为公共性，而身体性则是本土性和公共性的前提，保证了其真实性和有效性，公共性则是本土性和身体性的延伸，包含了对两者的尊重与拓展，等等。它们之间有共通之处，但又不尽相同，有时不分彼此，有时分工合作，有时则不无龃龉，共同推动着新世纪诗歌的前行。总的来说，新世纪诗歌正走在一条宽阔的道路上，在不同的层面、不同的方向上做着富有成效的探索，它依然充满活力与创造性，值得人们的信任与期待。

诗歌民刊与网络诗歌的"崛起"
——诗歌传播方式变化之于新世纪诗歌的意义

近年以来，中国新诗在传播方面发生了重要的变化，这种变化某种意义上是具有革命性的。与"新时期"文学之初"朦胧诗"主要是在思想性、内容上的异质性而被称为"崛起"不同，这一次的"崛起"更多是依托诗歌的外部因素——主要是诗歌的传播媒介与传播方式方面——而体现的。具体来说，便是诗歌民间刊物与网络诗歌在诗歌发展中起到了更大的作用，推动和加速了诗歌艺术的变化与探索。很显然，它们在这里起到的并非仅仅是"形式"的作用，其对于诗歌的"内容"、对当今诗歌的精神面貌、思想质地、艺术品质等都是有着深刻影响的。

一

就新世纪诗歌发展而言，诗歌民刊与网络诗歌具有不尽相同的意义，我们可以对其各自的发生背景和发展概况做一梳理。当代诗歌中的民间刊物已经有了不短的历史，早在1970年代中后期，《今天》诗人群即已存在并产生实际影响，《今天》成为当代诗歌史中第一个产生较大影响的民间刊物，并事实上成为"朦胧诗"的先声，开启了"一代诗风"。而后，民间诗刊发展更为迅猛，其中尤以《他们》《非非》《莽汉》为代表，至1986年现代诗群体大展时，"全国已出的非正式打印诗集905种，不定期的打印诗刊70种，非正式发行的铅印诗刊和诗报22种。"① 可谓蔚为大观，这作为对朦胧诗的"反动"被视为"第三代诗人"崛起的标志。此种情况至1990年代继续发展，更多的诗歌民刊面世，《偏移》《倾向》《一行》《现代汉诗》《北回归线》《海上诗志》等民刊对诗坛产生着实质性的影响，"与居主流地位以成功为目标的诗人的写作相比，民间写作的活力与成就都是更胜一筹的，它构成了90年代诗歌写作真正的制高点和意义所在。"② 这种说法是不为过的；更为晚近，尤其是1999年"盘峰论战"之后的诗坛，更是诗歌民刊和网络诗歌崛起和向"主流诗坛"叫板的时期，据诗歌民刊收藏者、诗人世中人的统计，2000年后创刊、复刊的已经达到了100余种。③ 这一几年前的判断在而今来看已经显得比较"保守"，目下的诗歌民刊发展无论是从数量还是质量都是比之以前更为可观的。这一时期的民刊数量上更为丰富，质量上也各有特色，整体水平较高，较具影响力的如《诗歌与人》《诗参考》《下半身》《扬子鳄》《撒娇》《剃须刀》《新汉诗》《新诗代》等在诗歌界内部的声誉已不比主流诗歌媒体为低。诗歌民刊《诗歌与人》的主编黄礼孩如下的论述是实事求是、站得住脚的："民刊，首先是自由精神的代名词，它反对僵死的诗歌，反对官方业已形成的话语霸权。正是这些有诗歌品质和独立立场的民刊形成了一种反对庸俗诗歌的力量，为诗歌的发展拓开了另一条道路。事实上，今天民刊的新锐精神给官方诗刊带来了改良运动。"④ 可以说，诗歌民刊已经形成了"当代诗歌的民间

---

① 《中国诗坛1986'现代诗群体大展》，《深圳青年报》1986年9月30日。转引自吕周聚《中国当代先锋诗歌研究》，中国广播出版社，2001年版，第121页。

② 韩东：《论民间》，《芙蓉》，2000年第1期。

③ 世中人：《以可疑的身份进入历史的真实——管窥中国大陆民间诗歌报刊的发展及意义》，《星星》，2004年第3期。

④ 黄礼孩语，见刘春编《70后诗歌档案》，中国海洋大学出版社，2008年版，第42页。

传统"(于坚语)，至少也可以说是形成了"中国诗歌的小传统"(西川语)，它对于当代诗歌的发展的确是起到了非常重要的作用的。

与诗歌民刊的已经有一定"历史"不同，网络诗歌在中国还仅仅是一个新生事物。国际互联网在20世纪末的1994年才刚刚开始登陆我国，网络文学的发展则是更为晚近的事，"大约是在90年代末吧，互联网风起云涌，各种中文网站都慢慢多了起来，网络上慢慢有了一些文学网站和诗歌主页，有了一些谈诗歌的BBS，但都不太成气候。进入2001年，华语诗歌界一下子风景直转，新老诗人们纷纷上网，或者说更多的人直接从上网开始写诗，网络诗歌时机逐渐成熟，出现了大批优秀的诗歌网站，诗歌论坛数量也以爆炸速度增加。"① 时间虽短，但其发展速度却非常之快，点击"扬子鳄"诗歌网站（http://tw.netsh.com/bbs/853675/），其友情链接的诗歌网站就有二百余，② 这还只是"专业"的诗歌网站，并不包括综合性网站的诗歌论坛、文学频道等其他形式。网络诗歌已经"网罗"了大批的优秀诗人、诗作和批评家，其数量可谓惊人，其质量亦颇多可圈可点之处。时至今日，很多的诗歌网站、论坛，比如"诗生活""诗江湖""扬子鳄""灵石岛""界限""诗家园""极光""翼"等，无论是其作者群、总体容量、信息流量、整体质量、诗艺追求、风格趣味等方面均已经有了初步规范化的意义，发挥着初步的选择、凸显的功能，这对于良好诗歌生态的形成无疑是有益的。汪洋大海般的网络诗歌发出的是没有被体制化、格式化和模式化的民间的声音，它"是网络时

---

① 小鱼儿：《中国网络诗歌的现状与未来》，此文为作者在中国人民大学第二届诗歌节上的讲座稿，转引自诗歌报网站 http://www.shigebao.com/shi/images/article/395.html。

② 据在2008年3月下旬的统计，其友情链接的诗歌网站为249个，这其中仅有极少数网站包含其他文学样式或以其他文学样式为主。同时据李霞搜集、整理的"汉语诗歌网站、诗歌论坛名录"所列出的诗歌网站、论坛为475个，见马铃薯兄弟编选：《现场：网络先锋诗歌风暴》，江苏文艺出版社，2005年版，第382—384页。

代的民间文学，是民间话语的广场狂欢"，①全方位地改变了这个时代诗歌的写作伦理和审美风貌，极大程度地降低了诗歌的"准入"从而赋予诗歌极大的自由，彻底松绑了长久以来诗歌被现实规则和意识形态所压抑了的翅膀，唤醒了更多人内心蛰伏着的诗歌能量，这在以前根本是不可想象的。虽然仅仅到目前为止，网络诗歌作品的粗糙、单一、模式化、平面化等问题都已相当严重地暴露出来，但同时应该看到，这些毕竟可以说都是"前进中的问题"，网络诗歌里毕竟有着作为"诗"的东西，里面包蕴着诗歌的新质和萌芽，进一步的规范和提升尚须时日。"诗歌在网络"（诗人阿翔语）所产生的变化和所具有的意义现在来进行归结应该说为时尚早，一切都还只是在"初级阶段"和生成变化中，但可以肯定的是，它所具有的意义绝非仅仅是传播媒介和载体的不同。

二

世纪初的诗歌版图大致是以主流刊物、诗歌民刊、网络诗歌三分天下为特征的，其中后两者正发挥着越来越重要的作用。诗歌民刊比如《诗歌与人》《诗参考》《诗歌月刊·下半月》《撒娇》《剃须刀》《新诗代》等对诗坛产生的影响和对诗歌所做的贡献是并不比《诗刊》《星星》《诗选刊》《诗潮》等为次的。就网络诗歌而言，网络"网罗"了大批的优秀诗人、诗作和批评家的目光，其数量可谓惊人，其质量亦颇多可圈可点之处。而且，网络诗歌与诗歌民刊互相结合，具有了某种"互文性"，这更成为近几年诗歌发展的一种趋向和特点，成为当今诗歌重要的写作与交流、传播方式。如此，在"公开诗坛"之外便一直存在和发展着另外的一个"民间诗坛"，而且在诗歌本身的艺术创造性与艺术能力方面，

---

① 欧阳友权等：《网络文学论纲》，人民文学出版社，2003年版，第195页。

后者的重要性日益增长，受到了越来越多的赞赏和认同。这一点已经得到了越来越多的共识，"官方"刊物《诗刊》的主编叶延滨便说，"从传播方式看，中国诗歌正呈现出三大版图：第一是主流媒体，也就是传统的文学刊物，这部分在数量上正在逐渐减少。第二是所谓的'民间刊物'或'地下刊物'。这是一种在诗歌爱好者群体内自行印刷，用于内部交流阅读的诗歌刊物。第三是网络诗歌。由于互联网络没有印刷媒介那样相对严格的审稿制度，它以其开放性平等性打破了传统精英作家的话语垄断，成为网民'发泄'和'表达'的最佳媒体。"① 这句话本身是非常有意味的，也证明"民间"诗坛的存在已经成为"官方"难以忽视、不得不面对的事实。这种格局与其他文学门类相比显然是显得有些特别的。不仅诗歌民刊、网络诗歌在发挥重要的作用，产生着重要的影响，主流的官方诗刊也在改变姿态，主动向民间刊物、网络诗歌靠拢，发表大量民刊和网络诗歌作品，以汲取新的营养和思想、艺术资源。评论家张清华在 2001 年既已撰文指出，"可以毫不夸张地说，时至今天，原来'主宰'诗坛的'官办'诗歌刊物实际上已经拖出了真正的'主流诗坛'，而代之以一个曾经被挤兑在主流诗坛之外的'民间诗坛'——形象一点说，'江湖'真的终于战胜了'庙堂'。"② 而且，"也可以这么说，现在的诗歌新人要想'出名'并获得'真正的认同'，其首要的渠道恐怕已不是原来的权威诗刊，而首先是民刊和网络。在这上面叫得响了，很快也就会得到前者的青睐。"③

通过对诗歌来源的"官刊"与"民刊"的简略分析，我们大致可以看到当今诗歌界两种力量——"官方"与"民间"——互相颉颃的关系，

---

① 周剑虹、佘林颖、冯康：《网络诗歌勃兴　中国诗歌传播深刻变革》，引自"新华网"：http://news3.xinhuanet.com/newmedia/2005-11/04/content_3728251.htm。
② 张清华：《2001 年中国最佳诗歌·序》，春风文艺出版社，2002 版，第 15 页。
③ 张清华：《2003 年诗歌阅读札记》，《理论与创作》，2004 年第 2 期。

从中可以发现当今诗歌生态中若干重要的问题。这里的"官方"与"民间"并无褒贬、高下之分别，主要是指诗歌生存方式与存在状态的不同："官方"是指获得体制的认可与接纳，在体制系统内具有言说空间，以公开出版物为媒介形成的诗歌力量；而"民间"则指的是体制外、个人化的，没有制度依托，以诗歌民刊或网络为主要"阵地"的诗歌存在方式。我们不必在"官方"与"民间"之间做出简单的价值判断，也不必想当然地认为"官方"便意味着狭隘或平庸、"民间"便具有道德或艺术上的某种"优势"，因为实际上这两者其存在都是合理而必要的，它们之间的关系主要的并不是对立的（虽然不无对立的成分），而更是互补共生的，是各有其优势与成就同时也各有缺陷与不足的。两者彼此皆不可替代，共同构成了当今时代诗歌发展的"现实"。

　　一方面，"民刊策略已经构成中国新时期先锋诗歌的基本生存与传播方式。"① 另一方面，网络以其"低准入""去编审""高效率"等的特点极大助推了诗歌领域的"民主化"运动，民间的声音和力量得以更为自由地表达和展现，这对于诗歌不但在载体和传播方式上有重要影响，而且对诗歌的运思方式、表达方式都有根本性的改变，极大丰富和助推了诗歌发展的可能性。由以上对当代诗歌发展历程的简单梳理可以看出，诗歌民刊和网络诗歌已经成为当代诗歌发展的一种重要动力。在当前的情况下，网络诗歌主要是作为解放艺术生产力的高自由度平台，而诗歌民刊则是诗人切磋、交流、扩大影响、求取认同的重要手段。近年的民刊虽然大多与网络共生，但它某种意义上是对网络诗歌的一种遴选、过滤，萃取了其精华而避免了泥沙俱下、鱼龙混杂的弊端，具有重要的意义。与公开刊物和官方媒体相比，民刊在发表的难度、自由度等方面较少掣肘，这显然是它的巨大优势，"'民办'的诗刊、诗报，在

① 罗振亚：《亚文化选择：民刊策略与边缘立场》，《诗探索》，2003年第3—4辑。

支持诗歌探索、发表新人作品上，是'正式'出版刊物所无法比拟的；在很大程度上成为展现最有活力的诗歌实绩的处所。"① 这样，诗歌民刊的写作者便能绕开繁琐而严格的审查制度，绕开名气、人际关系、题材等级、美学趣味等种种关隘的限定，能够真正张扬和发抒自我主体，进行最大限度上的"自由写作"。因而，对比诗歌公开刊物和民间刊物，我们可以看到不仅在写作的题材、范围、情感传达的方式和限度、艺术构成与趣味等方面往往有着明显的差别，这应该说首先便是写作方式和写作状态的不同所引起的。"官方"与"民间"不仅仅具有"政治"上的不同，内在也有着"美学"上的差异，这是应该看到的。

有的人尤其是民间的诗人刻意制造和夸大着诗歌中"官方"与"民间"的对立，对"官方"大加挞伐，似乎要置其于死地而后快，本文并不简单地附和这种观点。因为这种行为实际上也不无为自己制造"道德崇高感"、扮演"文化英雄"角色的成分，将"官方"作为"假想敌"实际上仍然隐藏着凸显自身"身份合法性"的因素。实际上，我们应该看到，"官方"与"民间"与其说是对立的倒不如说是互相渗透和补充的，"不少由民刊起步的诗人后来步入主流的诗歌报刊；而在主流报刊上发表诗歌的诗人——主要是青年诗人，也经常给民刊撰稿。有些主流诗歌刊物还经常选发民间诗刊上的作品。至于在艺术探索、艺术风格上的互相渗透，那就更为明显了。"② 对于当今的诗歌生态而言，两者都不可或缺：没有了"民间"的"官方"可能会变成齐整、单调、平庸、丧失原生性的"盆景"和"园林"，而没有了"官方"的"民间"也恐将成为粗陋、野蛮、弱肉强食、荒草丛生、文明气息褪减的"荒野"。而且，两者之间存在的"时间差"现象也是这种互补和互渗的一种证明：许多探索性、实验性、创新性较强的作品在一开始往往可能不被主流媒介所接受，他

① 洪子诚、刘登翰：《中国当代新诗史》（修订版），北京大学出版社，2005 年版，第 251 页。
② 吴思敬：《世纪初的中国诗坛》，《文艺争鸣》，2005 年第 6 期。

们只能首先在民刊和网络中传播，经过一段时间之后诗人的艺术能力和诗作的艺术价值被人认识之后，便会逐渐被主流诗歌媒介所关注、所接纳，故而形成了"现在的诗歌新人要想'出名'并获得'真正的认同'，其首要的渠道恐怕已不是原来的权威诗刊，而首先是民刊和网络，在这上面叫得响了，很快也就会得到前者的青睐"①的现象，这已是近年诗歌发展中比较普遍的一种事实。某种意义上"官方"代表了规则、秩序，"民间"代表了活力、创造，它们同属于艺术有机体的不同侧面。本文以较大的篇幅谈论了诗歌中的"民间"，但并不意味着不认同"官方"的必要性及其意义，也不意味着完全认同"民间"的现状和价值趋向，只是因为"官方"在当前的体制下仍然是一种"强势话语"，它某种程度上起到了对诗歌状况的压制、遮蔽、规训作用，因而有必要充分认识和张扬诗歌"民间"的存在。就当前的诗歌生态而言，在"官方"与"民间"的问题上不是谁去谁留、谁对谁错的问题，而是彼此都有不足之处，彼此都应该互相借鉴、交流、沟通的问题，是"官方"仍显得保守、沉闷、板着面孔、不够通融的问题，是"民间"弄性尚气、党同伐异、哗众取宠、虚伪做作的问题，是两者之间的对立趋于模糊而真正的诗歌命题更加晦暗不明的问题，如此等等。在这些具体问题之外空洞地谈论"官方"与"民间"的对立并无实际意义。

三

从宏观的角度来看，当今时代的诗歌更多是处于多元混生、多向发展的状态，或者说是处于一种无中心、无主流、平面化、边界消失、自我指涉的"后现代"状况中，这显然与诗歌民刊和网络诗歌为代表的诗

---

① 张清华：《2003 年诗歌 · 序》，春风文艺出版社，2004 年版，第 7 页。

歌传播方式的变化是不无关系的。这种诗歌保证了极大限度的艺术探索和自由言说，除了特定的政治领域外，诗歌可以任意地发言，自由度极高，它所包含的艺术向度更多，思想强度也更为激烈，其复杂性是前所未有的。在这方面诗歌比其他的文体类型走得更远，这种状况也是诗歌界所特有的，它与艺术的先天本性相契合，也应该是出现优秀和伟大作品的有利条件。但同样有问题的另一面，多元发展的结果是嘈杂、混乱、共识的破裂，"自由"的代价可能是秩序的失去、价值观的混乱以及"不可承受之轻"。因而，一方面是高度自我、无拘无束、独立创造，另一方面却可能是陷入"无物之阵"，迷失自我、无人喝彩、自生自灭。关于诗歌界这种虽有大致的"标准"和"共识"，但却极其有限，虽然少有关注、读者稀少，但确实有总量庞大、层出不穷、生生不息的状况。对这样的复杂状况是需要以辩证的、审慎的态度来看待的。

共识的缺乏本身当然有一定的问题，它可能对当今诗歌的群龙无首、自说自话、拉帮结派的状况起推波助澜的作用，共识破裂、规范被消解往往造成视界的窄狭和个人主义的泛滥，于诗歌的良好生态是不利的，而且可能突破艺术的底线，混淆艺术与非艺术的界限，这也是造成当今时代诗人与伪诗人、诗歌行为与非诗歌行为羼杂交错、混沌不清的原因之一。此外，当今时代的确缺少能够被所有人都接受的诗人诗作，每种作品的出现都会听到不同的意见和评价，几乎没有能够被所有人都接受的诗歌作品，这也是造成这种共识缺乏的原因之一。这或许与学者王光明所作的"这是一个有好诗人和好作品却缺少大诗人和伟大作品的年头"①的论断有关，缺少杰出的、高人一筹、让人眼前一亮的作品，当今的诗歌格局自然整体上处于平淡、寻常的层次。当然也有可能是因为杰出的作品是需要"历史"来辨识的，其中有一个时间差，当今的人们

---

① 王光明：《2002—2003 中国诗歌年选·前言》，花城出版社，2004 年版，第 1 页。

对现时代作品的认识仍处于分歧和变化中,自然也很难达成所谓的共识。

更进一步来看,当今的诗歌状况实际上也并不是缺乏共识的问题,而是多种观念、多重标准、"相对主义"的问题。也就是说,由于其自由发展,诗歌内部已经产生了艺术样式与路径的多元并存,它们"各自为政",以充分尊重自身的独特性、扩大和张扬自我为前提,彼此皆具有存在的"合法性",但又不可能消灭对方,而只能在与各种异质性因素的差异与矛盾中共生共存。这的确是一个复杂、多元的时代,关于诗歌的任何的声音都可以说,并且可以借网络和民刊的平台得到传播,形成有效交流,更多的话题、问题在交锋与回应中得到了深入的讨论和阐明,这都是非常重要的。在当今的诗歌界,更多的因素都只能以"相对主义"的方式存在,没有高高在上、唯我独尊的秩序制定者,也缺乏"振臂一呼,应者云集"的时代语境,诗歌生存在多元、弥散、碎片化的现实中。不过,对于当今诗歌界的这种"多元"和"弥散",我宁愿相信它是走向新的秩序、形成良好生态、获得艺术与思想上新的提高的必经阶段和前提基础,因为,这里所包含的"民主因素"和进步意义不管怎么都是值得肯定的。同时应该看到,诗歌中的"共识"和"秩序"本身也是值得反思的东西,中国新诗发展的历史已经表明,许多的所谓"共识"和"秩序"往往正是建立在艺术被规训、艺术空间窄狭、审美趣味单一的基础之上的,这样的"共识"本身便是否定性的,丝毫不值得提倡。而当今这种缺乏共识的状况,无疑是对于某种单一化、一体化模式的突破,缺乏共识并不代表缺乏思想,也不代表停止前进,或许,它恰表征了诗歌发展中的某种进步因素,是在走向更为良好的诗歌秩序的途中。

诗歌民刊和网络诗歌对于新世纪的诗歌发展而言如果处理不好或许也可能是"双刃剑",但就目前的情况来看,其积极意义是远远大于负面意义的,它的"崛起"于当今诗歌的发展是功莫大焉的。

新世纪十年诗歌热点问题回顾与反思

　　进入新世纪以来，诗歌并没有如此前有人所预言的那样"消亡"，相反，与网络的快速普及和发展相关联，新的诗人大量涌现，诗歌作品数量激增，一些人甚至由此做出"诗歌中兴"的论断。对新世纪以来的诗歌发展虽然并不应报以简单的乐观态度，但如果说它的质量毫不足道、无甚可观，似乎于理于情都难以让人信服。而今，新世纪已经悄然走过了它的第一个十年，当我们回过头去反观的时候，我们看到诗歌的确在"边缘化"，但是，它是在场的，它不再处于社会生活和精神生活的中心，但却从未缺席。近十年的诗歌大致是波澜不惊的，它在默默地承担着它所能承担和所应承担的东西。但是，也并非没有"热点"，并非没有进入大众视野、成为社会话题的个例，本文拟选取新世纪以来诗歌的若干热点问题进行论述和分析，这无论对于诗歌的现在与未来、内部与外部都是有必要的，有很多的经验与教训值得记取。

　　本文准备谈论新世纪十年诗歌中的五个热点问题，它们是："下半身"诗歌与"身体写作"；"底层写作"与"打工诗歌"；"梨花体"与口水诗歌；"诗歌标准"问题讨论；"地震诗潮"。文章将不以综述性写法为主，而主要是对"事件"与"现象"加以反思、回顾，试图对这些问题做出较为个人化的论析、评述。

一　"下半身"诗歌与"身体写作"

诗歌民刊《下半身》在 2000 年夏天的出现可谓惊世骇俗，它犹如一枚重磅炸弹扔进了平静的池塘，形成了巨大的冲击波，引起了相当的社会争议（其中大多是否定性的）。而这一活动本身似乎也可以作为一个"文本"来看待，其后果除了使参加者以整体性的姿态站到了时代的风口浪尖上，广为人知之外，似乎也昭示了诗歌发展中由来已久的身体观念的变化，更成为新世纪诗歌身体变革的一个预兆和开端。因而，"下半身"诗歌除了它自身的得失成败以外，也可以作为新世纪诗歌"身体写作"的一种隐喻。

"下半身"诗歌的艺术主张最典型地体现在沈浩波为该刊写的发刊词《下半身写作及反对上半身》中，其中称："所谓下半身写作，指的是一种诗歌写作的贴肉状态，就是你写的诗与你的肉体之间到底是一种什么样的关系？紧贴着的还是隔膜的？贴近肉体，呈现的将是一种带有原始、野蛮的本质力量的生命状态"；"所谓下半身写作，追求的是一种肉体的在场感。注意，甚至是肉体而不是身体，是下半身而不是整个身体。因为我们的身体在很大程度上已经被传统、文化、知识等外在之物异化了，污染了，已经不纯粹了。太多的人，他们没有肉体，只有一具绵软的文化躯体，他们没有作为动物性存在的下半身，只有一具可怜的叫做'人'的东西的上半身。而回到肉体，追求肉体的在场感，意味着让我们的体验返回到本质的、原初的、动物性的肉体体验中去。我们是一具具在场的肉体，肉体在进行，所以诗歌在进行，肉体在场，所以诗歌在场。仅此而已。""只有肉体本身，只有下半身，才能给予诗歌乃至所有艺术以第一次的推动。这种推动是唯一的、最后的、永远崭新的、不会重复和陈旧的。因为它干脆回到了本质。"①这篇张扬凌厉的"宣言"凸显了一种特异的自我形象，颇具"革命"意味。另一位诗人朵渔则如此解释"下半身"："下半身写作，首先要取消被知识、律令、传统等异化了的上半身的管制，回到一种原始的、动物性的冲动状态；下半身写作，是一种肉身写作，而非文化写作，是一种摒弃了诗意、学识、传统的无遮拦的本质表达，'从肉体开始，到肉体结束'。"②从上述简单的引述可以看出，"下半身"写作首先是作为一种对于"文化化"了的"上半身"的反抗存在的，他们提倡一种有活力、原生性、动物性的"肉身写作""肉体写作"，肉体、欲望被当成了诗歌的本质性、拯救性力量。在总共两期的《下半身》诗歌刊物中，确如朵渔所说，"'下半身'的'成功'之处是对'身体'的强调，其最大的'卖点'是'性'"，它最为引人关注的的确是"性"，"下半身"诗歌中充斥着性话语，对于性的津津乐道一方面可能是一种无遮掩的、本真的抒发与认同，但更重要的是作为一种"反抗"和"吸引眼球"的手段，后者类似于一种"恶性发作"，也是招致批评的重要原因所在。《下半身》"集束性"地推出了一批 70 年代出生的诗人如沈浩波、朵渔、南人、李红旗、尹丽川、巫昂、盛兴、朱剑等，他们的写作对于"性""下半身"或多或少均有涉及，但其各自的写法并不相同，而且其中有的确实体现了活力、祛魅、真实，让人有耳目一新之感，但有的作品为性而性，类似黄段子，有的写得丑陋、肮脏、毫无意味，有的甚至有突破道德与人伦底线之嫌，这些都很难称得上是艺术作品。实际上稍作分析即可看出他们的理论主张和书写策略之中的悖论所在：肉体、身体本身并不能真正、完全地脱离所谓"传统、文化、知识等外在之物"，恰相反，肉体本身便是"传统、文化、知识"的产物，诗歌本身便是文化的产物，如何可能彻底地"反

---

① 沈浩波：《下半身写作及反对上半身》，见诗歌民刊《下半身》第 1 期，2000 年 7 月。
② 朵渔：《是干，而不是搞》，见《下半身》第 1 期，2000 年 7 月。

文化"、站到"文化的反面"？甚至，诗歌作为一种语言成果，语言本身也是文化的产物，反文化反到最后，岂不是自身也在打倒之列？在此前的文化境遇中"性"受到了遮蔽和误置，但现在将它无限放大是否就是合适的，是否应该有必要的自律和规则？如此等等。应该说，其中的问题和谬误是显见的。有论者从三个方面对"下半身"写作的文学和文化姿态进行分析，认为它"足以昭示当代中国文学界与文化界对待与书写身体方面的几个典型症候"："下半身"崇拜、"下半身"一元论、"下半身"专制主义；"下半身"本质主义；作为诗歌界内部争夺话语权力的一种策略与工具①，这的确指出了"下半身"写作存在的问题。

不过，单纯在这里谈论"下半身"的不足似乎并无意义，我们更应该追究的是：它是如何产生的？它的产生对于诗歌和当代文学、文化具有什么样的意义？如此我们便有了更重要的发现。"下半身"诗歌其实与90年代以来诗歌中的知识分子写作与民间写作两种写作趋向的分化有关，它的产生是其中民间写作的发展，自于坚、韩东，到伊沙，再到沈浩波、朵渔等，这是一条相连贯的脉络，"下半身"诗歌所反对的，正是坚持强调"专业性""技艺""知识"的"知识分子写作"，其"反文化""反对上半身"，目标都在这里。民间写作更为注重诗歌的及物性、活力、口语，可以说强调的正是"身体写作"，恰如于坚在《诗言体》中所说："诗自己是一个有身体和繁殖力的身体，一个有身体的动词"②。更进一步，在我们的文化中，身体和性一直是一个讳莫如深的问题，它是被压抑、遮蔽和取消的，对它的书写要么是神圣化要么是妖魔化的，身体和性从来没有以其本真的面目出现，而随着90年代以来中国的经济和社会转型，消费意识形态逐渐成为支配性的社会意识，身体成为消费盛宴中备受关注的焦点，在此前文化

---

① 陶东风：《"下半身"崇拜与消费主义时代的文化症候》，《理论与创作》，2005年第1期。
② 于坚：《诗言体》，《芙蓉》，2001年第3期。

格局中处于低位的身体也在寻求更大的表达空间，实际上随着"政治"氛围的变化和关注重心的转移，身体和性的确获得了更充分的合法性，对身体和性的发现、表达和追求一定意义上也成为推动社会变革的重要动力之一。卫慧、棉棉等"美女作家"的出现与"下半身"的出现在环境氛围方面便有着一致性，而不同之处在于，似乎小说作品更具"消费性"，因而更多被视为一种市场行为、商业行为，而诗歌可消费性极小，所以它的"反抗性"被关注得更多。从这个意义上讲，"下半身"诗歌内部包含的注重及物性、身体性、反抗性的东西是有其进步意义的，代表了历史的发展，也是文化发展链条中有机的一环，它的出现并非洪水猛兽。"下半身"虽然有着这样那样的、甚至堪称严重的问题，但它的出现是有其内在依据和必然性的，是不可避免的，作为本体它很难自圆其说，作为反抗它有些矫枉过正，但它是有其符号和"象征"意义的，这一点不应忽视。

作为"符号"，它与新世纪诗歌的"身体转向"有关，"世纪初的几年，一方面，诗歌中的身体'叙事'在以更大的规模和强度发生和存在着，诗歌与身体正发生着前所未有的'亲密接触'，诗歌在分享着这个时代巨大的身体欢乐和苦难；另一方面，更多的诗歌注重感性，从生活与身体出发，依靠个人经验，追求活力和力量，表现了与理性主义或道德主义诗歌判然有别的取向。"[①]"下半身"诗歌一定程度上在这一转变过程中起到了导火索和助推器的作用，如诗歌评论家张清华所指出的："'70后'诗歌写作和在其中孕育的'下半身美学'，的确已经构成了近期诗界最重要的现象，这一现象无疑将影响到未来中国诗歌的发展进程，当代中国的诗歌写作也已经由于这些新因素的加入，而增加了世俗性的活

① 王士强：《虚拟的自由或夸张的表演——回望"下半身"诗歌运动》，《山西师大学报》（社会科学版），2007年第3期。

力，这一点无须避讳。"① 关于这种"身体转向"，我们首先看到的应该是其积极、值得肯定的一面，因为它往往被淹没在了道德主义的抵制和谩骂当中，"当代文学的'身体转向'，不管其文学质量的好与坏，在一定程度上，依然是对文学权威的一种挑衅，是对'禁止发疯'的文化秩序提出的抗议。虽然大部分的身体写作还停留在'自恋'的层面，掉进了表演和展示的漩涡，但至少让我们的身体事实得到承认，这是既往的当代作品中缺失的经验。"②

当然，肯定其积极意义绝不意味着可以忽略或者无视它的消极意义，实际上"下半身"诗歌确实是一把双刃剑，它的负面影响一点也不容忽视，比如性话语的泛滥，比如过于随意的口语诗歌，比如恶意挑战伦理道德底线，等等，"下半身"诗歌在这一过程中似乎难辞其咎。"下半身"诗人之间的写作并不相同，很快走在了不同的道路上，比如沈浩波很快转而写作了一些反映社会底层的作品，而朵渔则逐渐成为当代诗人中为数不多的"民间知识分子"或"民间思想者"的代表，他们的写作都远非"下半身"所可以容纳的了。实际上"下半身"的身体写作很快便难以为继，原本打算要"一本接一本地出"（《下半身》第二期"编者前言"）仅仅出了两期便告风流云散。关于这一点，朵渔的分析是准确的，他指出"下半身"的身体写作已经变成了"没有差别的身体"："这里的身体，都是没差别的身体，它们被扩大、被夸张，成为被'先锋'雇佣的陈词滥调的腐尸。""首先确立一种平庸的身体伦理，然后通过对身体的某一部分的怪异的强调与变形，挑衅这种平庸伦理，试图通过一种触犯众怒的伦理暴力，来使自己的写作获得意义。此时，身体成为不

---

① 张清华：《"好日子就要来了"么——世纪初的诗歌观察》，《当代作家评论》，2002 年第 2 期。
② 张念：《身体写作的前世今生》，《花城》，2004 年第 6 期。

折不扣的工具,从对抗一种道德专制中建立起另一种道德专制。"① 如此,"身体"已经失去了原生性和创造性,而落入消费逻辑的窠臼,成为欲望和快感的奴仆,既沦为"工具"和"他者",又流于单维和浮浅,探查不到真实的灵魂处境。诗评家陈仲义针对"肉身化诗写"的问题,论述道:"所谓肉身化诗写,是指把肉身当作写作的主要资源与内驱力,集结本能,冲动,原欲;以快感为推力,贴近生命的本然状态和形而下日常现场。这种肉身现场的活跃,的确大大释放被政治、文化阉割的肉体,重新祭起存在的肉体性,乃是人性最大的'真理'。这是对此前'身体写作'的进一步断裂。然而,肉身书写,总不能无限度下陷,它应该在升与降,断裂与延伸中找到稳定的'指数'……如果在感性联播中,过度推崇动物性、神化肉体、灭绝文化,摒弃必要的'思'与智,即摒弃必要的精神元素,无视肉身化诗意创造,止于肉体感官优游,最终还是会夭折的。"② 而针对"下半身"以降诗歌写作中的"反道德化"趋向,诗评家陈超的评论也可谓有的放矢、语重心长:"我要说的是,诗歌可以、也应该'非道德化',但是犯不着死认准了'反道德'为写作的圭臬。诗歌没有禁区,故不要将道德视为新的禁区。如果一个诗人始终持'反道德'立场,那他就摆脱不了对道德的寄生或倚赖,往好里说这是划地自牢和哗众取宠,往坏里说就是愚昧和欺骗……我批评的目的是要提醒在诗歌写作中,不要在粉碎旧的教条主义、独断论之后,代之以新的教条主义、独断论。"③ "下半身"诗歌及身体写作应该说事出有因,有其合理性,但它又有着不小的负面影响,可以说凝结着这个时代颇具典型性的文化病症,当今时代的人们需要对之保持清醒的认识,以脱身

---

① 朵渔:《没有差别的身体》,《意义把我们弄烦了》,人民文学出版社,2004年版,第180页、181页。

② 陈仲义:《肉身化诗写刍议》,《南方文坛》,2002年第2期。

③ 陈超:《贫乏中的自我再剥夺——先锋"流行诗"的反文化、反道德问题》,《诗探索》(理论卷),2005年第3期。

泥淖、继续前行。

二　"底层写作"与"打工诗歌"

"底层写作"在世纪初逐渐显现，2004 年、2005 年左右成为比较
重要、热门的文学话题，许多文学（理论）刊物组织专栏、发表文章、
参与讨论，作家、诗人、学者、评论家参与者众多，不同观点的交锋
非常激烈，这一话题持续数年，直到 2008、2009 年还是比较热门的话
题 ①。在"底层写作"中，诗歌只是其中的一部分（虽然是其中的重要
部分），而在诗歌界，这一现象有一个更明确的名称："打工诗歌"。
打工诗歌大致也是在世纪初出现的一种文学现象，有一系列民间或公开
出版物出版 ②，有打工诗人里涌现的广受好评的郑小琼，也有大量的文
章和专门的研讨会讨论打工文学、打工诗歌等。

底层写作、打工诗歌的出现并非偶然，也不是观念所推导出来的，
而是首先有了这种现象、现实，才出现了对之的命名、关注，这是首先
需要注意的。底层写作之所以成为问题，是因为"底层"成了问题，"打
工诗歌"之成为问题，也是因为"打工"成了问题，也就是说，这种写
作现象首先是对于一种社会现象的反映，是有其"现实依据"的。随着
90 年代以来经济改革的快速发展，中国社会的分化越来越剧烈，全球
化、资本运作、速度神话、利益博弈……社会的财富总额在快速增加，

① 关于底层写作现象及研究的基本情况可参看肖艳丽：《论新世纪文学中的"打工诗歌"现象》
（东北师范大学硕士学位论文，2009 年 5 月）及洪治纲：《"底层写作"的来路与归途——
对一种文学研究现象的盘点与思考》（《小说评论》，2009 年第 4 期）。
② 诗歌民刊《打工诗人》2001 年 5 月 31 日创刊，至 2005 年 7 月共出 9 期；许强、罗德远、
陈忠村主编：《1985—2005 中国打工诗歌精选》，珠海出版社 2007 年版；《2008 中国打
工诗歌精选》，上海文艺出版社 2009 年版；柳冬妩：《从乡村到城市的精神胎记——中国"打
工诗歌"研究》，花城出版社 2006 年版；杨宏海编：《打工文学备忘录》，社会科学文
献出版社 2007 年版。

但与此同时发展中所出现的问题也是复杂而沉重的，大批社会底层的人们处于被剥夺、被凌辱、被遗忘的状态，他们为衣食所迫，为生活而奔波，精神以至肉体遭到侮辱和践踏，自身的权益得不到保障，生活毫无尊严……这样的群体与加速发展的"现代化"之间的距离不是在缩小而是在加大，两极分化越来越严重。这样，广大的底层民众构成了不容忽视的社会问题。在这样的背景下，底层写作、打工诗歌等写作现象的出现也是必然的，因为其一，他们有表达自己的需要，有生活，有感受，有价值诉求，而在这个数量庞大的群体中总有一些人具有艺术禀赋和艺术才能，这种能力与生活的结合，便出现了亲历式的写作；其二，对于社会现实生活的关注，对于弱者、被侮辱者、被损害者的关怀是文学的天职，这既是它的光荣，也是它的责任，许多的作家、诗人虽然自身并不一定处于"底层"，但这并不妨碍他们具有深切的底层意识和底层关怀，并不妨碍他们写出关于底层的作品。因此，这种现象首先应该被看做是一种表达自我、表现现实的结果，而非人为的炒作或哗众取宠。

底层写作、打工诗歌所描写的大都是酷烈的生存故事，切近现实生活，有强烈的现实感，同时有着变革现实的冲动和诉求，这是对于回避现实与精神困境、沉湎于对私人生活想象式的占有和把玩的"中产阶级趣味"的矫正，体现了"现实主义"的精神："我之所以强烈地反对我们时代的写作中的中产阶层趣味，就是因为它在本质上的虚伪性。我当然不否认，即使是'中产阶层趣味'下的生活者也有他们自己的'现实'，但如果在一个依然充满贫困和两极分化的时代滥用写作者的权力，去表现其所谓的后现代图景，就是一种舆论的欺骗，真正的现实是回到人物的命运。"① 这显然是一种更为应该、更有意义的写作。这些作品大多具有一种尖锐的力量，刺破生活貌似平静的表面，而表达其内部和深处

---

① 张清华：《"底层生存写作"与我们时代的写作伦理》，《文艺争鸣》，2005 年第 3 期。

的血泪和呼喊，评论家张未民从写作与生存的关系入手对亲历者的写作给予了较高评价，他认为底层写作者是"在生存中写作"，而严格意义的作家是"在写作中生存"的，两者差别很大："我们愿意用'在生存中写作'来说明这种现象，指称这个群体的创作，主要的还在于这个词组更能从文学写作方式的意义去标明或凸显该类文学写作的特殊含义和性质。""这种写作最鲜明的特征是'写作'与'生存'的共生状态，或者'第一生存'体验对于'写作'呈现了最直接的意义，这与目前主流文坛的写作方式有很大不同"①，这样的写作不仅对本身作为底层写作者是如此，对作为题材意义上的写作底层也一样是成立的，因为写作者的"身份"并不重要，其精神立场和价值取向才更为重要。有的评论家认为底层写作可以被称为"新左翼文学"，体现着一种"新左翼精神"，甚至可以说构成了"新世纪中国的文学主潮"："在主题话语方面，'新左翼文学'在对资本强权的批判之外，还包含着城市文明批判、国民性批判和知识分子批判的丰富主题。""'新左翼精神'，实际上就是知识分子直面现实、直面时代的战斗精神。'新左翼文学'，也就是继承和秉持着中国知识分子现实战斗精神这一精神传统直面现实的文学。"②关于"新左翼文学"命名的成立与否本处不进行讨论，但其指出的"直面现实""战斗精神"等确是与伟大的文学传统相连接的，这一点毫无问题。作为亲历者的诗人、诗评家柳冬妩这样评述打工诗人的写作："'打工诗人'的写作恢复了写作与历史语境之间的张力，恢复了文本与来历性经验的直接联系。他们介身于文本与历史之间，置身于心灵的紧张或一种测震术式的写作，反映出为世界的混乱、变迁、嘈杂所打开的、一种最为敏感的，最深处的心灵震动。当他们真正地用他们的信仰、心灵甚至忍辱负重肩负起写作的旗帜时，也许他们的声音在世俗的狂风中细

---

① 张未民：《关于"在生存中写作"》，《文艺争鸣》，2005 年第 3 期。
② 何言宏：《当代中国的"新左翼文学"》，《南方文坛》，2008 年第 1 期。

若游丝，但却让我们觉得弥足珍贵。"①确实，从文本"进入""介入"生活的意义上来说，底层写作的意义是不可低估的，这其中体现了真正的人道主义精神，体现了写作者的社会良知和艺术良知，也体现了写作的"伦理性"。

当然，文学的"伦理性"并不能替代或僭越其"美学性"，或者说，虽然写作的伦理性已经具有充分的合法性，但是在文学的美学向度上，它依然可能出现问题。我们看到，虽然底层写作其数量很多、貌似繁荣，但在质量上却有雷同、粗糙、直白等的问题，"文学性"的确不强。从本质来讲，文学首先是一种艺术种类，是一种语言现象，诗首先是诗，因而评价其成就的最终尺度只能是艺术准则和质量。诗歌，还是只能用诗歌的方式说话，如著名诗评家吴思敬所说："作为诗歌，面向底层的写作不应只是一种生存的吁求，它首先还应该是诗。也就是说，它应遵循诗的美学原则，用诗的方式去把握世界、去言说世界。我们在肯定诗人的良知回归的同时，更要警惕'题材决定论'的回潮。伟大的诗歌植根于博大的爱和强烈的同情心，但同情的泪水不等于诗。诗人要将这种对底层的深切关怀，在心中潜沉、发酵，通过炼意、取象、结构、完形等一系列环节，调动一切艺术手段，用美的规律去造型，达到美与善的高度谐调与统一。也许这才是面向底层的诗人所面临的远为艰巨得多的任务。"②

因而，这也是"打工诗人"如此众多，但被视为真正诗人者却很少的原因，因为，"艺术"的问题，即使不比"生活"更难的话，至少也并不更为容易。张清华以诗人郑小琼为例谈到了理想状态的底层写作："正常的情况应该是：纯粹的和好的文学中从来都不缺少底层关怀的精神，而底层写作本身也是好的纯文学作品。幸好在今天我看到了更多的希望。

---

① 柳冬妩：《从乡村到城市的精神胎记——关于"打工诗歌"的白皮书》，《文艺争鸣》，2005 年第 3 期。
② 吴思敬：《面向底层：世纪初诗歌的一种走向》，《南方文坛》，2006 年第 5 期。

我看到了像郑小琼那样的诗人，她的确是有一个打工妹的身份，她的作品确实富有底层的现场感和问题意识，富有时代性与苦难感，但'打工者'并不是她作为写作者的单一身份，她还是一个真正的优秀诗人，纯粹的诗人，一个尖锐的、富有才华和表现力的、并不比其他知识分子身份的诗人缺少技艺和素养的诗人。她也不仅仅是在写打工者的境遇，她所书写的，是一切人的境遇，人的普遍的境遇，这是值得称道的。"[①] 不可否认，底层写作中是有大量跟风的，其中的很多写作者并不见得有较高的文学才能，有很多确如论者所批评的是一种虚假的写作，所书写的仅仅是想象的、观念的、概念化的底层，而与真实的社会底层并不搭界。这种现象的出现或许与新世纪以来"关注民生""以人为本""构建和谐社会"等大的社会氛围不无关系，很多人的跟风不无功利的考虑，这样的写作其"伦理性"便是大可怀疑的。对于真正的写作者而言，如何保持自己的精神立场，具有持续发言和思考的能力，提高写作的境界和格局，避免"成功感"的侵蚀甚至"中产阶级趣味"，都是需要面对的问题。

三　"梨花体"与口水诗歌

2006 年的"梨花体"诗歌事件可以称得上这一时代并不多见的诗歌奇观，社会（主要是网络）大众大规模地参与其中，一时间沸沸扬扬，诗歌仿佛又回到了为大众所关注并身体力行参与其中的时代了，呈现出一种"繁荣"或"振兴"的征象。这当然仅仅是表象或假象，应该看到，诗歌和诗人在这里是被嘲弄和讥讽的对象，类似狂欢节的脱冕／加冕游戏，是一种小丑般的负面形象。关于"梨花体"诗歌的缘起，有各种各样的说法，尖锐对立的两种其实都可以归结为"阴谋说"：一种是称

---

① 张清华：《底层为何写作》，《湛江师范学院学报》，2008 年第 1 期。

有的人为使当事者"出名"而故意炒作，另外一种则称有的人为了攻击当事者而蓄意制造事端。两种说法似乎都能够成立而同时又都缺乏有足够说服力的"证据"（这或许也是有关人士所乐见的）。如果真有这种"阴谋"的话，关于事情的原初真相或许只能局限于少数几位当事人之中而难为大众所知了。不过，摒弃这种现象所产生的具体原因不论，应该看到，这种现象的盛行和发展，之所以形成如此大的"声势"，有如此多诗歌界之外的普通大众参与进来，这远非几个人"造势"就能够达到的，一定有更为内在的原因。关键在于，"梨花体"诗歌现象的出现，是对于"梨花体"诗歌本身的抵制和嘲讽，这有些悖谬，却正是问题所在。

与在社会、大众层面的沸沸扬扬相比，诗歌界内部关于"梨花体"的声音却并不多，这其中有的是认为它只是若干人的"炒作"，诗歌本身的意义并不大，因而选择了沉默，另外的原因则与诗歌界的不够敏感，未能及时面对新问题、做出新判断，因而出现了"失语"有关。"梨花体"诗歌现象是可以表征很多诗歌问题的，它是诗歌痼疾的一次发作，是外部力量介入诗歌对其误区和偏差进行矫正的一个极好的例证。从网上流传的赵丽华的诗歌《一个人来到田纳西》《傻瓜灯——我坚决不能容忍》《摘桃子》《张无忌》等诗来看，这些诗确实写得非常随意，类似大白话，没有诗意内涵，很难称得上有什么艺术性（这类作品在赵丽华的诗歌中显然不算好，也并不具代表性，但这是另外一个问题）。这些作品之所以在网络上引起轩然大波实际上是由于读者（观众）的反感、愤怒，简单地说，他们认为诗歌不应该如此这般，这样写是应该受到嘲笑的。而由于这样的写作之无难度、简捷、随意，成为人人皆可为之的事情，因而有了众多的梨花体诗歌写作者（所谓"我也会用回车键"）。这种无意义、过度口语、大白话的诗歌，正是这一事件的"肇事者"，是真正的原因所在。

因而，我们有必要对"口水诗歌""废话写作"进行审视。新世纪以来，尤其是随着网络的发展，口语成为当代诗歌发展的主流甚至渐有泛滥之势。随意的、大白话的、日常口语的诗歌写作随处可见，这实际是当今时代诗歌标准缺失和自律精神缺乏的一种表现，正是在这样的前提下，"口语"变成了"口水"，"诗话"变成了"废话"。面对质疑，赵丽华本人也承认她的这些诗是"口水诗"："面对'这还是不是诗'的质疑，赵丽华斩钉截铁地回答'当然是'。她说：'文无定法，诗歌本来就是人人都可以来写的。我的这些"口水化"诗歌，诗歌圈内一直都有争论，现在这种争论能扩大到诗歌圈以外，让普通读者一起都来争论，我很高兴。'"① 而在诗歌发展谱系上与"梨花体"有着明显关联的是"废话写作"，其提倡者杨黎说："新世纪刚一开始，我就提出了废话写作。这其实并不是偶然想到的，它应该说是我对写作的必然要求和自然进入。早在上世纪八十年代初，也就是 1984 年左右，我就有了这样的想法。当时和我相熟的人都知道，我是一个写作上的绝对形式主义者。关于诗歌，我能够说的，或者是我愿意说的，就只有两个字：语言。我和一个理论爱好者曾经有过这样的对话，它非常准确的代表了我当时的诗歌态度。对话如下：他问诗歌的材料是什么？我回答语言；他又问诗歌的形式是什么？我回答语言；他最后问那诗歌的目的呢？我依然回答语言。"② 杨黎在这里似乎变成了一个语言至上主义者，语言似乎成为诗歌本身的目的，诗歌成了一种语言行为，当它与"意义"无涉的时候，语言游戏状态的"废话"也就具有了充分的合法性③。这无疑

① 《诗原来可以这样写》，《视野》，2006 年第 22 期。
② 杨黎：《千金易得，废话难求》，见杨黎新浪博客 http://blog.sina.com.cn/s/blog_477e9b940100040o.html，2006 年 6 月 28 日。
③ 有必要指出的是，杨黎的诗歌理念与诗歌创作是与"废话写作"多有龃龉的，很多的地方都溢出了"废话写作"的框架，这一点参照其《杨黎说：诗》（杨黎：《小杨和马丽》，河北教育出版社 2002 年版）和自"第三代"诗歌以来的代表性作品可以明显看出。此外他之谓"废话写作"似乎是比字面意义要更为丰富的（如他指出"废话"是针对"我们生活中充满了官话、套话、假话"，"诗歌就是让我们说人话"），但是"废话写作"这样的提法具有歧义，也容易引起对于年轻诗人的误导。

是降低了诗歌的准入和"门槛"，使得诗歌成为一种人人可为的东西，这是对于诗歌精英化的一种矫正，但同时也有诗意流失、诗味寡淡，因而使诗歌面临失去本质性规定，诗与非诗丧失界限而消亡的危险。

缺乏自律精神、无难度的诗歌写作的流行是"梨花体"诗歌现象出现的原因。这种缺乏艺术创新和创见，仅仅是在平面的意义上复制日常语言的行为并没有多少艺术内涵，它很大程度上起到的只是信息传递的功能，算不上"艺术作品"。正如诗评家陈仲义对"分行的说话和说话的分行"所作的批评："遗憾的是，废话写作非但没有得到有效甄别，反而伴随网络的便捷，泛滥起来。包括许多成名诗人在内，过分强调所谓的原生态、无技巧、现象学，过分强调呈现就是一切，使得不加任何努力的'说话'，成为普遍'诗意'。"他同时指出："对诗歌写作难度、诗歌本质的呵护是与诗歌精神立场的持守、诗歌主体性的要求分不开的，同时也是与克服写作中各种困难达成义不容辞的责任。对于这样无底洞般的横亘在眼前的写作难度，唯一的办法是高度正视，跨越它，而不是轻巧地绕过它。"[1]联系近年来诗歌中这种写作趋向的发展，不能不说这样的评论是准确、到位的，口语诗歌最大的难度或许正在于它的无难度，因为这本身恰恰提出了更高的要求，有着更高的难度。关于"梨花体"诗歌现象，有论者指出："正是由于当今诗歌的'圭臬之死'、价值失范导致了当今诗歌愈益庸俗化和粗鄙化。说到恶搞，实际上是诗人们恶搞诗歌在前，网友恶搞诗人在后，后者倒是有某种'拨乱反正'的意味。网友的恶搞是出于对更为健康与合理的诗歌状况的呼唤和诉求，显示了一定的反抗性，固然其中有恶作剧和跟风的成分，在程度上也多有失当之处，但出发点及其现实

---

① 陈仲义：《网络诗写：无难度"切诊"——批评"说话的分行和分行的说话"》，《南方文坛》，2009年第3期。

表现却并没有太大问题。"① 与这种观点相类似,某"知名网友"认为:"如此强烈的民意反弹彻底颠覆了诗人的地位,要想依然活在桂冠之下,怕是要有所作为才成。对赵丽华作品的戏仿是一个鲜明的信号:别以为还可以关了门你们几个人玩,我们也在看着呢!"② 因而,可以说,"梨花体"诗歌是在当代诗歌中出现了脱离公共性而成为个人的游戏和玩物,丧失了诗歌标准而人人皆诗、处处皆诗的情况下,外力(社会层面、网络、普通大众)介入而进行的一次强制性纠偏,它对于诗歌是有其积极意义的。

四　"诗歌标准"问题讨论

新世纪以来,诗歌标准似乎一直都是一个"问题",这一话题没有多少"公众效应"和"爆炸性",但却具有较强的"专业性",其意义是不应被忽视的。2002 年《诗刊》下半月刊设立"新诗标准讨论"专栏,在近一年的时间里分 6 期发表了 50 位诗人、批评家、学者的文章,形成了较大的影响。此后数年,《江汉大学学报》《诗潮》《特区文学》等均就此问题展开过讨论。这一问题更为晚近形成"热点"是在 2008 年,理论刊物《海南师范大学学报》(社会科学版)全年设立"诗歌标准讨论"专栏,由诗歌评论家陈仲义主持,全年发表了 22 篇文章,对此问题进行专门的研讨。

诗歌标准之成为"问题",是因为这个时代没有了诗歌标准或者诗歌标准出了问题。应该说,这个前提性判断是准确的,当今时代的许多诗歌病症都与诗歌标准的缺乏和失序有关,提出这个问题有助于相关人

---

① 王士强:《恶搞·恶炒·恶俗——论作为媒体诗歌事件的"梨花体"与"裸体朗诵"》,《北方论丛》,2008 年第 4 期。
② 和菜头:《当国家级诗人遭遇民众》,《南方都市报》,2006 年 9 月 22 日。

士的自觉、自省，以补偏救弊、扬长避短，诗歌标准问题的提出是一种艺术责任感和良知的体现。

关于诗歌的具体标准，有许多诗人提出了具有建设性的意见，但却不可能得出一致性的、所有人都认可并严格遵照执行的结论性规范。《诗刊》社 2002 年的讨论没有"得出"关于诗歌的具体标准，2008 年《海南师范大学学报》的讨论也不可能"得出"具体的结论。这其中影响较大的观点如陈仲义的"四动"标准：情感层面的"感动"、精神层面的"撼动"、诗性思维层面的"挑动"、语言层面的"惊动"①，虽然是较为完备的、体系化的思考，较有概括力和说服力，却也并没有成为普遍认可的准则，很多人有着不同甚至激烈的反对意见。可以看作诗歌标准讨论的另外一个例子是，"诗刊社"2008 年初在评选第六届华文青年诗人奖的时候，对候选者提出了这样的问题："结合你在诗歌写作与阅读中的体会，谈谈进入新世纪以来，一首优秀的现代汉语诗歌应具备哪几个方面或者应有哪些特点。"这类似于要求诗人阐述其诗歌观念和诗歌标准，2008 年第 5 期的《诗刊》下半月刊出版"华文青年诗人奖特辑"，刊发了共 37 位获奖和入围诗人的诗歌作品和关于上述问题的短文。有论者曾从：A．心灵性、感动、感染力；B．真诚、说"人"话、抒情性；C．眼泪、疼痛、爱、担当；D．母语、民族文化特征、想象力；E．独特性、创造性、自由等五个方面对之进行了概括②，虽然不少诗人的观点之间大同小异，但所有这些意见的综合、概括却并非最后的共识和结论，相反，可能没有一个人会完全同意，它要么是大于要么是小于一的，但却不会等于一。所有这些都说明，已经不可能有一个唯一的、一统的

---

① 参见陈仲义《感动　撼动　挑动　惊动——好诗的"四动"标准》，《海南师范大学学报》（社会科学版），2008 年第 1 期。
② 参见王士强《青年诗人心目中的好诗有哪些特征？——对 37 份"同题作文"的扫描》，《诗刊》下半月刊，2008 年第 7 期。

诗歌标准存在，因为这涉及标准制定者的"权利"和"合法性"的问题：谁来制定？谁有权利制定？这种权利和合法性由谁赋予？等等。标准作为一种规范，一定程度上是压制性和约束性的，而诗人又天生要对抗宰制、崇尚自由，任何人为的、具体的标准都会被视为压迫性的存在而成为应予推翻的目标。现在是一个"多元"的时代，人人都是有"权利"写作诗歌，并制定自己的"标准"的，文化发展中的这种"民主"趋势不可逆转，也是"进步"的体现。但现在的问题是，当今时代的人们似乎还没有学会如何"自由"，以致浪费了自由的权利，突破了本应存在的界限、底线和规范，取消了自身的规定性，这实际上也取消了自由本身，正如程光炜所言："在一个正在走向多元的社会中，尊重文学的多元当然是没有问题。我个人比较担心的就是有人会利用这个'多元'，将文学一些最基本的精神标准也解构掉了。"[①] 如果没有充分的自我意识和自律精神，诗将彻底丧失它的底线，而与非诗沦为一谈，庸诗与好诗的鉴别机制也将完全失效，这是诗歌标准问题出现的现实背景。

在我看来，诗歌标准问题讨论的最大意义不在于有没有得出关于诗歌标准的具体结论，而在于敞开了问题本身，探查到当今诗歌创作、评论、研究等的机制内部，对存在的问题做出了富有创见和勇气的发现和表达。这似乎是比字斟句酌于词语层面具体诗歌标准的表述更为重要，也更具"及物性"的，因为它针对现实而发，是做出有效的校正和提高的第一步。关于这一点，有很多的讨论富有质量，比如在《重建我们的诗歌标准》的对话中，几位参加者不约而同谈到了诗歌"环境"，这似乎与诗歌标准没有直接关系但实际上却关系重大，黄梵说："在我看来，目前汉诗发展的瓶颈不在创作，而在甄别环境方面。绝大多数批评家似乎已丧失了甄别能力，即没有能力从海量作品中遴选出佳作，或鼓励有

[①] 程光炜、张清华：《关于当前诗歌创作和研究的对话》，载《渤海大学学报》（哲学社会科学版），2007年第5期。

价值的创作方向。这就涉及汉诗美学和批评标准的建设问题，目前的真空状态，是造成'诗歌乱世'的主要原因，也使我们不能更好地理解已有的诗歌。"何平说："第三代诗人之后，凭借网络强大的传播和繁殖能量，诗歌写作界成了革命家的讲习所。这些革命时代的投机家念念于心的就是破坏和捣毁。我不是说中国这近二十年的诗歌写作没有一点诗·艺的进步，但比起破坏和捣毁来说大概是进五十步退一百。极端地说，我们当下的诗歌对汉语白话诗歌美学疆域的拓展比起 20 世纪三四十年代究竟有多大的进步，都是相当可疑的。"马永波则认为："中国诗歌写作现场特有的个人情感因素、圈子意识对诗歌优劣判断上不动声色的侵蚀和牵制，中国文化在现代性远远还未完成的情况下，就急于向'反权威'、'去中心'的后现代转移，其所造成的价值判断悬置、精神深度消解的相对主义思潮，对汉语诗歌标准的确立更是带来了毁灭性的打击。"[1] 这样的分析应该说都是深入而到位的，对于"重建诗歌标准"具有重要的意义。又比如，张清华所指出的创作中的"反道德"趋势和"中产阶级趣味"："我觉得现在的诗歌写作者正在滥用权利，将之演变成了一种权力乃至'暴力'，这是最危险和有害的。其表现花样是很多的，比如过去我们批判有的写作者假装的'道德优势'，现在则有了'反道德优势'，这种假装同样可怕，我是流氓我怕谁？一旦宣布自己是坏人，便成了不受基本规则限制的超人，可以随便骂人，随便讲粗话、脏话，还显得特别前卫。""职业化和专业化的自视甚高的'无人文含量'的写作，带着'纯粹诗歌'面具的自我复制，标举着'个人化写作'的自恋癖。我把这些问题简单化地称之为'中产趣味'——是借用了丹尼尔·贝尔批评美国五六十年代文化的一个术语。它是高雅但苍白而缺少力量的，没有精神含量，不见风骨，也无神韵，这是知识界整体的萎靡

① 何言宏等：《重建我们的诗歌标准》（对话），《海南师范大学学报》（社会科学版），2008 年第 1 期。

和堕落的一种表现。这个问题是处在隐蔽层面的。"①前者是人人都看到、感受到，但却少有人谈及，似乎是有些"敢怒不敢言"意味的现象，而后者是隐在的，但却丧失了真正的诗歌精神的技术性和惯性写作，两者同样都是危害巨大的。指出这样的问题是有创见而有针对性的，显示了一位批评家的见识和勇气。这样的声音多了，当今诗歌的生态环境才可能更为健康和有序一些，诗歌界才可能建立应有的标准，从而在较高的水准上行进，而不是一直在 ABC 的阶段停滞不前。

诗歌标准问题的讨论如果能够促进诗人、诗歌评论家和诗歌界的自我反思、自我修正、自我提高，从而具有清楚的关于诗歌标准的意识，建立个人化的诗歌准则，并保持不断创新、提高和反省的能力，那么其使命就已经达到了。

五　"地震诗潮"

2008 年汶川地震发生后，诗歌一度成为人们表达和宣泄情感的最佳载体，在网络、电台、电视台、报纸、杂志、手机等媒体上，诗歌表达着人们的哀伤、无助、悲悯，传递着同舟共济、众志成城、共度时艰的精神和信念，短时间内，数量非常可观的诗歌被创作、写作（甚至生产）出来，大量的地震诗集涌现出来，最快的距离地震发生仅仅一周多的时间……有论者指出："这次'震灾诗运动'创下了百年新诗史上的多项之最：产量最高，写作和传播速度最快，影响范围最广，写同一题材的诗人最多，不同流派的诗人最团结……"②地震诗歌成为本世纪头

①　程光炜、张清华：《关于当前诗歌创作和研究的对话》，《渤海大学学报》（哲学社会科学版），2007 年第 5 期。
②　王珂：《生存问题真的大于艺术问题吗——汶川震灾诗热后的冷思考》，《诗探索》理论卷，2009 年第 1 辑。

十年的最后一个热潮。

关于地震诗歌热潮，它的意义首先在于面对灾难发出了一种声音、诗歌的声音，也就是说，在人类面对巨大危机和困难的时候，在人的生命遭遇极端处境的时候，诗歌是与社会大众在一起的，而不是如此前很多人所认为的，现代诗已经成为非常小众、小圈子、与他人无关、与社会绝缘的一种个人游戏。一段时间以来，"诗人"在大众中的形象似乎全是负面的，他们被普遍认为是自私、清高、怪异、不讲道德、不守本分的，是不可理喻的"怪物"。这与大众传媒追求"奇观"的本能而对诗人形象的"歪曲"和放大有关，也与商业化时代诗歌本身的边缘化处境有关，而在汶川地震中诗人的形象几乎全是正面的，他们不但写诗，用诗歌表达情感、鼓舞精神，进行着精神的救援，而且也投入现实行动，朗诵会、募捐、捐款捐物、到灾区当志愿者等等，用行动体现和诠释着诗人的担当、责任与关怀，这可以说是对于此前普通大众心目中诗人形象的一种"纠正"。通过这一次的地震诗歌我们看到，诗歌并不是生活可有可无的点缀，也不是人们茶余饭后的消遣，它是与人的生存、人的内心、人的命运息息相关的，因而也是不会轻易灭亡的，这是其一；其二，当代的诗人并没有"躲进小楼成一统"，他们是与时代同行的，是有担当、有灵魂、有精神立场和伦理准则的。在地震发生后诗人的表现是"称职"的，认为诗人代表了人类良知的说法并未"过时"。

对于地震诗潮，有着截然相反的两种意见，有的人欢欣鼓舞，认为"中国诗歌从此走上复兴之路"，有的则非常失望，认为"普遍写得很差"，这实际上是对于诗歌的要求和理解有所不同所致。地震诗歌的作用似乎应该分为两个方面，其一是社会层面，这是即时、功利、外在、空间的层面，其次则是思想（审美）的层面，这是内在、久远、非功利、时间的层面，两者的作用方式、评价标准并不相同，这也是造成关于这一诗歌现象评价不一的主要原因。地震发生后诗歌的确发挥了很大的作用，古老的诗歌抒情性重新焕发了生机，诗歌成为人们传达社会化、普遍性情感的最为"顺手""便捷"的手段，在语言的惯性滑移和符号性传递中人们在诗歌里找到了短暂的安全感和栖身之处。这样的诗歌近于一种本能写作，是面对突发状况、极端状况而产生的一种条件反射的、自卫式的反应，是人的一种自我保护。这样的作品更多是面对"大众"，或者说面向"社会"，因而它的发声方式都是为了求得效用的最大化，是直接、明白、简单、同一的，它要传递一种声音以产生实际的作用，行动起来，改变现状。这类诗艺术上大都粗糙（因为它们并不以艺术性作为最高标准），社会化、社会性要求大于个人化、个人性，因而也难免"千篇一律""千部一腔"，它们是用公共语言、公共修辞而进行的公共书写，在即时的社会层面，其作用是不容小觑的，它们不仅是"战斗的武器"，同时也起到了"武器的战斗"的作用。但还是应该看到，作为"诗歌"，它们是初级的，虽然为数众多，但很难经得起无情的时间的淘洗。无论是表达的情感、运用的语言、话语方式，都是群体性、社会化的，它们没有提供真正个人性的思考，没有提供新的思维方式、语言方式和深入的价值关怀，这涉及的是诗歌的"专业性"问题。

与前述主要强调关注诗歌的社会功能不同，艺术本身的规定性对抗震诗歌提出了更高的要求，它是更为个体的、反思的、复杂的。社会层面上的"生命至上""以人为本"当然是正确的（其中的历史进步不容否认），但真正的诗歌又不应仅仅停留于此，因为这还仅仅是表面的、初步的，人们更应思考的是如何在"非常态"的地震之后如何面对日常生活以及为数众多的弱势者，如何建立健康、文明、有序的社会机制以形成制度性保障，如何修复我们时代的文化溃败和伦理失序，等等，这才更为契合"人道主义"的真正要求。如耿占春所说："假如我们能够体察到这个地区或其他相邻相隔的地方的人们，在其社会日常生活中一直遭遇的贫困、不公正待遇和内心的创伤，他们的个人尊严与族群尊严所遭遇的创痛，他们合理的诉求所遭遇的冷漠，改变才会发生。瞬间的悲悯才会从群体爆发的本能情感，转化为真实持久的、对各种伤害行为有约束力的人道主义情感。才会发自本愿地希冀人们的生活多一些尊严，少一些损害。没有任何奉为真理的观念在历史中不再改变，唯有人的一次性的生命及其不可无视的尊严高于一切。当我们的关切从对遭遇不幸的庞大数字转向个人，就开始转向了个人的命运与内心感受。"① 与此相似，张清华也认为："如果我们必定要寻求'历史补偿'的话，那么好好守护由鲜血和生命代价唤起的'人本'价值、把这样一种价值贯穿到我们社会生活的各个方面，使之成为我们的日常规则，应该是最好的方式。我甚至认为，当我们不仅仅是对地震中人民的生命才那样珍惜尊重，不仅仅是对那些特殊的伤者才那样真情关怀、无私救助的时候，当我们对所有的人民、所有的生命都同样珍视的时候，我们这个民族为地震付出的惨痛代价才算是没有白费，在苦难中获得的道德奋起和精神净化才不会成为一个空幻的泡影。"② 这样的精神担当与价值关怀就显然不是那种单纯强调社会作用的诗歌所能承载的，它更深地进入生活和艺术的内部，更强调个人主体的能动性和创造力。

诗人朵渔的诗歌《今夜，写诗是轻浮的……》在诗歌界受到了广泛的好评，其原因就在于它没有在浅层次抒情、具象表现的层面上展开，而是直接指向了自身，指向了写作，进行了有距离的审视和反思，重新提出了"诗人何为"的问题，其主体是更具复杂性和现代性的，其情感和思想也是更为多元和复杂的。朵渔毫不掩饰对于"地震诗潮"的失望，他认为："在我看来，这些分行文字中真正能称之为'诗'的很少，寥

① 耿占春：《短暂的灾难，持久的苦难》，见《5·12汶川地震诗歌写作反思与研究》，《诗歌与人》总第 20 期，黄礼孩主编，2008 年 8 月。
② 张清华：《我们会不会错读苦难——看待"5·12 诗歌"的若干角度》，《南方文坛》，2008 年第 5 期。

寥佳作更是被掩埋在统一标号的水泥废墟之下……'地震诗歌'的被征用是显而易见的：它作为一种心灵抚慰剂而汇入集体的大合唱，它在自我感动的同时冀望于感动众人。""无论如何，写与不写，都不应作为一种道德评判。而普遍写得那么差，才是诗人们应该被问责的。"①显然，朵渔认为，作为"诗人"的写作与普通人的写作是不同的，它所应承担的东西并没有得到很好的体现。朵渔的批评虽然激烈，但却是有道理的，指出了地震诗歌写作中的一个普遍问题。与此类似，作为批评家的陈超面对不同的诗歌取向道出了他的抉择："大家知道，一些诗人认为，诗歌应抒发个人经验并以艺术自身为目的，不必承担什么广阔的社会历史使命，这样才会保证诗的纯粹；另一些诗人则认为，诗歌就是及时表达诗人对社会历史、生存及世上事物的看法，至于诗的表达方式本身，是次要的问题。""如果硬要我在这二者之间选择，非常遗憾，作为批评家我或许会先选择前者。"当然他并不是一个"艺术至上"主义者，他强调的是艺术与社会历史、生存之间的并重、平衡，"在艺术领域的公共话语和个人话语之间，我们不能以其中任何一项来压抑另一项，在健康民主自由的社会，它们都是必要和重要的。"②所以，越到最后，显示一首诗歌质量、决定其生命力的往往是其是否符合艺术规定性、艺术规律，以及与个体命运的深度结合，而不是看它的社会化程度和现实影响。地震诗歌的问题，从诗歌的角度看，便是这样一个加强艺术自律、拒绝模式化和口号化发声的问题。如批评家谢有顺所指出的："好的诗歌，正是一种灵魂的叙事，是饱满的情感获得了一种语言形式之后的自然流露，它需要有真切的体验，也要有和这种体验相契合的语言方式。""写作，说到底是一种个体伦理，群体性的情感宣泄只会是暂时的，最终，

---

① 朵渔：《为什么普遍写得这么差》，见《5·12汶川地震诗歌写作反思与研究》，《诗歌与人》总第20期，黄礼孩主编，2008年8月。
② 陈超：《有关"地震诗潮"的几点感想》，《南方文坛》，2008年第5期。

每个写作者真正需要面对的，不过是自己的内心。面对事实，理解创伤，让记忆沉下来，让心灵发声，让苦难不因时间的推移、也不因贫乏的书写而失重，我想，这应该是每一个诗人平静下来之后，在写作上重新出发的精神起点。"① 现在仅仅过去一两年的时间，当我们回过头重新看这一诗歌现象的时候，我们会发现许多当时流传很广、影响巨大的诗歌作品已经悄无声息，而还能进入阅读和讨论的则是艺术质量比较高的作品。也就是说，诗歌最终还是以诗歌的方式说话的，虽然在特定的情况下它可能附丽于社会、历史、群体等事物之上，但那毕竟并非常态，它并非没有作用，一定意义上也是不可或缺、非常重要的，但却只能存在一时，而很难传之久远。

实际上本文所讨论的这五个问题相互之间并非各自孤立、互不相关的，而是有着内在的关联，比如，"梨花体"事件与诗歌标准问题是密切相关的，正是由于标准问题的混乱导致了"梨花体"诗歌的出现和盛行；又如，底层写作、打工诗歌与地震诗潮的问题也是相关联的，它们都涉及诗歌的艺术标准优先还是社会标准优先的问题，争论的焦点其实在于强调和关注的重点存在分歧，也可以说，这都涉及诗歌"社会功能"的问题②；再如，"下半身"诗歌关于身体的书写未必没有对底层写作的身体书写产生正面或负面的影响，而"梨花体"的出现也未必与"下半身"诗歌所造成的混乱和失序无关；同时，本文论及的所有问题又与诗歌标准问题都或多或少有着关系，等等。实际上，这些现象呈现和凸显着当今时代诗歌的病症和问题，它们记录着诗歌的光荣和耻辱、成就和不足，对它们的关注和探讨有着不可替代的重要意义。

---

① 谢有顺：《苦难的书写如何才能不失重？——我看汶川大地震后的诗歌写作热潮》，《南方文坛》，2008 年第 5 期。
② 2009 年 4 月 17 日至 20 日，由首都师范大学文学院、首都师范大学中国诗歌研究中心联合主办的"诗歌与社会"学术研讨会在北京紫玉饭店召开，底层写作、打工诗歌与地震诗潮是这次会议讨论的中心议题。

"天空上面是天空／道路前面还是道路"，世纪之初的诗歌面临前所未有的机遇与自由，也面临前所未见的困难与危机，它似乎既遭遇着"最好的时代"，也遭遇着"最坏的时代"，"热点"在变化，甚至层出不穷，但诗歌还是诗歌，如何从这些"典型现象"中总结经验、吸取教训、继续前进，将是对于我们时代诗歌的智慧与能力的考验。

第三辑
再议经典

革命、启蒙、"找灵魂"
——谈邵燕祥新诗创作中的"宏大叙事"

邵燕祥的新诗创作典型地体现了它所处时代的精神风貌，这些诗所涉多为重大的政治性、社会性的"公共"命题，其题材、主题、风格都极大程度地体现了那个时代与社会的"宏大叙事"。本文拟通过对这种"宏大叙事"的解读与分析，揭示这种写作模式的特点和成因，并对之做出一定的反思和评价。

一

邵燕祥在 1940 年代后期便已开始了诗歌创作，其时他还只是十多岁的少年。他这一时期的诗歌热烈、活跃、明朗，其后的诗风已经初露端倪。当然如果比较一下诗人 40 年代和 50 年代的创作，也是可以看出些许变化的，40 年代后期"我所写，无论诗文，都是我想写的，我怎么想就怎么写，是我心灵的感发，是我对生活的认知，没有矫情，没有做作……有些作品，若放在 1949 年后，是不易发表出来的；不仅由于形式和语言的特点，而且因为内容不符合一定的规范，具体细微之处更

经不起烦琐的'宣传口径'挑剔"。① 某种意义上说这一时期的诗还是
有较多些的"个人"因素，比如描写个人生活、自然风物、青春情感的
诗，有的还是近于朦胧和多义的，这某种程度上体现了艺术探索期诗人
的尚未"定型"以及多向发展的可能性。而随着政治意识形态的改变和
国家意识形态的建立，邵燕祥的诗歌也既不由自主又不无主动地发生着
变化。

　　50 年代的时代氛围是宏大、亢奋、一元的，这体现在小说中是"史
诗性"追求，在诗歌中则是壮阔的"政治抒情"。就邵燕祥诗歌而言，
"我第一本诗集《歌唱北京城》中的十几首诗，大部分写于 1950 年，
都是摒弃了个人抒情的'新的歌声'：《进军日喀则》歌唱了入疆部队
的艰苦行军，《从边疆到北京》歌唱了各民族欢庆解放，《歌唱中长路》
歌唱了中苏友好，还有一些歌唱了志愿军。"② 诗歌中的这种"宏大叙
事"很大程度上是属于特定时代的，所发的声音是时代的声音，所表露
的情感也是"人民"的情感，如《我底歌，我底心》中所言"我底歌也
是千万人底歌，／我底心也是千万人底心，／千万人都歌唱：毛泽东！"
这可以说典型地体现了那个时代的"意识形态"：一个人的歌同时也是
"千万人的歌"，而千万人所歌唱的，是相同的政治理想和精神权威。
邵燕祥 50 年代前期的许多诗如《到远方去》《我们架设了这条超高压
送电线》《中国的道路呼唤着汽车》《我们爱我们的土地》等被命名为
"政治诗""新闻诗"，"把我以建设为题材的诗也称为'政治诗'的
命名，把我的写作跟'为政治服务'的要求衔接到一块，一直影响了我
大半生。"③ "这些诗，多数及时发在《人民日报》《人民文学》等全

① 邵燕祥：《找灵魂——邵燕祥私人卷宗：1945—1976》，广西师范大学出版社，2004 年版，
　　第 78 页。
② 邵燕祥：《找灵魂——邵燕祥私人卷宗：1945—1976》，广西师范大学出版社，2004 年版，
　　第 129 页。
③ 邵燕祥：《我与诗与政治——诗与政治关系的一段个案》，《西湖》，2007 年第 1 期。

国性报刊，有的并在中央台新闻节目和文艺节目中朗诵播出，当时有较为广泛的影响。"①需要指出的是，这些诗歌当时不仅在文学刊物上刊登，而且同时在党报党刊、广播电台等处登载、传播，这时它所发挥的作用显然不只是文学的，而更重要的是政治性的宣传、导引作用。建国后的文艺政策延续的是延安文艺座谈会以来"文艺为政治服务""政治标准第一，艺术标准第二"等的纲领，"政治正确"成为至高无上的律令。这一时期的诗歌基本上都是政治性强的"宏大叙事"，诗歌的题材局限于与当时现实生活密切相关的"重大"题材，只有这样的题材才被认为是"有价值""值得写"的，这实际上也是当时被"允许"、为"人民所需要"的题材。

那个时代的诗歌发展被严重窄化、本质化了，政治意识形态所要求的是诗歌的"革命化""群众化""无产阶级化""社会主义化"。诗歌作为服务于政治的"工具"之一种不但要加入时代的合唱，而且是被"委以重任"，要为时代"领跑""领唱"的，这既是诗歌的"荣耀"，同时也是灾难。新的社会制度带给了人们全新的期待，人们不知道新的社会到底会发展到什么程度，但没有理由不保持乐观，因为时下的矛盾被认定为只剩下"好"与"更好"的矛盾，它与此前的社会制度已经有了"质的区别"。社会上的每个人都仿佛进入了"青春期"，对社会和未来充满了乌托邦憧憬和冲动，对生活充满了期待。诗歌的任务便是为生活中的重大事件、公共事务摇旗呐喊，为社会主义革命和社会主义建设纵声歌唱。这里的诗人是一个代言者，他代表"大我"、群体、国家、民族来发言，现实生活中个体的人是被过滤掉的，不具备表达的合法性。诗人在这一时期有过这样的看法，"有些任务我们是要'赶'的，我们必须抓紧时间反映现实；这就要求我们有丰富的生活积累，更要求我们

---

① 邵燕祥：《找灵魂——邵燕祥私人卷宗：1945—1976》，广西师范大学出版社，2004年版，第160页。

有强烈的反映生活的政治热情。"① 很能代表当时许多诗人共同的认识。这种空前的政治热情、"以天下为己任"的政治情怀，成就了诗歌极为微妙的地位：它本身既被本质化，成为权力的附庸甚至组成部分，同时又受到权力的严密监控，"伴君如伴虎"，处于动辄得咎的危险境地。

　　在"干预生活"的潮流中，邵燕祥写过一些揭露、批判的作品，不过也确如诗人若干年后深刻的反思一样，"'干预生活'的实践者，只是比另外一些'为政治服务'的信奉者多走了一段路，五十步与一百步，也就是所谓'第一种忠诚'与'第二种忠诚'之别吧。""在中国，文艺界的一些人，所以接受了'干预生活'这一口号，并且身体力行，以文艺作品为进行社会批评以致参与政治的工具，程度不同地表现了不满于现状的困惑，寻求变革之路的意向。除了个别的投机者，也除了个别的先觉者，我想绝大多数都是书生气十足，真诚地'为政治服务'的一派。这是不谙中国国情，昧于历史又昧于现实，以致被实际政治嘲笑、玩弄和迫害的悲剧。"② 诗人邵燕祥在 1957 年的被划为"右派"，便是当时的政治规则与文化逻辑发展的"正常"结果，是时代众多悲剧中的一幕。

二

　　在经历了从"反右"到"文革"结束二十年的停滞之后，诗人重新开始了他的新诗创作，从 70 年代末到 80 年代末是邵燕祥新诗创作的又一个高产期。当诗人"含笑向七十年代告别"的时候，他已经步入中年，诗歌也不再如以前的激情喷涌，而更多是睿智的哲思和从容的抒怀。当

---

① 邵燕祥：《找灵魂——邵燕祥私人卷宗：1945—1976》，广西师范大学出版社，2004 年版，第 179 页。
② 邵燕祥：《我与诗与政治——诗与政治关系的一段个案》，《西湖》，2007 年第 1 期。

然，一以贯之的还是对于社会、时代、国家、发展等"宏大事物"的关怀，这可以说已经是构成其诗歌框架的基本"要素"了。他的诗歌《假如生活重新开头》代表了那一时代许多人的共同认识：社会已经从重大迷误中走出来，重新走上正确的轨道，现在的一切已经"重新开头"，人们对现在和未来又恢复了信心。这与建国初期的精神文化氛围是极为相似的，两个时代主流的诗风也基本相同。邵燕祥在这一时期另一首产生较大影响的诗歌《中国的汽车呼唤着高速公路》是对50年代他的《中国的道路呼唤着汽车》的呼应，两者相得益彰，共同烘托了"大时代"发展、进步、向上的主题，也起到了为政治、为现实"歌与呼"的作用。这些诗歌都体现了"时代精神"，他认为，所谓"时代精神，就是历史的趋向和人民的感情。为人民服务、为社会主义服务的方向，体现了时代精神。"① 这应该说体现着邵燕祥诗歌创作的某种"连续性"。同时，在这一时期的诗歌中，诗人也在逐步呈现其主体面目，对历史和现实问题进行了一些反思和批判，虽然由于历史尚未拉开足够的距离和政治气候、思想环境的乍暖还寒等原因不可能达到相当的深度，但这本身已经足够说明问题。至少，从这种反思和怀疑的精神来看，诗歌似乎已经不仅仅是正面地为政治服务，而是初步具有了独立的个人性和主体性因素，具有了某种对历史和现实的"发言"能力，这显然应该被视为诗歌的一种"进步"。

如果说邵燕祥前期的新诗创作主要表现为一种"革命叙事"的话（这里的"革命"自然也包括"建设"，两者有着近似的内容、结构与特点），那么后期则可以说是"革命叙事"和"启蒙叙事"两者的结合，或者说，有从"革命叙事"向"启蒙叙事"转变的趋势。这里的"革命"是由于相同的历史和社会境遇，而"启蒙"则是源于个体意识的苏醒和思想控

---

① 邵燕祥：《人间要好诗——对当前新诗一些问题的看法》，《诗探索》，1982年第2期。

制的松动。在这一时期诗人的创作中，"革命"与"启蒙"两者既相辅相成又不无矛盾，既互补又不无分裂，个人与群体、个人与时代之间有了更为微妙的颉颃关系。80 年代仍是一个"整体型"社会，在理想光芒的照耀下，全民族重新处于"再出发"的当口，人们的精神面貌焕然一新，时代的"共名"要求的是加入全民建设的热潮，形成强大的社会合力，"万众一心"，加快发展，政治激情和社会关怀的抒发是势所必然的。这从时间伦理上来说是进化论时间观的延续，也是"文学为政治服务"的延续。但同时 80 年代又是一个思想解放、精神启蒙的时代，它要求的是解放个体、以人为本、破除迷信、充分尊重个人的尊严和价值。有基于此，我想，如果做一个大胆推测的话，邵燕祥的诗歌在这两者之间应该也有过困惑和犹疑：一方面他仍然在一些大的历史、社会、政治问题上进行着高密度的创作，而且比之此前有更多的长诗作品面世 ①，这肯定与个人的创作热情和诗歌抱负有关；而另一方面，诗歌中的个人主体呼之欲出，诗歌各因素之间不再是完全统一的，其戏剧性和叙事性更强，结构上也有反讽成分，思想取向上也并不与政治主流的解释和要求完全相一致。如果说前一时期诗人的激情使他丢失了自我，融入"群体"，唱出了欢快的青春之歌，那么这一时期的理性则使诗人个体的形象眉目清晰、性格显明，情感态度上则更多的是语重心长和感慨万千了。这样，启蒙本身的必然性和可能性、启蒙者的思想基础和社会的现实空间之间，都是有着根本性悖谬的，这使得这种关于启蒙的"宏大叙事"面临必然无效的危险。同样，在邵燕祥的诗歌中，他的这种"宏大叙事"便面临了极大的困难，抛开艺术观与艺术技艺上的问题不谈，仅就其写作方式而言，这种写作需要把庞大、恢宏、坚硬的事物与事件对象化、抽象化，使它们完整、"客观"地显现出来。但另一方面，诗人又无法

---

① 《邵燕祥抒情长诗选》所选诗歌便是其 80 年代前期的作品。该书由花山文艺出版社 1985 年出版，其各诗所标写作日期为 1981 年 3 月 21 日至 1983 年 7 月 2 日。

与它们保持距离，他不愿再如以前那样"想像"和"加工"现实而更愿意"直面"和"介入"现实，这样他面对的就更多是一个个具体的问题而不再是此前虽然宏大实则空虚的政治"命题"。简单地说，他的艺术兴趣已经发生了转移，由"宏大"而"具体"，此前的诗歌表达方式已经不能很好地满足他的这种艺术冲动。如果说此前他使用的工具是望远镜、显微镜和广角镜的话，那么现在他需要的则是更为有力、"有效"的手术刀，"宏大叙事"的诗歌总显得有些"隔"、有些"大而无当"，邵燕祥此后更多地转向了杂文、随笔写作应该说也是自然而然的。

三

诗歌中的"宏大叙事"是与社会的意识形态状况分不开的，与利奥塔对社会"总体性"的分析相同，只有当社会具有压倒性、一致性的主题，人们的精神思想状况处于一元化、一统化的状况时，诗歌中才容易出现这种大规模的"宏大叙事"。在中华人民共和国建国后的数十年间，应该说这样的状况是一直存在的（而且在"十七年"和"文革"期间这几乎成为为政治权力所允许的唯一的诗歌形式），它不可避免地带上了特定时代的烙印，具有与那个时代"同构"的性质。故而，在政治任务转移，"工作重心"变化之后，这种"宏大叙事"的诗歌往往是随即不再能够"反映现实"，也不再具有"政治作用"而迅速地被取代和遗忘。这些诗歌本身并不是以艺术力量见长的，更多的不过是政治在披着诗歌的外衣进行宣讲。应该说这种"宏大叙事"本身就是包含有一定乌托邦色彩的，它很容易脱离个体的感受和现实的真实而进入理念的推演和缥缈的幻象，出现的往往是大批平庸、低劣的"虚假叙事"和"虚假抒情"的作品。归根结底，这是"宏大叙事"本身对艺术创作者的独特要求所致，它要求作者有更高的经验视野、驾驭能力和艺术素养。新的时代条件下对"宏大叙事"的反思可能会使诗人对这种艺术形式的"信念"有所动摇,创作上收缓甚至停滞。另一方面,由于社会风尚的变易,社会同一性主题逐渐瓦解,人们的生活更为开放,思想更为多元,政治控制逐渐松动,社会的宏大主题和宏大情绪往往不再具有"典型性","宏大叙事"存在的基础和对它的需求也不再如此前强烈。所以,我们看到基本与外在社会思潮同步,在80年代末之后邵燕祥的诗歌便很少再出现这种"宏大叙事"。另外需要提及的一点是,并不是只有在思想一元化的时代才可能产生这种"宏大叙事",只是对于邵燕祥这一代的诗人来说,进入另外的时代中,他们并不能大规模置换原有的艺术方法和艺术格局,已经很难以原有的方式对新的时代做出表达了。毕竟,原来的精神构成和艺术经验已经深入骨髓,化为了他们的生命,改变它们殊非易事。

通过对于邵燕祥新诗"宏大叙事"的关照,我们可以看到一个人被时代潮流裹挟而下以及个人主体挣扎、挣脱的过程。在这其中,是一代知识分子被改造、被利用的历史,这里或许也不无短暂的快乐和光亮,但更多的则是痛苦、黑暗和屈辱:他们并不自由,他们没有自己。作为一名知识分子,他们年轻时为政治所"洗脑",以政治之是非为是非,"随波逐流",与狂热的时代一起做着美妙然而虚幻的梦。政治运动到来之后,他们又迅即被打入另册,完全丧失个人的人格尊严和独立空间,精神与肉体备受摧残,欲求与政治"保持一致"而不可得,被"成功"地改造为时代和政治的附庸,在政治的高压下瞻前顾后、战战兢兢。自然,他们身上的知识分子品性并没有完全泯灭,但是只能隐忍在内心的最底层,毫无现实能力可言。如果按照萨义德在《知识分子论》中的论述,"知识分子是社会中具有特定公共角色的个人,不能只化约为面孔模糊的专业人士,只从事自己那一行的能干成员。我认为,对我来说中心的事实是,知识分子是具有能力'向'(to)公众以及'为'(for)公众代表、具现、表明讯息、观点、态度、哲学或意见的个人。"① 作为代表社会良知和公共关怀的知识分子，在建国后很长时间里都是不具备身份合法性的，"我已经被改造成为一个基本上甘做'驯服工具'，不乏奴颜媚骨而'臣性'十足的人，已经基本上丧失了独立思考能力的人，从我说的要'想党之所想，想毛主席之所想'来看，我是以毛泽东的是非为是非了。"② 这也是千千万万人被"强制改造"、被强暴和被阉割的历史。而邵燕祥在被"宏大事物"所吸引、蒙蔽、伤害、抛弃的过程中，他逐渐体会到了这种盲目信任的荒谬和虚妄，由此逐渐建立的是一种现代理性和"个人关怀"。随着这种个人意识的觉醒和强大，诗人逐渐对此前的自己、社会、时代进行着严苛的剖析和批判，他痛感以前的自己是没有灵魂的，故而需要"找灵魂"。这个"找灵魂"的过程，也正是不断否定自己、否定过去的过程，故而他认为自己的许多经历都是"人生败笔"。③

就这种"宏大叙事"的诗歌而言，"革命"被证明是虚妄的，抽空了个体根基，走向了狂热和盲从，而且其结果是导致了现实生活中个体的"被革命"。而对"启蒙"来说，觉醒的个体对于"宏大事物"是怀疑的，"启蒙"与"宏大"某种程度上是对立和相矛盾的，启蒙的"宏大叙事"被发现是不可能、无效、自否的。这两者的"宏大叙事"都是根基不牢、人云亦云、个体（灵魂）缺失的，从而也很难有足够的艺术力量来支持其自身。在这样的认识过程中，诗人也在对过去"宏大叙事"的诗歌做出质疑、反思甚至否定。④ 毕竟，这样的诗歌的确属于它自己

① 〔美〕爱德华·萨义德：《知识分子论》，单德兴译，生活·读书·新知三联书店，2002年版，第16—17页。

② 邵燕祥：《找灵魂——邵燕祥私人卷宗：1945—1976》，广西师范大学出版社，2004年版，第301页。

③ "找灵魂"与"人生败笔"均为邵燕祥人生实录集。《找灵魂》如前所引，后者为《人生败笔——一个灭顶者的挣扎实录》，河南人民出版社，1997年版。

④ 邵燕祥先生2007年3月在首都师范大学中国诗歌研究中心的一次座谈会上便说，他的诗"时代的烙印比较深"，是"时代的产物"，更多是会"因时而生、因时而殁、风流云散"的。其中自然有自谦的成分，但与鲁迅"历史中间物"的观点颇为相似。

的时代，是特定时代的产物，虽然那里的热情、真诚、信念是并不缺少的，但是那并不能构成诗歌的全部。不过，从当今的角度回顾它们，我们并不应该对此进行简单的肯定或否定，无论是对于诗人还是对于时代来说，这样的诗歌显然并不就是"败笔"，对于其中的精神渊源、艺术经验、美学奥秘，都有许多需要深入思考和挖掘的东西，我们的认识还并不充分。

论"朦胧诗"时期梁小斌诗歌中的自我想象
——兼及他此后的反思与"忏悔"

　　梁小斌的诗歌创作可以分为前期和后期,前期也就是诗歌史上著名的"朦胧诗"时期,此后在1980年代中期左右,以《断裂》《园丁叙事曲》为标志,他的诗风发生较明显的变化,可以被视为后期创作。从影响来看,显然他的前期作品要大一些,这其中主要的原因在于其前期创作得风气之先,构成了"朦胧诗潮"的一部分,占据了时代的"主流"和"高点",而后期创作对"朦胧诗"有所疏离,某种意义上它离"第三代"诗歌更近一些,却又并未真正加入"第三代"诗歌运动,同时由《断裂》所昭示的诗歌变革并未得到有效的展开,其艺术旨趣也发生变化而更多转向了思想随笔的写作,因而梁小斌的后期诗歌作品大多便没有产生很大影响。

　　梁小斌前期(或者说"朦胧诗"时期)的诗作具有较强的抒情性,抒情主人公几乎都是"我",统计其前期作品为主的诗集《少女军鼓队》①共收录诗歌83首,其中逾九成诗中是包含有"我"这个词的,同时题目中包含"我"的便有10余首(本文所引梁小斌诗歌均据该书,不再

---

① 梁小斌:《少女军鼓队》,中国文联出版公司,1988年出版。

——注出）。这种现象的出现显然并非偶然。通过对其诗歌中"我"的分析，我们会发现这里的"自我"想象是既有个人性又有公共性的，一方面有着对于个人的价值、尊严、权利的认定和追求，但在"我"的背后必然是有国家、民族、时代、理想、信念等宏大的、形而上的存在作为其价值支撑的，这很大程度上体现了 80 年代启蒙主义和理想主义氛围对于"自我"的设定和对于"人"的认同，具有比较明显的时代特征。而此后不久梁小斌便对这种写作方式产生了怀疑，1980 年代中期他便对之进行了反思和批判，更为晚近甚至为曾写出《中国，我的钥匙丢了》而"忏悔"。本文认为，这两者之间是有着内在关联的：一方面，梁小斌诗歌中的"我"是理解其诗歌的一把重要的"钥匙"，它有其动人的艺术魅力、显然的历史进步性，自然也不可避免地包含着局限性；同时，也正是对这种"朦胧诗"写作方式的质疑导致了诗人此后的反思和"忏悔"。

一

当代诗歌中的个体自我获得表达上的合法性，这本身便是具有重要意义的，仅此一点"朦胧诗"便具有不可替代的历史地位。此前的诗歌中"自我"是不被允许出现的，诗歌中的自我形象被革命化、意识形态化了，它更多是一种"大我"，是代表着"工农兵""人民""群众"的"我们"。这虽然在一定程度上的确能够起到宣传、鼓动、"为政治服务"的作用，但却是以个体的"我"的丧失为代价的，也就是说，这里所谓的"大我"往往变成了一个空洞的符号，一个虚拟的所指，它是没有血肉、没有心灵、没有灵魂的虚假的"人"。而且，更重要的是，它仅仅成为"政治"的一种工具，创作主体必然要向预设的政治观念靠拢，"政治上正确"只是最基本的要求，它所要达到的目标是怎样更好地诠释政治意图，实现政治目的，因而这种"我"只是一种政治权力运作的载体和符号，这实际上是以"人民"的名义取消了"人"，以"大我"的名义取消了"我"。正是在这样的背景下，"朦胧诗人"在70年代末80年代初所发出的是作为个体的"我"的声音，它是更为真实的心声的表达，无论是北岛的"告诉你吧，世界，／我——不——相——信！"（《回答》），江河的"在英雄倒下的地方／我起来歌唱祖国"（《祖国啊，祖国》），还是舒婷的"与其在悬崖上展览千年／不如在爱人的肩头痛哭一晚"（《神女峰》），顾城的"黑夜给了我黑色的眼睛，／我却用它寻找光明"（《一代人》），这里都是有作为个人的"我"存在的，"我"真正被推到了前台，成为主角，书写"自我"成为这一代诗人非常明显的标志之一。

同为"朦胧诗人"的梁小斌也是如此，他的诗歌是从个人出发的，如其《钢琴不再为我伴奏》中所说，"现在开始试唱，／我要独立地放开歌喉。"诗人开始摆脱大集体一统化的合唱，尝试发出个人的声音。这些诗歌是以"我"为中心的，其中充满了对人的价值、尊严、权利的关怀，充满了对思想专制和非人性历史的反思和批判，这种人本主义的观点代表了那个时代的最强音。以有着广泛影响的名篇《中国，我的钥匙丢了》来看，它表现了个体对历史进行反思后的焦灼和痛苦，"那是十多年前，／我沿着红色大街疯狂地奔跑，／我跑到了郊外的荒野上欢叫，／后来，／我的钥匙丢了。"在"红色大街"上的奔跑使他迷失了自己，也使心灵处于颠沛流离之中，对之进行反思的时候"我"希望能够将丢失了的时间寻找回来，"我想回家，／打开抽屉、翻一翻我儿童时代的画片，／还看一看那夹在书页里的／翠绿的三叶草。"他希望找到钥匙后回家打开抽屉，重新回到天真、单纯的童年时代，重新找回自己。而且，"我还想打开书橱，／取出一本《海涅歌谣》／我要去约会，／我向她举起这本书，做为我向蓝天发出的／爱情的信号。"他希望

有纯洁美好的爱情，希望重新获得追求爱情这一最基本，但却长期被剥
夺的权利。诗人以个人主体的姿态反思着这一切，深感痛楚和迷茫，但
他同时认为，所有这些虽然丢失了，但它们却是真正的生活所不可缺少
的，是理当如此、势所必然的，同时也是一定可以找到的。作者对此充
满信心：

> 我在这广大的田野上行走，
> 我沿着心灵的足迹寻找，
> 那一切丢失了的，
> 我都在认真思考。

　　"人"回复为"人"，重新成为"人"，"我"的面目逐渐清晰起
来，由此重新思考"人"的问题，这可以说是梁小斌诗歌中一个很重要
的起点。

　　但同时应该看到，这里的自我其内心指向和价值依托，却不仅仅是
自己，而更大程度上是国家、民族、社会、历史、时代、改革、理想等
的"宏大事物"。在作者的意识中，如是等等比"我"更大的存在是"我"
的意义的发生场，具有比单独的、个体的"我"更大的价值，舍此"我"
的存在将失去意义和价值支撑。《雪白的墙》以"墙"为喻，由而今工
人在粉刷墙壁，想到此前墙上"写有很多粗暴的字""曾经那么肮脏"，
他希望此后人们能够"永远地不会在这墙上乱画"，能够永远拥有一面
"洁白的墙"。这首诗里的"妈妈，／我看见了雪白的墙"与其说是实
景毋宁说是一种想象，"墙"是对国家和民族所经历的曲折历程的象喻，
同时寄托了"我"对美好生活的认定和向往，"我看见了"毋宁说是"我
期望看见"，代表了"我"的理想和期望。前文例举的《中国，我的钥
匙丢了》中也是如此，这首诗中的"我"是与"中国"相对的，文章主

体是"我"对于"中国"的一种告白和吁请,其最终的价值归宿是体现在"中国"那里的,"中国"才是真正的价值主体。甚至,某种意义上我们也可以说这首诗是作者在以"中国"的身份进行言说,这同样能够成立,这也是为什么在表面看来"我"与"中国"是差异、对立的但其内质又是相通甚至就是同一的原因所在。我们看到,梁小斌诗歌中的自我形象虽然是个体的,有独立精神意志的"我",但它同时是作为"代言者"或"象征物"出现的,它的背后一定有着某种宏大的事物或符号系统的支撑。或许可以这样说,梁小斌诗歌虽然是以个体的"我"为出发点的,但其落脚点和终点却是某种"集体性概念":它可能是对更美好的社会生活的认定,也可能是对过去历史的反思和批判,或者是某种具有共通性的理想信念和价值追求,但不管怎么样,却必定是一种"大于个人"的存在。在梁小斌以及"朦胧诗"一代的写作者那里,或许不找到更为宏大的价值依附,单独的个体其意义仍然是很难成立的,他们必须在"小"中发现"大",在"此岸"中寻找"彼岸",由"形而下"提升到"形而上",这样才有"意义"。

梁小斌前期诗歌里的自我是具有统一性的,有内心的信念和理想,对未来怀有热烈的期待和向往,从这个意义来说,它更多是一种浪漫主义的而非现代主义的言说主体。他的许多诗采取了一种儿童(如《雪白的墙》《夏日童话》)或者少年、青年视角(如《黄昏即景》《赠 M 君》《我向你表露心迹》),写的也有很多是少女(如《少女军鼓队》、《你让我一个人走进少女的内心》)、青春(如《青春协奏曲》《我已进入青春时代》)题材,可以说他的诗具有较明显的"青春文化"品格。梁小斌下面的话可为佐证,"我觉得应该用形象来说话。我喜欢单纯,我希望我的诗能使读者感到这些年来人与人之间所缺乏的友爱与温暖。我总想,不管多么深刻的哲理,都要以孩子的感觉和语言说出。实际上,我已长成大人,愿读者能从我表面轻松的情绪、平淡的笔触中看出一个

青年人的期望和追求。"①80 年代初的确是一个激情澎湃、理想主义盛
行的时代，正如梁启超在其著名的《少年中国说》中所歌赞的，彼时的
中国也可以说是一个"少年中国"：一切都在重新开始，过去的已经过
去了，错误已经被纠正，现在比过去好，未来比现在更好……这是当时
社会上普遍流行的价值观念。因而此时的"我"必然是通透、光明、完
整、统一的，他自身没有内在的矛盾，没有分裂与悖谬，情绪上是昂扬
乐观、积极向上的。所以，虽然"我在曲折的年代曲折生长／我本身
就是一条弯曲的光线"（《青春协奏曲》），但是"在壮观的宇宙里超
光速飞行／过一万年还是青春常在"，是充满了豪迈激情的。在《我
也是中国的希望》中，"虽然我连 A、B、C 都不大会念，／但是那英
语中的希望，还有那世界语中的希望，／我天生就会读得声调琅琅。"
这种对于未来的信心和希望使得他高声地呼吁："歌唱我吧，／我也是
中国的希望……"这种浪漫主义的表达虽然是在抒情，但所抒发的情感
是高度理性化的情感，是具有更多公共内容，更具有社会性和时代性的
内容，而不是一己的悲欢或个人经验，它必须具有能够放大和指涉到更
广大存在的蕴涵才具有表达的"合法性"。这种理性抒情的方式在梁小
斌的前期诗歌创作中非常普遍，几乎形成了一种写作模式。同时这种方
式在朦胧诗人中也比较普遍，到江河、杨炼后期的"文化史诗"中这种
"理性抒情"达到了顶峰。

　　梁小斌这一时期的诗歌在风格上便表现为优美、纯净、和谐、明朗，
文本内部较少矛盾，没有异质性。《大街像自由的抒情诗一样流畅》中
的这一场景或许可以作为其诗歌风格的一种形象化表达，"我"看到一
支由儿童组成的队伍在大街旁等着过马路，一个戴太阳帽的孩子来到岗
亭前跟警察谈话，作者写道：

---

① 梁小斌：《雪白的墙》，《诗刊》，1980 年第 10 期。

我沉思的目光，注视远方，

我很激动，

他们一定还谈论了别的，

谈到了中国大街的前程，

而且还谈到了诗和国家。

　　一个年幼的、准备过街的孩子与站岗的警察谈论"中国大街的前程"和"诗与国家"这似乎有些"想当然"甚至不无"矫情"，但却传达了那个时代的"共名"：生活是诗意的，没有实质性的矛盾，一切都非常美好、非常"和谐"，如诗的最后所说，"宽阔的大街像自由的抒情诗一样流畅，／绿灯在前方闪烁着激荡我心灵的波光，／一个孩子正在和警察和谐地谈话。"这种优美与"和谐"固然是美丽的，但同时它又是经过了"加工"和"过滤"的，很难持久，很难经得起生活现实的检验，这一点我们联系他的后期作品可以看得更为清楚。

二

　　以诗歌《断裂》为代表，梁小斌的诗歌的确发生了某种"断裂"，这尤其是以作品中人物形象的"断裂"为标志的。在这里，此前诗歌中高大、优雅、纯洁、光明的自我形象变得凡俗、晦暗、矛盾、痛苦，自我的同一性和单一性不复存在，也不再具有方向感和明晰性。与其前期作品相比，这里的"我"显然是更具"现代"意味的，它更少浪漫主义的扩张与想象，更多现代主体的反思、内省、挣扎，充满了紧张感，对外在现实不再取其理想状态而是直面现实中的混沌与污浊。于诗人梁小斌而言，这种转变是对"朦胧诗"时期写作方式的反观和反思的结果，是对于这种加工与处理现实的艺术方式的一种反叛。

　　对梁小斌前期诗歌创作进一步考察就会发现，这里的"我"所体现的价值观和运思方式与其所激烈反对的"假想敌"——"文革"以及"十七年"时期的诗歌作品并无太大区别，或者说它们本来就有着密切的源流关系。这种发现或许会让人大吃一惊，但仔细想来却又的确如此：他们之间虽然具体观点是对立的，但是思维方式是一致的；虽然在"自我"的面貌与侧重点上并不相同，但都是指向群体性、社会性的，个人都是要服从于体系化、抽象性存在的，这一点又是完全相同的。如果说写作方式也有"意识形态"的话，那么"朦胧诗"并未真正摆脱它所脱身而出的此前写作的意识形态，这恐怕是包含在"朦胧诗"写作中潜在的艺术悖论。这种诗歌写作在空间维度上追求整体化、单一化，排除异质性，消灭矛盾，没有不同的声音，推行整齐划一，某种意义上这可以称之为一种"极权主义"模式；在时间维度上则信奉进化论时间观，线性前进、"趋时附新"，构织出关于"美好未来"的乌托邦，却悬空和延宕了现世生活的意义。这种观念在一定条件下固然于现实功用可能是有效的，但是却是以牺牲其复杂性和真实性为代价的，它是膨胀甚至扭曲的自我观念的产物，因而很大程度上是一种虚空的空中楼阁，历史上的许多悲剧已经证实了这种观念体系的危险性和限度。梁小斌本人对这种写作方式也产生了怀疑和反思，他在《诗人的崩溃》中提出了"必须怀疑美化自我的朦胧诗的存在价值与道德价值"的著名观点，他指出，"美化自己的倾向，是朦胧诗人们所坚持的最顽固的一个倾向。""显然，真正的解放，不仅限于让世俗的生活摆脱一个美学的压迫，而是让人自身从'美化自己'的精神桎梏中摆脱出来。"① 这里所说的朦胧诗"美化自我"实际上便指出了这种写作方式的"虚假性"和"有限性"：它是以

---

① 梁小斌：《诗人的崩溃》，《深圳青年报》，1986年10月24日。

对于自我的拔高、提升而形成的自我，个人被形而上化、精神化了，与事实的自我已经有了遥远的距离，所产生的效果是对于自我的"美化"和对于"真实"的回避。正是由于此种认识，梁小斌提出"必须识破法则！面对冷酷！历经真实！"，并在另外一篇文章中说，"正是我视为'丑恶'的真实来革我们的命，铲除我们赖以抒情或是逃避的土壤。这真有点'革命'的味道。"① 这样的认识自然使他与"朦胧诗"渐行渐远了。在这一点上，杨键的解读可谓切中肯綮："我个人认为，梁小斌在80年代中期直至整个90年代放弃了诗歌写作的主要原因是为了进入一种充沛、完全的真实，为了更加有效，如果说北岛是从正义出发，顾城是从美、幻想出发，梁小斌则是从真实出发，他更爱真理。"② 也正是因此，梁小斌才会在近年"为写出《中国，我的钥匙丢了》而忏悔"，"原来，包括我在内，均是阐释政治生活的写手。所谓'写手'，就是把人与人之间的亲情关系，揭露为阶级斗争关系，或者又依据新的时代要求，把它又还原为友爱关系，犹如那个糠菜窝头。因为它是文学的，它是以感人的面貌出现，它的基本模式是控诉。在我的诗歌那里，两种互相矛盾的声音，被乔装成为一个诗人的心路历程，蒙昧或者被迫，是掩护诗人过关的辩护词。""《中国，我的钥匙丢了》违背了我们的前辈巴金先生所倡导的'说真话'的原则，我建议，将这首诗从所谓的诗歌经典系列中永远抹去。"③ 关于这首诗是否应该成为经典是另外一个问题，而梁小斌在此做出的关于"写手"与"真实"的判断应该说是准确的，它指出了包括"朦胧诗"在内的这种写作方式的一个重要问题。这一点不必讳言，而且也并不会影响其作品作为诗歌"经典"的价值。

---

① 梁小斌：《给吴思敬老师的一封信（1986年4月）》，《地主研究》，文化艺术出版社，2001年版，第264、269页。
② 杨键：《一个世纪的交代——读梁小斌》，《北京文学》，2001年第6期。
③ 梁小斌：《我为写出〈中国，我的钥匙丢了〉而忏悔》，《诗歌月刊》下半月，2007年第1、2期合刊。

　　就艺术本身而言，作为朦胧诗人的梁小斌其诗歌仿佛是一个个绮丽多彩的梦，它凝结着一位年轻人在历史上升期对生活的诗意向往和纯美想象，它经不起现实的冲刷和淘洗，容易破碎，但这本身或许正包含了艺术勾魂摄魄的魅力。一些诗人、诗作可能与现实格格不入、为现实所戕害，但其艺术的价值却可以熠熠生辉：比如食指，他"坚定地相信未来"，但现实却一次次地击伤了他，没有给他任何抚慰，他最终罹患精神分裂症；比如海子，他声称"从明天起，做一个幸福的人／喂马，劈柴，周游世界"，但最终他也没有"在尘世获得幸福"，而是以身躯祭献了诗歌理想。从世俗的意义上来看，他们的诗也是"有缺陷""有问题"的，但某种意义上这本身也构成了其诗歌生命力的重要部分。艺术，有的时候就是一种白日梦、乌托邦，它是一种"逆向运动"，是对于现实和现世生活的抵抗，它在可能处发现不可能，在不可能处发现可能，等等。梁小斌的前期诗歌也可作如是观，它有着时代的特征，也有着历史的局限性，而更重要的，它是关于"我"的一种梦想、一个神话，它也许单薄、脆弱，但却是美丽而灿烂的，自有其超越具体时空的价值和意义。这"梦想"与"神话"或许是人之为人无法超越的一种宿命，但更是人之为人的可贵使命和无上光荣。

"只缘身蕴无穷热，化却人间万丈冰"
——阅读屠岸

1

屠岸先生生于 1923 年，他出生的时候，中国新诗刚刚面世，还仅处于咿呀学语的婴儿期，数十年来，屠岸不但写诗、翻译诗，同时还编诗、出版诗，既是优秀的诗人，同时也是有影响力的诗歌翻译家、编辑家、活动家，他的人生道路是与诗歌一路同行、荣辱与共的，他是中国新诗近百年发展历程的亲历者和见证者。屠岸自称"诗爱者，诗作者，诗译者"，他的诗作与人格交相辉映、互相生发，"诗"与"人"在他身上达到了深层次的统一，也可以说，他的诗便包含了他的人生，而他的人生也就是一首诗。这在当今有诗却没有诗人、有诗人却没有诗的时代无疑是发人深思的。所以，一定意义上他是一种让人景仰、使人警醒、予人提升的一种存在，如果要在当今寻找中国新诗的"活化石"的话，屠岸先生显然便是为数不多者之一。

2010 年北京三联书店出版了屠岸的口述自传《生正逢时》，屠岸在回顾他八十余载的生命、生活的时候，用了"生正逢时"这个颇为大气、磅礴、明朗的词来概括。他这么说："我已是八十五岁的老人。在我的头上，有阳光，也有阴霾。回顾自己的一生，我想起吴祖光写的四个字。有人说吴祖光一生坎坷，生不逢时。吴祖光拿起笔来写下'生正逢时'，试想：一个人能经历抗日战争、解放战争、新中国成立、历次政治运动、大跃进、大饥荒、文化大革命、改革开放，生活经历如此丰富，岂不是生正逢时？不是指我个人，是这一代知识分子，一代人。古代诗人恐怕没有经历这样多、这样长期的坎坷。当然，两者没有可比性。但可以肯定，这一代知识分子所遭受的苦难和感到的困惑，是空前的。"①生活的磨折、坎坷、苦难当然只是外在的，它需要与个人内在的心灵和人格产生交汇才具有感人的力量和文学的意义，屠岸先生及其作品所显示的，是在这种"生正逢时"中的优雅、博大、纯洁、高贵、睿智、从容，是对于真、善、美的无上热爱与不懈追求，是对于博爱、自由、正义的渴望，和对于理想、对于价值信念的坚持与坚守……这些，既体现着中国古代文人的风骨，又体现了现代知识分子的精神，他身上包含了太多值得后来者学习、思考、借鉴的因素。

2

中国新诗的历史虽然尚不足百年，但却已经历尽磨难、饱经沧桑，似乎所有的道路都已走过，所有的可能性都已尝试过一样：诗歌与政治、与现实之间纠缠不清、聚讼纷纭的关系，形式上的格律体、半格律体、自由体，语言上的书面化、口语化、民歌化、口水化，艺术上的现实主义、浪漫主义、现代主义、后现代主义，"纯诗"与"不纯"的诗，"横的移植"与"纵的继承"，精英化与世俗化的双向运动与分歧……在这样的过程中，中国新诗走了很多的弯路，有很多的教训值得记取，而同

---

① 屠岸口述，何启治、李晋西编撰：《生正逢时：屠岸自述》，生活·读书·新知三联书店，2010年版，封底。

时也积累了很多经验，取得了可观的成就。屠岸的诗歌创作和诗歌活动是这其中的一个侧面，他与历史同行，在自己的时代中写下了体现时代特征的作品，而同时，他又发乎本心，坚持心灵本位，写出了具有独特个人特征、他人不可替代的作品。可以说，屠岸先生的诗歌创作、诗歌活动，也便体现和折射了一部"诗史"，或者说，是一部个人化的诗歌史。

屠岸的诗歌不属于某一门某一派，也很难清楚地划归为现实主义、浪漫主义或者现代主义，这样看来似乎"个性"并不突出，但同时，却也抛开了某种偏狭的立场、流派、风格的拘囿，从而坚持个人的诗性创造，并达致一种更为开阔、自由的境界。屠岸的诗歌创作"品种"繁多，既有格律体，也有自由体，既有古体诗，更有"舶来品"的十四行诗。他的诗里面有着深厚的古典美学的氤氲，这与他们这一代人的家学渊源以及与悠久的历史文化传统的接续有关，而这样的接续在此后的岁月中尤其中华人民共和国建国以后是越来越式微的，所以这其中的某种气质和品格是越来越稀少也更显珍贵的。同时，屠岸又深受外来文化的影响，与他多年从事英美诗歌的翻译有关，他对于外来文化资源的吸收和借鉴是深厚而独到的，在这方面他在诗歌创作中所作的探索无疑是更新了中国新诗的文化构成甚至文化基因，在新的坐标系下给予了中国诗歌一种新的参照和借鉴。所以，古与今、中与外的结合在屠岸这里绝非夸大和妄言，而是自然而然的一种存在。

3

1940年代，年轻的屠岸充满了对美好生活的向往，他是勇敢、热情、乐观、激扬的。他如此面对黑暗："眼前是无垠的荒凉／将临的是黑暗／但是有一条小路／蜿蜒地导向前方／通向永久的亮光／我和我的异我艰步／挨得更紧，更紧／夜的凉氛逼近／然而我们的胸中／燃着一粒火种／抵御凛冽的寒气"（《插曲》），他如此想象远方："啊啊，远方，那里是什么，／是什么，／是什么呀？／是一个伟大的革命的收成！／远方的笑，远方的吻，／远方的五月的热情；／远方的钟，远方的铃，／远方的青春的声音；／远方的光，远方的影，／远方的美丽的生命；／而这一切呀，／这一切都属于远方的——／也是全国的人民"（《政治犯的歌》）。应该说，这样的"火种"在屠岸的胸中从未熄灭，而屠岸也从未失去对于"远方"的信任与向往。也可以说，屠岸是有所"信"、心中有"根"的人，所以，他才能够以不忧不惧、宠辱不惊的心态面对人生，并以优雅、美丽的文字形诸笔端。屠岸从来没有对人、对生活、对我们所栖身其中的这个世界失去信心，他有爱，且有大爱，他的爱是能够发出光来的，能够驱赶黑暗，给人光明，予人温暖。

　　数十年之后的1998年，年届七旬的屠岸写有一首《深秋有如初春》，这首诗产生了广泛的影响。从这里，我们可以看到与上述所引诗歌中的"同"与"不同"："再一次来到大草坪，／再一次迎接小阳春，／再一次看见蜜蜂和蝴蝶／飞舞在铺满菊花的小幽径。／哪里是银铃般的笑声？／哪里是溪水般的眼睛？／五十年的风雨可是埋葬了／所有的软语温存？／／再一次来到饮水亭，／再一次来到小阳春，／再一次凝视少男和少女／徘徊在秋日暖照的棕榈林。／哪里是活泼和娇嗔？／哪里是端庄和沉吟？／半个世纪的史册没录下／一生的惆怅和欢欣？／／深秋有如初春：／这诗句摄魄勾魂；深秋有如初春：／这诗句石破天惊！／曾经存在过瞬间的搏动——／波纹在心碑上刻入永恒。"在这里自然之"秋"、人生之"秋"与自然之"春"、人生之"春"的类比与对照，确乎可以让人读出许多的内容。"春秋"对比，他还是他，他变了吗？他没有变。他没变吗？他与原来的他已经有所不同，他变了。变与不变之间，是生活与诗歌之间的对话，是屠岸生命与诗歌的展开。

4

　　屠岸的诗歌创作最独特、成就最高的当在于其十四行诗，他是对于这一诗体用力最勤、成就最高的诗人之一。十四行诗这一外来的诗歌种类在中国经过了一个本土化、中国化的过程，出现了冯至、卞之琳、唐湜、屠岸这样的代表性诗人。屠岸之于十四行诗渊源甚深，一方面他翻译了大量的英文十四行诗，对之有着很深的体悟，同时他自己也写作了大量的十四行诗，并有着堪称系统的专门性研究和思考。十四行诗属于一种格律诗，对行数、音韵、节奏、字数等都有较为严格的限定，但同时也正是"带着镣铐跳舞"，如屠岸所认为的："写严谨的十四行诗在开始时确是'戴着镣铐'，但等到运用纯熟时，'镣铐'会自然地不翼而飞，变成一种'自由'，诗人可以'舞'得更得心应手，潇洒美妙。"①于此我们可以看一例屠岸的十四行诗作品，《济慈墓畔的沉思》："你的名字是用水写成，还是／写在水上？哦，逝者如斯夫，／属于你的、所有的速朽之物／埋葬在这里，远离喧嚣的尘世。／／你所铸造的、所有的不朽之诗／存留在'真'的心扉，'美'的灵府，／使人间有一座圣坛，一片净土，／夜莺的鸣啭在这里永不消逝。／／我在你墓前徘徊，捡一片绿叶——／你的诗句的象征，紧贴在胸前，／感受流水哺养的永恒的自然。／／我在你墓畔冥想，沉入梦幻；／见海神驭八骏凌驾波涛的伟业，／你是浪尖上一滴晶莹的泪液。"从这里我们可以再次感受到屠岸的诗歌追求，他所写既是诗人济慈，同时也是屠岸自己，这种"真"与"美"的追求是屠岸一生所坚持的。更重要的是，这种表面看来限制性很强的诗歌形式为思想内容的传达插上了翅膀，使之获得了更大、更

---

① 屠岸：《汉语十四行诗的诞生与发展》，《诗论·文论·剧论：屠岸文艺评论集》，人民文学出版社，2004年版，第41—42页。

高的自由度。这一点上正如他自己在《十四行诗形式札记》中所指出的:
"一首有严格的格律规范的十四个诗行的短诗,往往能够包含深邃的思
想和浓烈的感情,往往能体现出饱满的诗美,这不能不说也与形式对内
容所起的反作用有关。"[①] 不仅如此,屠岸的十四行诗写作与他自己的
性情、个性也是有关系的,他并非那种喷薄奔放、一览无余的激情型诗
人,他的情感表达方式是内敛、蕴藉、自我检视、斟酌再三的,他的情
感是包含理智在其中的,十四行体诗歌在限制与自由之间的这种内在的
特征正好契合了屠岸的个性特征。所以,这样的"性格"选择这种类型
的"诗歌"也是有其必然性的。

5

屠岸的诗纯净、典雅、博大、宽厚,这样的文字,来自于他"绝假
纯真"的"童心""赤子之心"。如他自己所说:"我永远保持着心态
的青春,保持着童心,用赤子之心看待世界,对客观事物时刻保持着青
春的新鲜感。我相信,一个诗人只要心灵不衰竭,就会有长久新鲜的创
造力。"[②] 这也与他所强调的诗歌创作中的"客体感受力"(Negative
Capability)有关,他对此阐述道:"它的精义就是诗人要始终保持新
鲜的感觉,每天醒来都发现一个新鲜的太阳、新鲜的世界:诗人必须带
着新鲜的眼光去看待、审视、观察这个熟悉的社会、熟悉的世界,这就
要掌握'客体感受力',抛弃一切旧有事物,全身心地拥抱吟咏对象,
从'旧'中看出'新'。物我合一,就能发现过去未曾发现的东西。只
有不断从客体中发现新鲜并用新鲜的语言表达出来,诗的创造力才不会

---

① 屠岸:《十四行诗形式札记》,《深秋有如初春》,人民文学出版社,2003 年版,第 381 页。
② 阎延文:《诗歌是生命的撒播——屠岸访谈录》,《诗刊》,2001 年第 1 期。

枯竭。"① 这样的"客体感受力"不但契合了诗歌的本质，是对于诗情、诗意的发现与捕捉，同时也是与他的个性特征、与他的诗歌表达方式高度吻合的，在"自我"与"世界"之间保持了恰当的、"不远"也"不近"的审美距离，使他写出了富于张力的艺术作品。

屠岸的诗歌创作是在多个层面，向多个方向展开的，他的诗歌世界是多元、多彩、复杂、深邃的，比如：他对大自然的热爱与亲近，追求天人合一、物我一体，显出某种古典情怀（《秋晨》《雨水》）；他诗歌中的节奏、韵律，他对诗歌的乐感、音乐性的重视（《诗屋神游》《朝荣》）；他在不同的文化时空中穿梭，与历史、先贤对话（《夜宿听涛楼》、"世纪回眸"系列）；他对真理、正义的追求，对邪恶力量的愤怒，他的自我检视与警醒（《迟到的悼歌》《天花板开裂》）……

6

"我的精神寄托是诗歌。诗歌是我一生的追求，诗歌是我的希望。但有几十年，被隔绝，在干校的时期，是靠背诵古诗和外国诗歌活下去的。我写诗，是为了表达我真实的感情。我最讨嫌虚假。一生献给诗歌，没有后悔过。我不是天才，但我勤奋。我没有加入任何宗教，但诗是我的宗教，或者说艺术是我的宗教。"② 这是屠岸口述自传《生正逢时》"尾声"中的话，也可以代表他对于自己与诗歌之间关系的一种回顾与评价。诗歌，是屠岸最高的追求，"诗"与"人"，在屠岸这里是一而二二而一的关系。

"只缘身蕴无穷热，化却人间万丈冰"，这是屠岸写周恩来总理的

---

① 屠岸：《客体感受力》，《诗刊》，2005 年第 19 期。
② 屠岸口述，何启治、李晋西编撰：《生正逢时：屠岸自述》，生活·读书·新知三联书店，2010 年版，第 343 页。

两句诗，在我看来，这两句诗用在屠岸身上也是恰切的，他的心是火热、怀有大爱的，因而不但能够温暖自己同时也能够温暖他人。爱，在屠岸这里有着无上的意义，他说，"我爱母亲、爱家庭、爱亲友、爱同胞、爱祖国、爱整个人类、爱真理"，"如果说我的诗有一种基本主题，我认为就是爱，诗歌创作必须体现爱，必须敢于说真话、写真情，要敢爱、敢恨、敢于歌颂、敢于抨击。"① 与此有关，是对于真、善、美的追求，他在写给晚辈的《成人祝》中说："要永葆赤子的真率和纯粹／一辈子追求人生的真善美"，这既是他对于孩子的要求和期待，也是他自己一生的信念和追求。同时，他认为诗歌不能离开真、善、美，为诗与为人应该是统一的，"诗人首先应当是一个真正的人，这样的人，通过抒写自我，以诗弘扬真善美，抨击假丑恶。"② "要创新，这没有错。但不能为了创新而来一个特别怪异的东西，这个路是行不通的。创新是要变革，但我认为万变不离其宗，宗就是真善美。"③

——爱、真、善、美，这样的一些词语在当今时代似乎已经显得有些陈旧、过时。但是，我想，可能不是屠岸先生落伍了，是现在的人把路走偏了。

---

① 屠岸语，见屠岸、吴思敬等《诗歌圣殿的朝圣者》，《诗潮》，2005 年 3—4 月号。
② 屠岸：《迎接诗的新时代》，《诗论·文论·剧论：屠岸文艺评论集》，人民文学出版社，2004 年版，第 4 页。
③ 屠岸口述，何启治、李晋西编撰：《生正逢时：屠岸自述》，生活·读书·新知三联书店，2010 年版，第 308 页。

这一个自由的灵魂
——重读伊蕾

在为时并不长的新时期诗歌中，伊蕾似乎已成为某种"历史"和"传奇"，她是1980年代女性诗歌的代表性人物，得一时风气之先，广受关注、好评、争议，但她的诗歌生涯却迅即发生令人意想不到的转变：1992年伊蕾远赴俄罗斯并长期居住，几乎完全停止了诗歌写作。此后的她转向了绘画收藏与创作，这种转变从另外的角度来看未尝不是一种"华丽转身"，但从诗歌的角度来看无疑留下了遗憾，她本应该创作出更多诗歌作品，不过或许这缺憾本身也是一种美，正如艺术中的不圆满可能恰恰是圆满一样。伊蕾的独特性成就了她的价值，现在，当我读到新近出版的《伊蕾诗选》（百花文艺出版社2010年版），它激起了我复杂的感受，一方面感到陌生，另一方面又感到亲切：陌生在于它让人重新回忆起80年代的理想主义氛围和人文理想，回忆起另外的一个"时代"，而它与当今目下已经有了恍若隔世的距离；亲切在于它让我们重新感受到了一种诗人的赤子之心，本真、坦荡、敢作敢当、追求爱情、热爱自由……这样的诗歌是具有永恒性的，契合了诗歌的"本质属性"。简单地说，伊蕾的诗既有着80年代诗歌的印记，同时也有着超越性、普泛性，实际上，它不但不"过时"，而且无论是从"诗艺"还是"现实"方面都有重读——并进行重新思量——的必要。

在我看来，伊蕾是一个个性独立、热爱自由的人，她所追求的，是无拘无束，是解放自己，是反抗压制。而她的诗，是她灵魂的自由歌唱。自由，于伊蕾具有至关重要的位置，是解读她诗歌的一个重要关键词。

一　被围困者、独舞者、流浪的恒星

伊蕾的诗热情而奔放，具有丰沛的生命能量，她真诚地表达自己，敢爱敢恨，丝毫没有遮掩和避讳，而同时，她又是痛苦的，是充满内在冲突和复杂性的，与外界、与内心追求之间的关系是紧张的，总是处于"求而不得"的状态，因而她的诗又充满了异乎寻常的挣扎、孤独、反抗、痛楚，这是一体两面，热情与真诚加深了她的痛苦与孤独，而孤独与痛苦反过来使她更为坚定、决绝地追求热情与真诚。一般地说，伊蕾诗歌中有一个隐形的、对抗性的关系结构存在，如福柯所阐释的，关系即权力："世界"于"我"是压迫性的、他者的，因而"我"只能左奔右突、奋起反抗；"爱情"于"我"是缺席的，因而"我"会不顾一切、飞蛾扑火般地去追寻；本真的"我"已经失去，或者受到了威胁，因而"我"要自我放逐，去流浪，去过另外的、想要的生活……换句话说，自由是缺乏的，而它如此重要，诗歌写作的意义就在于对自由的追求。"被围困者""独舞者""流浪的恒星"都是伊蕾诗的题目，也是其诗歌中具有代表性的意象，通过对它们的分析可以看到伊蕾诗的若干典型特点。

《被围困者》一诗典型地代表了伊蕾对自我与外界之间关系的一种认知和认定，甚至可以说这是理解伊蕾精神世界和诗歌世界的一把钥匙。"被围困"既是一种被动处境，也是主体高度自觉、高度敏感的结果，是行动与改变的开始。这首诗的第一节名为"主体意识"，仅两行："我被围困／就要疯狂地死去"，作者一开始便把自己推到了一种孤绝的、深渊般的处境中，在作者看来，这不是某种"结果"，而仅仅是一个开头，是出发点，更重要的是如何行动和改变。这首诗共 12 节，第二、三节分别名为"我要到哪里去"和"我是谁"，第四节名为"我不明白我自己"，第十节名为"我的意义不确定"，第十二节"我把我丢失了"，仅从各节的名字上就可以看出其中有很多本体性、终极性的哲学的追问，是对于"被围困者"的多层面的观照与关怀。她这样写"我是谁"："光荣与羞耻属于这张脸会怎样？／属于另一张脸又会怎样？／我在为谁恪守戒律？／我是谁？／我的朋友，你为什么还不来／来看看我现在是谁／我将变成谁"；写"我不明白我自己"："我希望我是白色／像天使的颜色／而天使果真是白色的吗？／无论恐惧的和崇拜的我都不太了解／我为什么要恐惧和崇拜呢？／我真不明白我自己／我永远也不会完全了解我自己"；她写"被缚的苦恼"："被缚的苦恼不如死／我在偷偷积蓄经验／酝酿一次爆炸行动"；她如此写"我的意义不确定"："我在大庭广众下诉说秘密／毫无秘密／人们从一百种角度观察我／得出一百种结论"，"我本来是不确定的／我的意义也不确定"。更值得注意的是，在除第一节之外每节的末尾，都是相同的一句"我无边无沿"，这显然并不仅仅是出于某种节奏或形式上的考虑，更不应被视为投机取巧，实际上它比诗中任何一行都更为重要，它是这首诗的"诗眼"。"被围困者"与"我无边无沿"构成了这首诗主题的一种二律背反，表面上矛盾，然而仔细思忖又觉妙不可言、大有深意存焉：正是因为感受到"被围困"，所以才有挣脱的冲动和"无边无沿"的追求，也正因有着对"无边无沿"的渴望，才更清楚地意识到了现实中的"被围困"，两者是相反相成的。

写于 1988 年的《独舞者》可以看做诗人伊蕾的自白或自画像，在这首诗里她描画了一位痛苦、孤独、焦灼的舞者形象，有理由相信，这个舞者正是诗人自己。诗中写道："心灵的苦难伸出舌尖／和长发一起飘摇／每一块肌肉都张开口／发出尖锐的嚎叫／／活生生的肉体的气息在弥漫／挣扎着的肉体／要把灵魂撕裂的肉体／落入了噩梦／／一株疯了的玫瑰／在飞舞／把鲜血的颜色涂满空中／涂在我滚动的心潮上／涂在我洁白的手上／在暗淡的光中／枝叶飘零"。这是一个张扬凌厉、充满紧张感和破坏性的主体，因为处身于一个极度否定性、不利的环境中，她只能保持一种"战斗"的状态，迎接挑战，而且，自我本身也是分裂的，"此我"与"彼我"之间是紧张对峙的，"我"是孤独的，这种孤独不但面向外界，同时也面向自身，因而是彻头彻尾的孤独。伊蕾的这种"独舞"很大程度上是一种反抗，一种主动选择，是主体的生命意志和价值取向的体现，她与现实的关系不是封闭而是敞开的，而不是如某些女性诗人脱离现实、自我陶醉，看似高雅实则虚无的"自恋"。正是由于"独舞"之孤独，她才喊出了惊世骇俗的"你不来与我同居"，也正是由于这种孤独，她一次次地写到了流浪，而且由思想及行动，在现实生活中也选择了"流浪"。

　　"流浪"是从世俗秩序中出走，是对各种压抑机制的拒绝，也是对未知事物的追求，所以，"流浪"一定程度上也与"自由"同义，伊蕾说："走吧，我们去流浪／流浪的生活是自由的生活／流浪者的法律是自由万岁"（《情舞》）。在《流浪的恒星》中，"流浪的恒星"太阳与主人公"我"合而为一，拥有了共同的"流浪"的命运："太阳啊，你皮肤如此粗糙／满是伤疤／我已经衰老／至今无家可归／我在被囚中到处流浪／我在流浪中到处被囚"。自由是流浪的同义词，而同时，自由也与深渊近在咫尺："树枝编成罪恶的荆冠／疆域无边／自由的鲜花在思想的大火中焚毁／只剩下不朽的锁链／我试着迈出自由的一步／只一步／就接近了万丈深渊"，如此，深渊也便成了流浪者的必然处境，也成为追求自由必然要付出的代价。她这样写流浪中自己的处境："在我所到之处没有不可忍耐的荒凉／因为我的灵魂曾比这更荒凉／无论黑夜或者暴风雪之中／我不感到灭顶的恐惧／因为我的灵魂中有一个魔鬼／它比任何东西都令我恐惧／啊，我的灵魂经受过一切灾难／它再也不会被摧毁"，而对于自己作为流浪者的命运，她如此的描写堪称深刻、让人深思："请不要忘记有一颗流浪的恒星／它的肉体被囚禁／它的灵魂将终生流浪／你也许会在一片草丛里找到它／那时候，对于你所见到和听到的一切／不要声张"。也许，这就是流浪者的宿命，但同时，又是流浪者的光荣。

二 "女性"，而不"主义"

伊蕾诗歌所呈现的是一位具有独立性、反叛性、行动力的女性形象，她拥有对于自己身体的自主性和支配权，拥有明确的主体意识和价值诉求，这也是她被视为女性主义诗人的原因所在。在她影响最大的作品《独身女人的卧室》中，这种"女性主义"特点有明显体现，其中多次出现的"你不来与我同居"这一颇具魅惑色彩的诗句，一改以往女性含蓄、内敛、被动的形象，转而如此直接、大胆、主动，曾让许多人感到惊讶甚至不安。这里发出的是女性主体的声音，如果说此前很长时期里女性的声音即使不是缺席的至少也是微弱的，虽然朦胧诗时期的舒婷等发出了具有女性特征的声音，但她们更多还是停留在普遍意义上的人的尊严、价值、权利等层面，其女性色彩还并不明显，但80年代中期的翟永明、伊蕾等则开始确立了女性的主体地位，她们发出了真正女性主体所独有的声音，这显然比之此前更进一步，更具"革命性"了。在《独身女人的卧室》中，多次出现了镜子、卧室、浴室、窗帘、女士香烟等极具"女性主义"特征的意象，这很大程度上标志着当代诗歌中女性的"觉醒"，这不但是身体的、思维的觉醒，同时也是语言和感知方式、表达方式的觉醒，具有重要的意义。女性主体的表白在如下的诗句中体现得非常明白："她自言自语，没有声音／她是立体，又是平面／她给你什么你也无法接受／她不能属于任何人／——她就是镜子中的我／整个世界除以二／剩下的一个单数"。

伊蕾关于身体、关于性的书写在当时引起极大的争议和道德恐慌，在当今的时代条件下，拉开了一定的距离，我们可以看得更清楚一些。实际上，关于女性身体以及性爱，伊蕾是以一种中性、非道德化的眼光来对待的，既没有将其罪恶化，也没有将其欲望化，而是一种客观的面对和真实的表达，在道德主义和禁欲主义积重难返的文化氛围中这无疑是一种"祛魅"，具有积极的意义。比如这样的诗写："像需要呼吸，需要吃饭一样／我需要身体所需要的一切"（《流浪的恒星》）；"你再也找不到比我更纯洁的肉体／我的肉体，给你财富／又让你挥霍／我的长满青苔的皮肤足可抵御风暴／在废墟中永开不败"（《我的肉体》）；"把我镶满你的皮肤／我要和你一起盛开／让我的嘴唇长成你的花瓣／让你的纸条长成我蓬松的头发"（《迎春花》）。"70后"的诗人朵渔如此谈伊蕾诗歌与"身体写作"："伊蕾的身体抒情不是狭隘的性别意识的觉醒，不是小女子的幽怨，而是更为原始的生命激情的喷发，是真正的'身体写作'。时隔十数年后，当我们这些新一代写作者们玩起撄犯身体伦理的写作行为时，真应该向伊蕾加额致敬。"（朵渔：《犹如雷电击碎大海……》，《南方都市报》2010年4月22日）另外需要注意的一点是，伊蕾关于身体和性的书写并未将之当做唯一的、至高的目的，而是与精神性、价值维度相关联的，或者说，即使是关于形而下的书写，也是与形而上相结合的，这一点与此后消费主义时代氛围中关于身体和性的欲望化处理明显不同，很大程度上后者的身体书写有更多的"享乐主义"特征，成为一种本体、自足的存在，但却有着丧失精神维度的危险。两相比较，可以看出伊蕾诗歌具有明显的1980年代的理想主义和人文主义特征。

但伊蕾还有另外一面，或者说她有更为"女人"的一面，她为爱痴狂、视爱如归、义无反顾地追求爱，她甚至就是为爱而生的女人。这样的诗行在她的作品中所在多有："哦，沉重的你，／坚定无语的你／朦胧中，我想象着你化作／一只强悍的手臂把我掳去／／我的眼睛就像赛罗提女人／那双眼睛／痴痴地绝望地／面对着你"（《在陌生的铁桥畔》）；"让我的理智从此漆黑一片／我愿意被你主宰"，"两束目光相撞成为闪电／赤裸的热情无处躲避／我放弃所有无谓的挣扎／唯一的道路化为乌有／（我不知道向谁请教）／向左还是向右／我来不及顾念后果／向前是盲目，向后还是盲目／即使乐曲永无止境／即使它在下一秒钟立即终结／你的目光使我堕入深渊／我因此死而无憾"（《情舞》）；"像黝黑的水泼在我身上／像岩浆陡然把我覆盖／我融化了／变成你胸前的一掬灰烬"，"可是，当我背转身去就想再见你／即使山洪没顶／即使误入深渊／只要再见你"（《像黝黑的水泼在我身上》）。从这些诗句来看，作者不但是"女人"，甚至是一个"小女人"，根本就不"女性主义""女权主义"。对于有的论者将伊蕾归为"女性主义诗人"，我不敢苟同，我认为伊蕾的一些诗确实具有女性主义特征，但总体而言她的诗并非典型的女性主义诗歌，以女性主义名之实际是将其简单化了。诗歌评论家张清华指出，虽然伊蕾的一些诗具有相对于男性中心和男权话语的尖锐性与挑衅性，女性意识明显，"但另一方面，伊蕾似乎对男女两性关系的思考又更加辩证，因为说到底女性永远与男性互为依存，因此这种反抗和挑战就命定地包含着不可逃避的悖论，伊蕾对这一点的认识堪为深刻独到"（张清华：《复活的女娲长歌当哭——当代中国女性主义的诞生与女性主义诗歌》，《文学评论丛刊》1999年第1期），这种论断应该说是比较全面和深入的。在我看来，女性主义很容易进入的一个误区是将所有问题都归因于其对立面、假想敌——男性，而忽视了对于各种权力关系更为复杂而深入的分析和探查。她们忘记了实际上男性并不见得就是必须打倒的对象,两性之间关系的平等、融洽、和谐才是更为合理、恰当的,否则就成了"女性霸权主义"甚至"女性法西斯主义"。伊蕾是一个热爱自由的人,她不愿承受外来的压制,但同时也不愿成为压制别人的人,相反,对于自己所信任、所热爱的事物,她可以不顾一切,甚至放弃自我去追求,这更显示了一种赤诚、无私和坦荡。评论文章《无伴奏的天鹅之死——伊蕾诗歌女性意识的迷失与艰难回归》(《名作欣赏》2009 年第 1 期)认为伊蕾的诗歌存在着"女性意识迷失"的问题:"她笔下接近完美、深受女性崇拜的男性形象,有这样的文化意义,既表达了新时期以来相当优秀的女性知识分子对理想男性的渴望,但同时,也流露出她们自身的不够自信,和对以'父/男'为象征形式的男性权威者的出于历史惯性的依赖和依附心理。"甚至认为伊蕾的若干关于爱情的热切表白"把女性的自尊和理性抛到了一边,完全沦为畸形的依赖男性的奴隶。"我的观点与此不同,我认为这与女性对于"男性权威"的依赖没有关系,而是爱的能力的一种体现,就像一位男性呕心沥血、赴汤蹈火去追求自己所钟情的女性也与"女性权威"无关一样。认为这些诗里女性意识缺失的观点恰恰是对于"女性意识"浮浅、皮相的理解,也是对于伊蕾精神追求的严重误读。正是因为懂得爱,有高度的自主性,她才会如此热烈、奔放地去追求自己的所爱,这恰恰是独立性和个性解放的表现,而不是相反。

三　"我为自由而生,也为自由而死"

　　伊蕾的诗歌是对自由的歌唱,她的爱、她的逃离、她的流浪,都是她追求自由的体现,她的诗中关于个人/社会、女性/男性、自我/他者等的书写,都能够在自由/反自由的框架中得到解释。"自由"首先便意味着"不自由",正如卢梭所言"人是生而自由的,却无往不在枷锁之中"，伊蕾关于自由的观念从来不是抽象、先验、绝对化的，而是在具体性和多样性中展开的，是与时间、空间紧密结合在一起的："自由，与生俱来的一物／被社会一寸一寸地剥夺／我落地生根，即被八方围困／我学会说话，便越来越恐惧地选择语言／我学会爱，便面对一万个先决条件"（《流浪的恒星》）。所以她既有这样热烈、粗犷的对自由的追寻："把我砸得粉碎粉碎吧／我灵魂不散／要去寻找那一片永恒的土壤／强盗一样去占领、占领／哪怕像这瀑布／千年万年被钉在／悬／崖／上"（《黄果树大瀑布》），也有较为温婉、沉静的对自由的领悟和感怀："静静的火焰从四肢升起／静如处女／静如霜后的北方／红叶满山／静如我初对你／静如我当年难以启齿说爱／静如我死后一百年／／折箭为誓／指天为誓／或者以死为誓／何如默默无言"（《自语》）。伊蕾在《和惠特曼在一起》中对于自由有着如此的直接抒发："和你在一起／我自己就是自由！／穿过海洋，走过森林，跨过牧场／我会干各种粗活／／看着你／像看我自己那样亲近而着迷／你的额头，你的健壮的脚趾／如同我的一样美丽"，"惠特曼／你的草叶在哪里生长／哪里就不会有真理的荒凉／／惠特曼／如果地球上所有的东西都会腐朽／你是最后腐朽的一个"，显然，这里面也包含了她对于自己精神追求的一种价值期许。

伊蕾是一个拒绝被归类、被整合的诗人，她与文学史命名，以及形形色色疾速更迭的各种"主义"无关，她只是她自己。如果一定要说"主义"的话，我认为她是一位理想主义者，以及广义上的自由主义者，她从未失去对于理想的追寻、对于自由的向往，即使为之经历磨折和苦难，她也从未放弃这一点。所以，虽然她的诗歌写作差不多在 90 年代中前期已经停止，但她的诗心、诗情并未消泯，她在人生中书写着另外的诗的篇章。她是将诗与人、生活与写作高度结合、高度统一在一起的，达此境界的可谓少之又少，同时，这样的诗人、诗作才更能够穿越时间的尘埃、打动不同的心灵。在《流浪的恒星》中，她发出了这样的自由的强音："我走得太累太累了／缓缓地倒在白云下"——

　　苍鹰啊，啄食我自由的灵魂吧
　　我为自由而生
　　也为自由而死

　　——这一个自由的灵魂，怎样地生活都堪称精彩。

第四辑
聚焦中坚

在"权利"与"权力"面前
——论郑小琼

郑小琼是一位"80后"的年轻诗人,她自2001年开始写诗,从2005年左右即获得了广泛的关注,并获得了诸多全国性、地方性的奖项,并堪称罕见地得到了民间、学院、官方的一致认可,而今郑小琼的名字在诗歌界已可谓无人不知无人不晓了。这在一定程度上称之为"郑小琼现象"都不为过,诗人发星也曾以"诗坛出了个郑小琼"[①]为题来谈论这一现象。到目前为止,郑小琼差不多成了中国"80后"诗人里面名声最大、受各方关注和好评最多的(当然,与此同时,关于她的争议可能也是最大的)。郑小琼的名字很大程度上是与"打工诗人"连在一起的,但实际上,仅仅从"打工诗人"或者"打工诗歌"的角度来看待郑小琼其人其诗,恐怕并不准确,至少并不完整,"打工"仅仅是其生活和写作多个面向中的一个,甚至不见得是其中最重要的部分。"打工诗人"的概念其实是把郑小琼的写作符号化、标准化、虚拟化了,遮蔽了其写作的丰富性,这种从题材角度的命名是对其诗歌写作本身的一种窄化。关于郑小琼身上"80后诗人"的标签,这当然也是一个有预

---

① 发星:《诗坛出了个郑小琼》,见《郑小琼诗选》,花城出版社,2008年版。

设价值立场嫌疑的指称，因为公众、媒体、研究界所谈论的"80后"
实际上与真正的"80后"或许并不搭界，是对其的误读、误解、误用，
包含了相当程度的"傲慢与偏见"。以出生时间来讨论诗歌并不科学，
作为"80后"的诗人并不是一个整体，从学理上、整体性地来谈论"80
后诗歌"其可靠性毫无疑问是可疑的，在现阶段讨论"80后诗歌"恐
怕只能是一种权宜之计，它作为一个文学史概念是难以支撑起自身的。
我们讨论作为"80后诗人"的郑小琼时会看到，"这一个""80后"
其实包含了对于公众视野和印象中"80后"的一种颠覆、修正，她身
上有着较强的代表性和阐释力，足以成为对当今时代诗歌和文化进行重
新解读和阐释的一个契机。郑小琼诗歌有着鲜明的本土性、时代特征，
体现着公民意识、权利意识，有着面对社会、权力、体制等的独立性追
求和个体意志，同时也由于其与"主流"之间关系的微妙而引起了一定
的争议，本文拟主要从这些角度对郑小琼的诗歌进行观照和讨论。

写什么：并非不再是一个问题

关于诗歌中"写什么"与"怎么写"的问题，近年来似乎早已是一
个过时、无需再议的话题，但仔细分析却又不尽如此。中国诗歌一直在
现实的泥淖中纠缠，在很长时间里更是被政治捆绑，"写什么"成为高
悬在头顶的"达摩克利斯之剑"，诗歌与时代、政治、现实之间被过度
僵硬、蛮横地捆绑在一起，其所产生的弊端早已有目共睹，这些自是不
在话下。自进入"新时期"以来，文学的本体性和独立性在一定程度上
得以恢复，"怎么写"的问题成为人们关注的中心，文学的技艺、修辞、
形式等方面的自觉性和进步有目共睹。放弃"写什么"的论争，着力于
"怎么写"，这已经成了近数十年另一种的"政治上正确"。然而，任
何的问题都有一个"度"，任何的矫枉过正、偏执一端都是容易出问题

的。我们看到，自 1980 年代后期特别是 1990 年代以来，诗歌界虽然各种写作取向层出不穷、风起云涌、城头变幻大王旗，貌似繁荣和多元了，但诗歌中的炫技、语言至上、趣味狭隘、去意义化等的种种问题随之出现，许多的诗歌写作越来越脱离时代与现实，诗人们躲进小楼成一统，沉溺于一种纸上的建筑或者词语的欢乐，诗歌成为一种过于精英、小众、封闭的存在。无论是对公共性的社会命题的关注和表达上，还是对个人生活和生命困境的揭示上，都显得苍白、匮乏。这样的诗歌很精致、很优雅，技术与语言堪称高明，但却缺乏感性的灵动、精神的锋芒和生命的痛感，日益成为某种趣味主义甚至犬儒主义的产物。固然，艺术自身的独立性、本体性、成熟度毫无疑问是需要强调的，但艺术却也不是脱离现实、放弃责任、拒绝担当的，更不应该仅仅成为自恋式的自我欣赏与自我陶醉。固然，自恋式的写作并非没有存在的合法性和必要性，但应该说至少是意义不大的。尤其是，当生活中的权力关系无处不在，当生活中普遍存在着生活的重负与内心的重压的时候，诗歌如果对此视而不见，一味沉醉于个我世界、自我把玩、自我欣赏的话，从写作伦理而言实际上是"可耻"的，因为它并没有对时代的真实状况做出反映，没有真正地自我发现和自我表达，而是粉饰和美化了现实，固化了现实秩序。从这个角度来看，"写什么"对当今的写作而言仍然是有意义、值得深思的。诗歌在当今时代的影响力越来越小，原因固然是多方面的，但与诗歌本身的凌空蹈虚、孤芳自赏、与时代和公众生活脱节不无关系。如果说此前对"写什么"的限制于艺术的发展而言是一种歧途的话，那么忽略"写什么"而仅仅着力于"怎么写"则是另一个方向上的误区，同样并非艺术发展的正途。正如邵燕君在谈论"底层文学"时所指出的："'写什么'和'怎么写'确实是文学的永恒命题，在文学史的各个时期会以各种名目出现，并且，每次不同提法都有明确的现实针对性。比如，上世纪 80 年代提出的'重要的不是"写什么"而是"怎么写"'，挑战的是现实主义定于一尊；今天，我们重新提出＇"写什么"依然很重要，并且决定了"怎么写"＇，反拨的是＇纯文学＇的惟我独尊。"①

在这样的背景下，进入 21 世纪以来出现的"底层文学""打工诗歌"便是具有重要意义的。它是对社会现实状况的一种反映，是对千千万万普通劳动者的关注和关怀，对于本身就身处底层、本身就是打工者的写作者来说，又具有格外重要的意义，其亲历者的身份与言说者的身份相叠加，具有更强的真实性与感染力。新世纪以来所出现的大量的"打工诗歌"创作，是接地气、与生活息息相关的，通过这样的写作，诗歌与写作者建立了血肉交融的联系，其人与其诗很大程度上具有着同构性，"言为心声"，诗歌说出了自己的内心，表达了自己的生活，有着感动人心的力量。由于这一群体一般而言是发不出自己的声音的，这种写作现象同时负载了代表其所在群体发出声音、表征存在、表达诉求的功能，因而也具有了一定的代言的特征，这在社会层面上无疑是重要的。而在诗歌的意义上，它代表了一种诗歌"向外转"的努力，是对过度"纯诗化"写作之弊端的一种有意或无意的抵制，也是对"诗歌走向大众"在当下时代的一种重新探索。这种写作其实也接通了从中国古典诗歌以来源远流长的现实主义精神，诸如"饥者歌其食，劳者歌其事""缘事而发""文章合为时而著，歌诗合为事而作"等用在这些诗歌身上都是恰当、贴切的。关于这一点，郑小琼本人曾如此说："现在我越来越觉得内心的暖流被过分炫耀的技术与修辞挤压变形，技术越来越盛行，越来越成熟，作为＇人＇的部分遭到挤压，我们的情怀与胸襟越来越小。这一切不仅投影在我们的现实生活中，也投影在我们的诗歌之中。""当诗人们如同杂耍艺人不断地卖弄着他们的技术时，真正的诗歌离我们的内心越来越远了。我一直想寻找一种有着体温的诗歌，它来源于生活，

---

① 邵燕君：《"写什么"和"怎么写"？——谈"底层文学"的困境兼及对"纯文学"的反思》，《扬子江评论》，2006 年第 1 期。

来源于被人们忽视的词语中，我努力在词语与生活中寻找它们共同的情感与温度。我必须在冰冷的生活中寻找词语的属于它自己的温度，我找到的是一个个汉字与词语。"① 在这个前提下来看"郑小琼现象"，就会发现它的必然性、必要性、合理性。

"另一个中国"，另一种人生

……，这是另一个中国，失业，下岗

工伤，断指，啊，这些被限制进入城市的低素质人群

代表发言，政协提议，小学生作文中早已经写清

为了创建卫生与旅游城市，禁止民工拥进首都城

他们活着是铁片国家的耻辱，太多的民工内心脆弱

不能承受 X 公斤重的痛苦，他们得了胃病，职业病

结石，血管里塞满了不满与怨恨，这些病变会给铁国

带来不稳定的因素，上访者开始进入下一个程序

品检员开始挑选不良分子，熟悉的铁块有了另一个面孔

这是郑小琼诗歌《在五金厂》的一个片段。相比于高歌猛进、波澜壮阔的主流叙事而言，郑小琼所写确实是"另一个中国"：失业、下岗、工伤、断指、上访、流水线、出租房、职业病、暂住证……或许，我们不应该说主流的、高速前进的现代化叙事就是不真实的，这"另一个中国"才是真实的，更符合实际的状况或许是它们都是真实的，是同时存在的事物的不同侧面。但现实的情况是，前者的存在过于强大，它在特定的语境中是唯一被宣扬、具有"合法性"的叙事形式，如此，"主流"

---

① 郑小琼：《词语的情感》，《艺术广角》，2012 年第 6 期。

的一方太强大了，而这"另一个"又太弱小了，被严重遮蔽，两者之间
理想的状况本应是共同呈现、互为补充、一起前进的，现在的状况则是
严重失衡的。同时，这"另一个中国"又是与为数众多的、个体的人的
生活和情感更为切近、密切相关的，对于个体而言说其具有更大的真实
性并不为过。在谈论郑小琼诗歌时，首先应该看到其对于"另一个中国"、
另一种人生、另一种真实的揭示。这种真实性赋予了其写作以意义，同
时也是其写作引人注目、产生广泛影响的原因所在。正如学者谢有顺所
指出的："这样的写作，向我们再次重申了一个真理：文学也许不能使
我们活得更好，但能使我们活得更多。郑小琼的许多诗篇，可以说，都
是为了给这些更多的、匿名的生活作证。她的写作，分享了生活的苦，
并在这种有疼痛感的书写中，出示了一个热爱生活的人对生活本身的体
认、辨析、讲述、承担、反抗和悲悯。"① 郑小琼将一种冰冷、粗糙、
非诗意的生活以诗歌的形式呈现了出来，这是一个"铁"的、充满"疼
痛"的世界②，又是一个对"人"的价值与尊严形成强烈挑战，人的主
体性被极度压抑的世界。在这样的情况下，生活如"铁钉"一般尖锐地
刺入肉体，无可逃避，只有艰难的忍耐、承受："有多少暗淡灯火中闪
动的疲倦的影子 / 多少羸弱、瘦小的打工妹在麻木中的笑意 / 她们的
爱与回忆像绿阴下苔藓，安静而脆弱 // 多少沉默的钉子穿越她们从容
的肉体 / 她们年龄里流淌的善良与纯净，隔着利润，欠薪 / 劳动法，
乡愁与一场不明所以的爱情"（《钉》）。生活被一种异质的力量所支
配，自己不再是一个人，而仅仅是一个工具、器械、物件："……我的
姓名隐进了一张工卡里 / 我的双手成为流水线的一部分，身体签给了 /

---

① 谢有顺：《分享生活的苦——郑小琼的写作及其"铁"的分析》，《南方文坛》，2007 年
第 4 期。
② "铁""疼痛"是郑小琼诗歌重要的关键词，已有林贤治、张清华、谢有顺、余旸、陈劲
松等的多篇论文进行专门讨论。

合同，头发正由黑变白，剩下喧哗，奔波／加班，薪水……我透过寂静的白炽灯光／看见疲倦的影子投影在机台上，它慢慢地移动／转身，弓下来，沉默如一块铸铁／啊，哑语的铁，挂满了异乡人的失望与忧伤／这些在时间中生锈的铁，在现实中颤栗的铁——我不知道该如何保护一种无声的生活／这丧失姓名与性别的生活，这合同包养的生活"（《生活》）。这的确是一种受迫、困难、"非自由"的生活，正如其诗歌《非自由》中所写："这些细微的不为人知的力量／它们在暗处，在心灵饱受压抑处／缓缓靠近生长在肉体的枝条／它们的阴影悬挂着，在狭隘中／我的惧怕来自于暗处的巨手／它们不知何时，何地伸出来／在不可能预想的时刻，它似蛛网纠缠着你／我无法说出它们的名字，说出它可能的出处"。通过这样的诗句，我们能感知到另外一种存在，它是黑暗中的光亮，是沉默中的声音，昭示了一种困难境遇中人的生存可能。这样的书写，通过对"非自由"的揭示而表达了对"自由"的渴望与追求，也在非诗意生活的书写中生发出了诗意，堪称是今日中国的"恶之花"。

这样的写作一方面是对社会现实状况的揭示，它关联、辐射到了许多的社会内容、现实问题，另一方面，则是对于被忽略的人的存在、被漠视的人的内心境遇的关怀。而这后一个方面，在我看来是更为重要、更值得讨论的。从文学的意义上来说，一个作品如果仅仅以题材、内容取胜，则其价值是可疑的，因为关注"问题"并非文学所长，而对"人"的关注才是其职责所在，正所谓"文学是人学"。郑小琼所写，并不是道听途说、理念化、想象式的"中国"，而是亲身经历、眼前身边、血肉交融的"我"与"我们"的生活，她表现的主要不是外在、宏观的社会现象和问题，而是一个个的人及其经历、体验、情感，是他们的血与泪、命运与反抗，是滚滚人潮之中微小却真实的"这一个"。她所写的一切，她的愤怒、她的驳杂，皆源于她的内心，源于这一切皆与"我"有关。

如郑小琼自己所言："诗歌是个体的独特性与包容性的共存。一个人便是一群人，一滴水便是一座海洋，一首好诗必须不断地接近写作者个体隐秘的深处，这样它才能抵达人类隐秘的深处，一首好诗的诞生是写作者内心隐秘的榨油过程。""诗歌是我个人的心灵史，它是我对生命的真实体验，在时光一分一秒的流动中，它如影相形就会显现出来。一个真诚的写作者会不由自主地滑入自身的体验之中，很显然，对于现在的我，是异乡的生存环境那么真实地选择了我，无论是肉体或是精神，它都影响着我，使我形成属于自己的诗歌。"[①] 如她在《他们》中为自己也是为一个群体所做的自画像："我记得他们的脸，浑浊的目光，细微的颤栗／他们起茧的手指，简单而粗陋的生活／我低声说：他们是我，我是他们／我们的忧伤，疼痛，希望都是缄默而隐忍的／我们的倾诉，内心，爱情都流泪，／都有着铁一样的沉默与孤苦，或者疼痛"。由于作者的这种亲历、见证的身份，她往往能够写出内心深处真实的感受、思考、切肤之痛，所以更能够感人。这也是其作品文学性的主要来源之一。正如评论家张清华在谈论郑小琼诗歌时所指出的："……她是属于这时代的现场、属于这生存黑暗、这时代创痛的诗人。""因为她具有这样的力量——具有将现实提升为生存、将生存还原为存在的力量。这是一种证明，因为在一个真正的好的诗人那里，才华和现实感从来都不是单独出现的。"[②] 因为这种揭示生存与存在的能力，因为其诗中充沛的生命激情、价值求索、个体命运，郑小琼的诗才真正立得住、站得起来，才具有其不可替代的"诗歌"意义。

郑小琼的诗歌其题材与内容有其特殊性，这是其引人注目、获得好评的原因之一，也是其引起争议的重要原因。在一些"学院派""纯诗""精英"的写作者看来，郑小琼的诗歌距离现实太近，比较原生态、粗糙，

---

① 郑小琼：《深入人的内心隐秘处》，《文艺争鸣》，2008 年第 6 期。
② 张清华：《当生命与语言相遇——郑小琼诗歌札记》，《诗刊》上半月，2007 年第 7 期。

不够"优雅"、从容、客观，诗艺上缺乏锤炼。这样的批评并非全无道理，但在我看来同样值得质疑，因为，当生活就是如此粗粝、粗糙、不优雅、赤裸裸、恶狠狠、血淋淋的时候，原生态的书写是否是更真实、更客观的？当以诗意或者诗艺之名要求这种秉笔直书时，是否会同时远离了生活的现场和感受的真实，是否可能失却了生命的血性与明晰的生命立场？甚至，这样的要求是否本身即包含了一种美学和价值判断上的傲慢与偏见？书写现实（当然是真正的现实）绝不是诗歌的原罪，它其实是值得提倡的写作伦理，我们需要警惕的是将诗歌作为反映现实的工具，是表面化、概念化因而也是虚假的对现实的书写，这里面一个关键的区别，是从问题出发还是从自我出发，是发出内心的声音、生命的痛楚，还是个体缺席、生拉硬扯、成为外在社会问题的传声筒，很显然在郑小琼这里属于前者。她的写作自然不可能没有问题，但应该看到，其所有的问题是在个体本位、从个体自我出发的，这是构成其诗歌"合法性"的基础性前提，否则，其价值与意义将大打折扣甚至近于瓦解。

公民意识，道德感

对于郑小琼的诗歌而言，其中一个重要的特征是体现着鲜明的公民意识。其诗中表现出明显的权利意识、责任意识、参与意识、自由意识等，包含了对于"人"和对于社会的关怀，诗中的"个我"意识更为明显，同时也显示了对于现实的强烈的介入、批判的态度。这种公民意识在郑小琼以及许多"80后"写作者的作品中均有较为明显的体现。关于公民意识，一般而言，"公民意识是社会意识形态的形式之一，它是公民关于自身权利、义务的自我意识和自觉认同的总称。公民意识包括公民对自身社会地位、社会权利、社会责任和社会基本规范的感知、情绪、信念、看法、观点和思想以及由此而来的自觉、自律、自我体验或自我

把握；还包括公民对社会政治生活和公民行为的合理性、合法性进行自
我价值、自我人格、自我道德的评判，对实现公民自身应有的权利和义
务所取手段的理解，以及由此产生的对社会群体的情感、依恋、感应和
对自然与社会的审美心理的意向。"公民意识主要包括人格意识、自由
意识、责任意识、义务意识、权利意识、制度意识等①。公民意识高涨
状况的出现与数十年来当代诗歌内部的发展脉络有关，同时与中国社会
的总体变革、发展阶段更是密不可分，是对于外部社会现实（自然也包
括内心的现实)的回应。随着中国改革进程的发展，社会矛盾进入多发期，
无论是哪个阶层都感到压力巨大、困难重重。诗人天生敏感，自然能深
切地感受到自身的痛苦、无助、匮乏，同时，也能够感同身受地体味到
他人的痛苦、他人所遭受的不公不义，感知到社会中无处不在的权力关
系与控制体系……所以，他们在诗歌中表达了对自我、对他人、对社会
深沉的关切。公民意识在诗歌中的体现越来越明显，虽然在具体创作个
案中表现各异，但作为其价值内核的自由意识、权利意识、责任意识、
参与意识等，却毫无疑问是越来越多、越来越明显了。此外，这种情况
的出现，和网络平权时代的大环境有关系，和新诗人的知识结构、精神
视野有关系，也和社会公众思想开化、启蒙与自我启蒙的程度有关系。
出现这种情况，自然是值得欣喜的，它预示了一种关于个人生活、社会
发展的新的可能性与前景。关于这一问题，郑小琼在接受访谈时曾说：
"现代人的意识最为基本的便是以个体尊严开始的，当把内心的尊严扩
大到社会群体，让群体与个人的尊严能够得到保证，独立思考和民主意
识，对生命的尊重与敬畏。我们个体的尊严得到了保证，个体的自由没
有遭受到损害，每一个个体的言论能够不被戴上这样或者那样的帽子。
我一直认为，人类的发展史本身就是一部人作为个体的解放史，在这种

---

① 姜涌：《论公民意识的基本内容》，参见《当代社会发展研究》（第 3 辑），何中华、林
　聚任主编，山东人民出版社，2008 年版，第 40—47 页。

不断解放的过程中，作为人群不断形成了他人和自我的自由与尊严得到了保障。而作为现代公民，个体的独立思考和尊严最能体现现代公民的核心观念，而由此推及人与自然、人与社会、人与家庭、人与自我之间的关系，公民本身便是具有公共责任的人民，作为一个公民要承担着这种公共责任，不逃避这种责任。"① 可以说，写作者的郑小琼既是作为"个人""个体"来写作的，同时也是作为"公民"写作的，作为公民的身份凸显了其身上社会责任、公共关怀的特征。

郑小琼诗中的公民意识大致有着一种二元对立的结构：面对宰制，强调自由；面对冷漠，强调尊重；面对等级，强调平等；面对怯懦，强调勇气；面对犹疑，强调行动……由于在现实语境中"对立面"的过于强大，而"另一种"声音的存在过于弱小，郑小琼诗歌大多是在这种或隐或显的二元结构中张扬这"另一种"存在的。她时而激昂时而沉郁，时而乐观时而悲观，时而愤怒时而沮丧，但其中一以贯之的，是对个体价值的尊重和对生活中某种"缺失"的沉痛，这种"沉痛"几乎是郑小琼诗歌的一种底色。正是由于感受到不自由、不完满、不如意、不应该，她才有话要说，并对诸种"不XX"说"不"，寻找另外的可能性。如此构成了她诗歌一种内在的驱动力。正如诗人朵渔曾提出"羞耻的诗学"，认为"知耻，方有勇，方可与虚荣对抗一阵。生而为人即知耻，生而为国人就更应知耻，生而为诗人，那就是耻上加耻"②，郑小琼也有一首长诗《耻辱》，其中表达了对于羞耻、耻辱的类似的感受："……如今我们／已在沉默中度过了许多光阴，我们已／无脸再为我们的过去辩护，内心的怨恨／永无止境，它似明镜，照着我们的内心／卑微的黑暗，我在血汗工厂里写着／下等诗歌，或者下等人挣扎的／嚎叫，它们有着黑色的翅膀／在它的阴影里，我双眼刺痛"。面对生活、生命中的

---

① 周发星：《独立行走的自由——郑小琼访谈录》，《创作与评论》，2012 年第 4 期。
② 朵渔：《羞耻的诗学》，《新文学评论》，2012 年第 3 期。

不自由状况，郑小琼有锐利的眼睛，更有坚毅的勇气，她敢于"直面惨淡的人生，正视淋漓的鲜血"，解析出温情脉脉的表面之下的权力关系，揭示出生活的某种冰冷本质。在《诗集》中，"局限于诗行的愤怒也被删改／在暴力的专制下　我沦落为／自己的敌人　美学如此／狼狈不堪　它被镀上了／不合时宜的思想　词语／不断地触到暗礁　思想／不再反抗　我不断地／扭正方向性的句子　用锉刀／磨去棱角　'尖锐的部分'／删改的伤口更像一个隐喻／更适于他们的美学原则"，关于暴力、美学、词语、思想的阐释可以说在整体上又构成了她诗歌写作的一种隐喻，沉静而有力。而在《集体》中，无疑，她发现了一种普遍性、共通性的时代秘密：

> 集体需要我们向它感恩　我们的肉体
>
> 灵魂　劳动　收获都是集体的　思想必须
>
> 单纯　动作必须协调　集体像一个冷漠的
>
> 净化器　保证它血统里的纯粹　集体
>
> 用高尚的名义将不合时宜的思想清理
>
> 将不守规矩的肉体清除　这些年集体
>
> 表演着无声的哑剧　它整齐统一的动作
>
> 让我深深地恐惧……

与比较明显的权利意识、公民意识相关，郑小琼在诗歌中往往有着比较明显的价值判断甚至道德论断，"道德感"是其诗歌的一个重要特征，也是其诗歌引起争议的一个方面。郑小琼诗歌通常爱憎分明，有强烈的道德义愤，这与其所处的位置、所见所闻、所思所感都有关系，对身处社会"底层"、承受生活、苦难、命运之重压的写作者来说，"道德"往往会成为一种价值选择，成为一种特殊的视角与动力，这种道德追求往往不无崇高之感，但有时候也容易陷入一种简单的、二元对立的格局之中，造成善／恶、正／邪、是／非、对／错的简单对立，不利于对于事物更为深入的探讨。"道德"本身并不应该是诗歌着重考虑的问题，过于明显的道德化对诗歌本身是一种窄化和限制（虽然，道德与诗歌的确有着千丝万缕的联系，诗歌不应过度道德化，但也不应反道德、去道德化，这其中"度"的把握非常微妙）。关于机制、体制、社会问题的揭露、批判是必要的，但其中也容易流露出一种自觉或不自觉的"道德优越感"，居高临下地进行一种看起来正确的评判，实际上却并未真正揭示出内在的问题，而是遮蔽了事物的复杂性，流于形式和浮表。而且，这样的写作如果形成了一种惯性的自我复制，可能会包含一种自我表演和自我感动的因素，不无虚假甚至欺骗的成分。这只是对于一种现象的泛泛而谈，具体到郑小琼诗歌中，总体而言其"度"的把握并无大的问题，有的问题只是露出了一点苗头，上述的言说更多只是一种提醒。就其作品中值得商榷之处而言，比如"受难者"角色的自我认定所伴随的道德化诉求过于强烈的问题，比如对某些社会现象如卖淫者的书写中道德化视角单一的问题等，可能就形成了对更为深入的思考和更为丰富的生活图景的呈现的阻碍。另外，应该看到，郑小琼诗歌其实是很丰富的，她有着多面性甚至内在的矛盾、分歧，而且自身也在发生着变化，"道德感"的问题（如果它是一个问题的话）相信并不会成为约束郑小琼发展的一个桎梏，更可能的，它会成为前进过程中的一个台阶。随着阅历的丰富和精神的成长，对"道德"与对写作的理解也会发生变化，其道德感的呈现必将更为开放、从容、宽阔。

"80 后"，"在路上"

郑小琼是一位"80 后"诗人，但说到"80 后"，郑小琼身上似乎又不具备人们通常印象中的"80后"特征。或者说，她虽然已经是"80后"诗人里比较典型、广为人知的个体，但她却不是典型的体现"80后"特征的诗人，这两者之间的背离颇值得分析。关于"80后"，几年以前曾经成为媒体、学界讨论的一个热点问题，在他们的描述中，"80后"被贴上自我、独立、叛逆、新潮、好高骛远、好享受等的标签。其间虽然也有一些冲突和矛盾之处，但大致是一种同质化的状况。这样的描述虽然在一定程度上可以成立，但其缺点也显而易见，它实际上是把一个极端复杂的问题简单化了。这一点正如评论家李敬泽所指出的，关于"80后"的叙述其实"夸大和纵容了我们文化中的断裂"，"中国文化自1840年以来，就在经历一个巨大的转型期，1990年代以来，社会和文化的转型更为剧烈。在这个过程中，人们容易不假思索地认为凡新的都是合理的、正当的。以'时代'的名义，缺乏理性地、近乎本能地'拜新'，这是一种病，这种简单粗糙的进化论把我们的文化变成了一种永无休止的时装表演，变成了永远不能稳定成型的化学实验，也使我们忘记了，人类生活中除了'新'之外，还有其他的价值尺度。"① 同时，从中国现实发展状况来看，上述的某些特征主要的是对生活于城市甚至大都市的"80后"青年的概括，而实际上，数量更多的出身于乡村的"80后"其个性特征恐怕就与城市的同代人差异很明显，前面的那些概括用在他们身上就不适宜，有些特征甚至是截然相反的。正如郑小琼所概括的："我知道更多的80后一代却是沉默的一代，他们来自于中国乡村，他们只读完了初中或者初中没有毕业就辍学了，来到沿海的工厂打工，他们的青春都丢在流水线上了，这群沉默的大多数是没有人注意的"，"当别人说着80后的特性，说着80后的生活和他们对生活的态度，我总觉得我或者我那些在工厂的兄弟姐妹们与报纸上说的那些隔得是那样

---

① 李敬泽语，见张健《李敬泽：给"80后"浇盆凉水》，《南方周末》，2005年9月15日。

的遥远。也许，我们与他们根本是两个不同的世界里的人。传媒上的那些喧哗、热闹不属于我们，哪怕我们是 80 后的最大多数，因为我们的沉默，所以他们忽视。更多的时候，在这些年里，在这个城市的生活中，我看到更多是属于 80 后崛起的一代，苏醒的一代，有责任感的一代”①。在这样的情况下，诗人郑小琼的出现是意义重大的，作为一个出身乡村、来到城市“打工”、身处社会“底层”的 80 后，她发出了自己的声音，将自己的工作、生活、所见所闻、所思所想以文字的方式呈现了出来，这可以作为一个庞大群体的代表，发出了一种被忽略的声音，呈现了一种被遮蔽的状况，这是对于“80 后”作为社会学和文化概念的一种发展和补充。这样的书写，如许多论者所指出的，具有很强的社会意义和现实针对性。而同时，它也具有重要的文学意义，因为它对文学与时代、与现实的关系进行了富有及物性和活力的表达，这种文学形态能够抵达更多人的内心，对时代的生存状况作出勘测，提供了文学在当今时代的另外一种可能。

说郑小琼是“80 后”诗人里的典型诗人相信应无问题。这种典型性其实颇为值得分析，因为一般来说，官方、学院、民间的评价体系各不相同，甚至颇多龃龉之处，但郑小琼的诗却似乎能够同时获得三者的青睐，这里面的原因仅仅用诗写得好恐怕是解释不通的。其之所以能够成为“郑小琼现象”，背后的社会、现实的因素恐怕是起到了更大的作用，是某些共同点的放大效应使她成了为各方所接受的“最大公约数”。所谓时势造英雄，“诗坛出了个郑小琼”原因固然有郑小琼个人的努力，但更重要的“推手”和更关键的因素则来自于或许连她自己也不清楚的某种外来力量。郑小琼其实也是被“塑造”出来的，哪怕一定程度上这并非其本人所愿，从这里我们看到庞大的权力暗影的存在。“权力”无

---

① 郑小琼：《东莞生存词》，《江南》，2009 年第 4 期。

时、无处不在，支配着生活的方方面面，其力量是无穷的、不可估量的。其实，关于权力尤其是主流权力的书写在郑小琼诗歌中是一直存在的，这一点尤其值得重视。郑小琼诗歌的价值，很大部分即在于站到了主流权力这一庞然大物的对立面，立足于个人本体，表达个体诉求。可以说，她的诗在"权力"与"权利"之间选择了后者，并且一直保持着警醒，这种个人的独立性是郑小琼诗歌最重要的特征之一。权力犹如庞大的黑洞，具有强大的吸附力和腐蚀性，在它面前，人的自主性、独立性无疑将受到极大的考验，而就郑小琼诗歌而言，她还是在很大程度上保持着个体的独立性，举一例来看，在她已经"成名"，当上了省人大代表、成为《作品》杂志的编辑之后，为了写作《女工记》，她长时间在广州与东莞之间做调查，"基本是周一去上班，周五回东莞，去工业区"，"这几年几乎有空都在工业区做女工的调查，然后跟女工回她们老家。几乎都在做这事。"① 这样的写作显然是比较"笨拙""出力不讨好"的，但从中我们可以真切感受到一种不卑不亢，一种清醒与自觉，以及行动的力量，可谓难能可贵。《女工记》的文本彰显了作为个体的尊严与价值，可以说是面对权力的一种隐忍然而有力的抗争，其写作的过程同样是在权力暗影下的一种坚持与拒绝，这一写作行为甚至可以视为她整个写作的一个隐喻。

郑小琼身上或许的确不无标本、符号的因素，而在此之外，更严峻、更重要的是诗歌本身的考验。她已经写出了为数不少的优秀之作，也写出了一些质量一般、不那么出色的作品，这都很正常，但最重要的，她是丰富的，她在改变，在寻求新的可能性，她的作品还"未完成"。路还长得很，而且，从根本的意义来讲，这条路上只有她自己"一个人"，正如学者林贤治曾提出的问题："我深信，诗是疼痛的产物，从本质上说，

① 熊焱、郑小琼：《一个时代里内心的韧性》，《星星》诗歌理论版，2013年第1期。

它就是生命本身。可是，就像布兰德医生说的，疼痛于人固然重要，但是有谁想要呢？郑小琼要吗？""在沉重的压力和众多的诱惑面前，一个人，到底能够坚持多久？"① 或许，这"一个人"的旅程，需要的正是坚持，"挺住意味着一切！"同样，年轻学者刘波所谈的问题，也是重要且针对性很强的："然而，当我们读多了郑小琼的作品而看不到新的变化，读她十首诗也像读了一首诗，不断地在她的散文中读到相同的情绪时，我们的审美疲劳如何消除？有些人的质疑，就不无道理。当一种美感被重复多次时，它似乎就不再是一种创造。郑小琼的例子摆到了我们面前，也的确为年轻诗人们提出了问题：怎样创造？如何转型？修辞是基本的手艺，但并不是诗歌的全部。如果80后诗人一直停留于玩弄修辞的阶段上，那重复写作的怪圈也就很难走出，持续的创造何以为继？"② 这些问题，同样需要郑小琼"一个人"在未来的时间中作出回答。

——"出名要趁早"，对年少成名的写作者来说，有的人一出现已经到达顶点，有的人则在不断地跋涉与前进，其创作的活力可以保持很久，其创作的高峰和顶点也要过很久才出现。对郑小琼而言，有理由认为她将属于后者，她还在路上，值得人们报以更高的期待。

---

① 林贤治：《郑小琼：从低泣到嚎叫》，《南方都市报》，2008年4月6日。
② 刘波：《80后文学的另一片风景——评郑小琼》，《新作文》，2011年第4期。

诗歌的重量
——论朵渔

在当今这样一个"娱乐至死""不可承受之轻"的时代，严肃的、沉重的东西越来越稀少了，于诗歌而言也并不例外。当下的诗歌几乎是在往浮浅、轻快、直白、世俗的方向上一路狂奔，它"与时俱进"，成为时代浪潮的随波逐流与推波助澜者。诗人们大都已经放弃了精英身份，"与民同乐"，成为语言或生活中的"享乐主义者"。当然，总有例外，仍有诗人与这个时代保持了足够的距离，对当今的时代生活进行着冷静的审视、反思、批判，他们拒绝轻歌曼舞、粉饰太平，拒绝醉生梦死、浑浑噩噩，显示了一种"异质性"：在一个"快"的时代，他们体现了一种"慢"；在一个"轻"的时代，他们显示了一种"重"；在一个"大"的时代，他们有意识在追寻和表达一种"小"……应该说，这样的诗人可能是更知悉诗歌之真谛的，他们的写作也是更有价值和意义的。从严格意义来讲，这种"异质性"的诗人在当下为数并不太多，朵渔应该是其中有代表性的一位，这里面有他诗歌文本的成熟度、创造性方面的原因，也有他独特的价值立场、精神追求等方面的原因。朵渔的诗歌以及物性、现实感、不妥协、不合作、自我意识、自我审视等为主要特征，在我看来，他的诗歌显示了一种"重量"，他的写作是一种有重量的写作。这种重量既是生活所强加给他的，也是他自我加码、自觉承担的，这种重量既体现了一种价值观、精神追求，也体现了一种写作的伦理。

从身体出发

谈论朵渔的诗歌不能不谈到"下半身"，一定意义上，朵渔是从"下半身"诗歌开始而广为人知的。虽然到目前为止对"下半身"诗歌的评价仍然毁誉参半，而且是毁者多、誉者少，但其正面的、积极的意义仍然并未得到应有的认知。这里面在我看来最关键的一点是，"下半身"其实昭示了世纪之交以来"身体观念"的苏醒、转变。随着社会的转型、文化空间的分化和消费主义氛围的日渐浓厚，长久以来备受压抑的人的身体重新复苏并"蠢蠢欲动"，以破除禁锢于身体与心理的枷锁，寻求欲望的正常抒发，争取"身体"本身的合法性。"下半身"诗歌正是在这样的背景下出现的，这应该是观照它的一个前提。在中国长期的禁欲文化传统中，"身体"一直是一种遮遮掩掩、欲语还休的存在，它从来不具有光明正大的身份，而只是实现某种抽象理念的工具（所谓"存天理，灭人欲"），但这实际上又为统治者所利用，成为思想钳制、精神奴役、社会管控的一种手段。身体从来并不单纯，它被多重因素所征用、开垦、改造，而"下半身"诗人所做的，可能恰恰是通过张扬"下半身"（身体）的活力、野性而唤起人们的身体意识，重申身体、肉体之美，并对附加于身体之上的伦理道德内涵与意识形态因素加以祛魅，恢复身体的自主、自由，追求一种新的感受、思想与生活方式。从这个角度来说，其意义是怎么强调都不为过的。

朵渔在 2000 年《下半身》甫出现时如此阐述其诗歌追求："向身体的无保留的回归，关注我们的肉身，关注我们的感官的最直接的感受，去掉遮蔽，去掉层层枷锁……""下半身写作，首先是要取消被知识、律令、传统等异化了的上半身的管制，回到一种原始的、动物性的冲动状态；下半身写作，是一种肉身写作，而非文化写作，是一种摒弃了诗意、学识、传统的无遮拦的本质表达，'从肉体开始，到肉体结束'。"①这种诗歌追求显然并不是孤立的，它有其发生的语境与基础，比如"第三代"诗人的于坚便在同样写于世纪之交的诗学随笔《诗言体》中说："诗自己是一个有身体和繁殖力的身体，一个有身体的动词，它不是表现业已存在的某种意义，为它摆渡，而是意义在它之中诞生。""没有身体的诗歌，只好抒情言志，抒时代之情，抒集体之情，阐释现成的文化、知识和思想，巧妙的复制。我理解的诗歌不是任何情志的抒发工具，诗歌是母性，是创造，它是'志'的母亲。"②这两者显然是有相似性的，内在精神是相通的，也反映了对当时诗歌界某种状况的不满和对另一种状况的追求。"身体"意味着原生、本真、创造、自由，它对于诗歌具有重要的作用，朵渔在回顾"下半身写作"时强调了它的关键词——"自由"："'下半身'的提出缘自一种对诗歌新精神的自由探索，这种探索不是题材上的，可能从来不是题材上的，而是一种新风格、新路径，意在摒弃或推翻所有臣服的、束缚人的诗歌形式，享受那种创造全新诗歌境域的、激动人心的写作上的自由。"③这种"自由"可能才是"下半身"写作最为核心的特征，它打开了幽闭已久的身体空间，解放了被压抑已久的身体能量。应该看到，"下半身"绝不仅仅是"性"，而应该是"身体"，虽然性话语、性书写确实是其最引人注目的部分，而且有的诗确实格调不高，有哗众取宠之嫌，但这更多是在"度"的把握上存在问题，其内在价值与意义却不应被忽略。如评论家谢有顺所指出的："（'下半身'）这里面有着强烈的反抗意义，也包含着很多有价值的

---

① 朵渔：《是干，而不是搞》，诗歌民刊《下半身》第 1 期，2000 年 7 月。

② 于坚：《诗言体》，见《2000 中国新诗年鉴》，杨克主编，广州出版社，2001 年版，第 446 页。

③ 朵渔：《意义把我们弄烦了》，人民文学出版社，2004 年版，第 180 页。

文学主张，它既是对长期处于统治地位的反身体的文学的矫枉过正，又是对前一段时间盛行的'身体写作'中某种虚假品质的照亮。"①作为"下半身"诗歌的命名者，朵渔的诗似乎是"下半身"群体里最不"下半身"的，但另一方面，作为核心成员，他又是深谙"下半身"诗歌精髓并将之体现得最为明显的诗人之一。

朵渔的诗歌一直是有"身体"存在的，这个身体既有情欲的、欲望的成分，也有感受力、行动力的成分，还有反抗的、拒绝宰制的成分，体现着多重、复杂的内涵。在《野榛果》中，作者主要写了青春期"小兽般的冲动"："在越省公路的背后，榛子丛中／我双手环抱　她薄薄的胸脯／一阵颤抖后，篮子扔到地上，野榛果／像她的小乳房纷纷滚落／她毛发稀少，水分充足／像刚刚钻出草坪的蘑菇"，这种冲动充满诱惑、不可捉摸，"而快感却像／地上的干果，滚来滚去／坚硬但不可把握"。这首诗写出了身体的隐秘冲动，而《妈妈，你来救救我……》则写出了身体的切肤之痛："临近中年，前程在折磨我／能够放弃的已经不多，能够得到的／均是未知。昨夜的一次占卜／也在瞬间变得暧昧／如这场大雨，模糊了玻璃，看不清／里面的白，外面的黑／妈妈，你听到那知了的叫声了吗？／那么急迫，像是一场崩溃……"这首诗表达了内心的某种"绝境"，将最真实的自己袒露了出来，却表达了一种具有共通性的情绪与处境，具有感人的力量。再如《日全食》，通过父亲的身体看到了时间对人的改变，并使"我"产生了深深的触动："他不行了，白发覆盖了他，／不再似当年　连夜往安徽贩大米，／把发情的小母牛　按倒在田埂上。／他将铁锹扔向井台／拉开了栅栏门，在他身后／是一大片的田野和极少数的鸟群／整个村庄都保持着沉默／只有很小的阴影跟着他／那是谁投下的目光呢？／我抬头望天／一轮黑

---

① 谢有顺：《身体修辞》，花城出版社，2003 年版，第 32 页。

太阳，清脆、锋利，／逼迫我流下泪水"。我们看到，朵渔的诗是将肉体与灵魂、形而下与形而上进行了较好结合的，如他自己所谈："肉，在生活里慢慢成长，丰满，散发着异香，那是灵魂的栖居。我们要为肉而写作。""'沉重的肉身'并不排斥灵魂的参与，这是一个常识，身体参与我们的写作，灵魂亦自在其中。"[①] 这样的写作路向无疑属于写作的正途。在这里之所以强调诗歌中的身体性，是因为我们看到了太多没有身体、无病呻吟、自欺欺人的写作。而对朵渔而言，"身体"是一个起点、出发点，它意味着及物性、可靠性、有效性，同时也是对诗歌写作中的知识化、理念化、游戏化的一种抵制和纠偏。

说出时代的秘密

当今社会已经形成极其严密的控制体系，每个人都只是整体机制中的一部分，它已形成强大的惯性，如一头蛮不讲理横冲直撞的钢铁怪物，人们只能在它的缝隙中生存，却很难对之做出改变，更不可能完全逆转、脱离它。绝大多数的人们对这一状况早已习焉不察，失去了判断力与想象力，以为这是"从来如此"、天经地义的，而这样做的结果，却是高度认同了不尽合理的机制，并将之凝固化、合理化了。这样的控制体系、权力关系无时、无处不在，构成了每个人的现实生活，构成了日常生活中的暴力，正所谓无处不政治、无处不权力。面对这样的状况，可悲的是许多的人们不但不自知、自重，反而生出了对"政治"（广义而言）与权力的无限崇拜与热爱。朵渔曾对此论述道："一种厚颜无耻的信念也正淹没一切，那信念就是：权力无所不在。这不再是一个天才当道的世界，一切均在权力话语之下心悦诚服。专制和势利也渗透进诗

---

① 赖小皮：《"我的诗歌不杀人"——朵渔访谈》，《中国诗歌研究动态》第2辑，2007年4月。

人的肌肤，一个时代的诗人群体变得浇薄、谬戾"①，而朵渔，在我看来是最为敏感地意识到了这种暴力，并对之进行了冷静的审视、深刻的剖析、强烈的抨击的诗人，至少就我视野所及，在年轻诗人中似乎无出其右者。他如同指出皇帝没穿衣服的孩子一样，以一种陌生的、本真的眼光重新打量这个世界，做出了许多令人惊奇的发现。其实，这原本是诗人的题中应有之义：诗人应该以绝假纯真的"童心""赤子之心"来看待世界，他是拒绝成见、拒绝意识形态灌输的；诗人应该是"众人皆醉"中的那个独醒者，也应该是在普遍的黑夜与黑暗中最早睁开眼睛寻求光明的人；诗人是"异动者"，他不与大众在一起，却往往能够为之提供价值观与标准、尺度、方向……尤其是在当今时代的中国，在"成功学"笼罩的主流价值观体系之下，诗人的姿态与立场更是值得辨析。许多的诗人成了"成功人士"，更多的诗人在为"成功"而努力奋斗，当然也有的人自知"成功"无望而自暴自弃、自甘堕落，但"成功"无一例外是他们的梦想，是他们内心所认同和追求的。但是，也有诗人为了个体的自由而从这个体系中脱身而出，自觉选择做一名"失败者"、边缘人。朵渔曾经有一份"体制内"的工作，这是一份足以保证衣食无忧并且能够满足某种"虚幻的价值感"的工作，但后来朵渔却主动辞职，与体制内身份挥手作别。朵渔在一次演说中说："（我爷爷）他一生最大的愿望，就是希望我能端上一个公家的饭碗。我后来的确端上了这样一个铁饭碗，但最终我还是亲手把它砸了。我不是讨厌碗里的饭，但我讨厌盛饭的碗。"②关于"饭碗"与"体制"，他在另一次访谈中说："不能为了一口饭吃而无耻到底。我们曾经历过的那个集体生活真是太奇怪了，有多少恶的质素从中滋生啊。一个长时间陷入集体中的人，会被一

---

① 朵渔：《诗人不应成为思想史上的失踪者》，《上海文化》，2009 年第 2 期。
② 朵渔获"华语文学传媒大奖·2009 年度诗人奖"的获奖演说，见《南方都市报》2010 年 4 月 8 日。

种特殊的状态同化，集体的毒汁会杀死全天下的蝴蝶。这是一个非人的、完全不可理喻的体制，能在这个体制里如鱼得水的家伙都是天才。"①他对于"体制"的拒绝无疑是值得人们深思的，而扔掉这样一个吃饭的"碗"固然不一定意味着道德的高尚，但其立场和勇气的确非常明显地呈现了出来，尤其是在绝大多数的人（包括诗人）削减了脑袋而向体制献媚、邀宠、投诚的情况下，其间的对比不能不说意味深长。

《妈妈，您别难过》这首诗大概写于朵渔辞职后不久，他写出了当时内心的挣扎与艰难，具有真实、迫人的力量："秋天了，妈妈／忙于收获。电话里／问我是否找到了工作／我说没有，我还呆在家里／我不知道除此之外／还能做些什么／所有的工作，看上去都略带耻辱／所有的职业，看上去都像一个帮凶"，"工作"而成为"耻辱"，"职业"而成为"帮凶"，初听起来或许让人大惑不解，然而仔细想来却又让人颔首称是，在重重的权力关系面前，"耻辱"与"帮凶"何曾稀有，分明就是一种普遍现象。诗中接着说："妈妈，我回不去了，您别难过／我开始与人为敌，您别难过／我有过一段羞耻的经历，您别难过／他们打我，骂我，让我吞下／体制的碎玻璃，妈妈，您别难过／我看到小丑的脚步踏过尸体，您别难过／他们满腹坏心思在开会，您别难过／我在风中等那送炭的人来／您别难过，妈妈，我终将离开这里"，"您还难过吗？当我不再回头／妈妈，我不再乞怜、求饶／我受苦，我爱，我用您赋予我的良心／说话，妈妈，您高兴吗？"这里对"体制的碎玻璃"进行了详细的描述，有爱、有恨、有愧，在个体事件的叙述中包含了极丰富的内容。诗的最后以一个个人化的细节结尾，却极具深意："就像当年，外面下着雨／您从织布机上停下来／问我：读到第几课了？／我读到了最后一课，妈妈／我，已从那所学校毕业。"我们看到，"已

① 安琪、朵渔：《我们是天下人，平等的观念与生俱来——第十五届柔刚诗歌奖得主朵渔答诗人安琪问》，《星星》诗歌理论版，2010 年第 10 期。

从那所学校毕业"的朵渔走在了一条更艰难，但也更具价值感和可能性的道路上。

　　长诗《高启武传》在我看来属于那种可遇而不可求的作品，它将个人与社会、过去与现在、诗与史进行了高度的融合，有着极丰富的历史容量与审美内涵。这首诗既写出了个人的悲剧化生存和命运，又折射了数十年民族国家的曲折历史，并通过"我"的视角对之进行了审视与反思，见微知著、鞭辟入里，所以它在近年产生较大的影响是毫不足怪的。《高启武传》全诗分五节，以河堤记、翻身记、粮食记、牛棚记、墓边记为题，选取了爷爷一生中若干重要的节点进行叙述，同时在每节之前有文言序文，这与鲁迅《狂人日记》的文言小序有同工之妙，都具有复调的特征，为作品增加了厚度与张力。全诗通过对一个卑微的小人物的书写，同时呈现了数十年来社会、政治的翻云覆雨、波诡云谲，写出了人、人性在重压下的退缩、变异、挣扎，在不经意间呈现了一部"大历史"，这是以人为本位的历史，也是被忽略、被遮蔽、被忘却的历史。这首诗还让我们看到，现在的诗歌仍然具有记录历史、反映现实的功能，或者说，诗歌仍然是具有成为"诗史"之可能的。

　　在朵渔的诗歌中，对意识形态规训的机制与表现有着集中的书写，其中的诸如开会、会议、档案、书记、校长等可以作为"关键词"来进行解读：

　　黄鹂结束了，／蚂蚁在持续。女生结束了，／校长在持续。／我告诫自己：上山／要多走弯路。深山结束了，华南虎／在持续。姓王的刽子手结束了，姓江的／在持续。（《多少毒液，如甜品……》）

　　某种危险潜藏着／书记们在楼上开会（《滴雨巷》）

冷空气正在北方开着会议，我等着／等着你们给我送来一个最冷的冬天。（《冬天来了》）

啊，校长先生，请为白云另起一个名字。／两个小偷急转身，相互撞伤了头，对视一笑，走开。／我是不是该满面羞红去跟书记认个错？（《愤然录》）

我出借过三十年光阴／五千张纸条，三篇悔过书／两封告密信／／一瓶红墨水。／／他们还给我一份／档案：“该同志……”（《该同志……》）

从这些诗句中我们可以看出，朵渔对意识形态的规训与控制极其敏感，他从人们最习以为常、司空见惯的地方，却见人所未见、言人所未言，揭示了在温情脉脉的生活表面所暗藏的专横与暴虐。以“开会”而言，它是如此普遍，几乎成为每个人日常生活的一部分，但通过朵渔的诗句，我们却可以观察其中话语权力的问题，作为“统一思想”的手段，它可能同时意味着单一体系的强行推广和大面积覆盖，而同时伴随的是多样性的丧失和个体意志的泯灭，如此的发现显然是足以让人震惊的。朵渔的诗正是通过这种对寻常事物的重新审视而让人们看到了生活的另一面，对生活中暗藏的权力关系的揭示，对时代精神状况痒处与痛处的触摸，以及对现实生活中普遍存在的不公、不义、不合理、不自由的书写，的确说出了这个时代的诸多秘密。这些秘密有的是为人所知，但却不敢说、没有勇气说的，还有的则是融入日常生活之中，为人们所习焉不察的。朵渔的诗由于这种对于秘密的言说，而具有了超出风花雪月、寻常日用的意义，体现出当今时代诗歌写作中并不多见的启蒙特征，以及强烈的人文性与批判性。

直面内心的深渊

如果说外在的世界是一个永远无法穷尽其奥秘的谜的话，每个人的内心世界同样也是深不可测、无法捉摸、不可穷究的，甚至可以说，每个人的内心都是一座深渊。人的内心充满了矛盾、焦虑，总是处在变化、动荡、犹疑、幻灭之中，人的一生其实是在跟自己的较劲、斗争中度过的，每个人的最大敌人正是他自己。当然，不可否认有的人的确显得"通体透明"，似乎全无矛盾与焦虑，但这种情况要么是一种伪饰，是虚假的自欺欺人，要么则是一种回避，是不敢正视自己，不敢与真实的自己交锋，不敢面对内心深处的自己。面对深渊，不同的人有不同的处理方式，有的人小心翼翼，绕道而行，有的人浅尝辄止、退避三舍，还有的人则毫不回避、勇往直前。对以人的精神、灵魂为业的作家、诗人来说，忠实地表达自己的内心是最基本的要求，如果说在古典时代"人"还有着整体性，内心的深渊特征尚不明显的话，那么在现代社会，人的整体性已然失去，个体已然分裂为碎片，此时作家、诗人面对这种深渊处境并由此出发进行思考与写作已经成为一种必然，非如此已经失去了真实性和有效性。在一定意义上说，对"人之死"、对内心深渊处境的应对体现了"现代性"的一个重要特征。在这方面，我们看到，朵渔的诗是直面内心深渊的，他既显示了勇气，也显示了自信与智慧。

直面内心、自我与直面时代、社会其实是统一的，是同一件事的两个方面，说出时代的秘密需要勇气，直面自身的软弱、怯懦、犹疑同样需要勇气，走到社会的对立面显示了个体的独立立场，走到自身的对立面，进行审视与批评同样也显示了不自恋、不伪饰的个性。在朵渔的诗中，自我的形象从来不是"高大全""伟光正"的，而往往是充满了矛盾、疑惑、焦灼、自否的，他的诗往往有一种内在性、多面性、矛盾性，它并不"提供"答案，不是给出特定的论断，而是引发人的思考，打开问题的可能性。在《最近在干什么——答问》中，他写道："最近在思考。呵呵，有时候也思考 / 思考本身。这正是悲哀的源头 / 也就是说，我常常迷失于 / 自设的棋局 / 有时想停下来，将这纷杂的思绪 / 灌注进一行诗，只需一行 / 轻轻道出——正是这最终之物 / 诱惑我为之奔赴。"这种"自设的棋局"所显示的正是其内在、自省、反思的特质，它赋予了朵渔诗歌以深度和丰富性。也正因为有了这种过程，那"最终之物"才更可靠、更有价值。在《都不是》中，他列举了种种的"不是"，这实际上便是自我怀疑、自我否定、自我批判的一种体现："十月，雨不是。十月不是。我在雨中 / 走了很久，那恋人般痛苦的滴落不是。/ 早秋不是。鸽子不是。汇进合唱里的尾音 / 不是。杀手不是。刺客不是。小巷深处的夕照 / 不是。斧头不是。爱上斧头的镰刀不是。冷不是。/ 库存的爱不是。二楼阳台上的孤独不是。微茫不是。/ 厌烦不是。雨中的烟花不是。消磨在啤酒桌上的灰尘 / 不是。欠债还钱不是。赶鸭子上架也不是。/ 孤松不是。岸柳不是。康梁不是。帕斯卡尔不是。/ 马克思和恩格斯不是。我父亲的烧酒不是。"如此等等，作者一方面是在寻找种种的可能性，而同时又指出了限度，做出了否定性判断。这首诗的最后写道："文学不是。/ 包括伟大的文学。稻草不是。内心的平静不是。/ 通往深山里的拖拉机不是。有一次我在一片林间空地 / 发现一束从雾中折射的光，充满了忧伤与宁静，我以为 / 那就是了，其实也不是。都不是。"作者并没有指出什么"是"，这种"是"或许是没有标准答案的，而种种的"不是"显示的则是一种过程，一种态度、立场。

　　朵渔打开了自我的内心世界，呈现了一个多向度、多层次、有内在复杂性的精神主体。这是一个有勇气，并有持续的自我反思、自我修复能力，因而能够不断抛弃旧我、不断前进的个人主体。这样的主体在当下的语境中似乎是越来越少了，许多的人动辄以"老子天下第一"的姿态自居，一味"一往无前""高歌猛进"，殊不知暴露的却是自己的浅薄与无知。朵渔的直面自我同样为他的诗带来了一种沉思、内敛的品质，有内在的张力，有丰富的理解与阐释空间。在《2006年春天的自画像》中，他写道："我，一个幽闭的天才／从冬季燃尽的烟灰里／爬起来，捞出被悲哀浸泡的心／晾晒。已经／很久了，我习惯于这样／透过一扇窗，看天气／不再咬牙切齿地写诗／诗的虚伪，诗的狭隘／诗的高蹈和无力感／已败坏了我的胃口，让我／想要放弃"。同样的由于这种自我反思，使朵渔在汶川大地震中写下了那首广受好评的《今夜，写诗是轻浮的……》。这首诗最为特殊的地方，便在于跳出了一般的沉溺于悲痛、抒发本能情感的写作路向，没有停留在自我感动、自我安慰的层面，而是更进一步，发出了自我何为、诗歌何为的反思与追问。面对巨大灾难，任何血肉之躯的个体都是渺小、软弱的，这是人、人类无法改变的宿命，而由语言、文字构成的诗歌尤其显得无能、无力，因为它并不能阻止哪怕一块砖石的落下，也不如一片面包、一杯水能够给予生命直接的救济。但是，写出这种悲哀、无助、无力的处境，这本身又是有力量的："今夜，我必定也是／轻浮的，当我写下／悲伤、眼泪、尸体、血，却写不出／巨石、大地、团结和暴怒！／当我写下语言，却写不出深深的沉默。／今夜，人类的沉痛里／有轻浮的泪，悲哀中有轻浮的甜／今夜，天下写诗的人是轻浮的／轻浮如刽子手，／轻浮如刀笔吏。"这种力量体现在，意识到自身的无能、无力可能恰恰是力量的源泉，正如知晓自身的无知其实是智慧的起点一样。人的宿命在很大程度上便是向死而生、知其不可而为之，这种清醒的自我反思、自我意识体现的正是人类的可贵、伟大之处。

朵渔有一篇诗学随笔《羞耻的诗学》，其中说："我认为'羞耻'也可以规范一个诗人，我愿意修行一种'羞耻的诗学'。知耻，方有勇，方可与虚荣对抗一阵。生而为人即知耻，生而为国人就更应知耻，生而为诗人那就是耻上加耻。"① 这种羞耻感，给了朵渔以勇气，也给了他以智慧，使得他无论在面对时代、面对庞然大物时，还是面对自己、面对晦暗幽深的内心时，都始终保持着清醒的立场，并且具有了强大、源源不断、生生不息的力量。这种羞耻感于诗人而言是一种自我要求和自我修养，于诗歌而言则体现了一种写作的动力和伦理。

"民间知识分子写作"

在当今中国的现实语境中，诗人的身份或立场并非是一个不重要的问题，以何种姿态面对世界、面对生活，往往制约甚至决定了其写作的价值与意义。在这其中，朵渔所提出的"民间知识分子写作"的说法我认为很有深意，颇值得分析。在一次访谈中，朵渔说："在'民间'和'知识分子'最为对立的那两年，有人问我属于哪一派，我说我是'民间知识分子写作'。"② 在我看来，"民间知识分子"确可代表诗人朵渔的身份与立场，体现了他的自觉追求。

"民间"与"知识分子"之所以在 1990 年代的诗歌界成为两个对立的概念，实际上是一种历史的误会，它主要的并非源于价值立场、美学取向的不同，而更多是由于两拨人之间话语权力的争夺和具体人事的矛盾纠葛。究其实，这两者并不应该是对立的，很多方面甚至还是统一的，比如，民间能够为知识分子提供安身立命的所在，而很多的知识分子不但身处民间，其价值立场也是民间的、独立的，等等。"民间"一般而言与"官方""体制""权力"相对，它是一种拒绝宰制的自由、自主

① 朵渔：《羞耻的诗学》，《诗探索》理论卷，2011 年第 3 辑。
② 安琪、朵渔：《我们是天下人，平等的观念与生俱来——第十五届柔刚诗歌奖得主朵渔答诗人安琪问》，《星星》诗歌理论版，2010 年第 10 期。

的空间，具有如韩东所论述的独立精神与自由创造品质①。真正的诗人应该具有民间立场，或者说应该是有民间性的，因为如此他才能尽可能避开权力的笼罩与异化，与之保持距离，对之进行审视，也才能具有悲悯之心、温润之爱，写出具有生命力、为社会大众所接受的作品。另一方面，则是"知识分子"的问题。如萨义德所指出的，"知识分子是具有能力'向（to）'公众以及'为（for）'公众来代表、具现、表明讯息、观点、态度、哲学或意见的个人。"②严格意义上的知识分子应该是代表公众说话的人，或者说是代表公众而向权势、权力叫板的人，他是社会的一种纠偏、校正的力量，是社会的良心。诗人与知识分子之间是一种独特而微妙的关系，有的诗人身上知识分子的特征较为明显，有的诗人则并不明显。但总的说来，诗人至少不应该拒绝知识分子的属性，这种属性在我看来最重要的是一种"公共性"，也就是说，他代表着社会的良心，应该站在广义的"人"的立场上来思考问题，应该代表"每个人"来说话，而不是囿于一己之私自说自话。这一点正如朵渔自己所说："我尊重同行们的各种创造。但我觉得，只要在这个时代还有那么多苦难和不公，还有那么多深渊和陷溺……那么，诗人的任何轻浮的言说、犬儒式的逃避、花前月下的浅唱低吟，就是一件值得羞耻的事情。"③这种"公共性"无论对于诗人还是对于知识分子来说都是共同的。诗人身上的"知识分子性"其实是对其写作品质与意义的一种保障与提升，如评论家张清华所指出的："（我）认同和赞美诗歌对一个时代、一个民族的精神与道义承担，因为诗人就其本质而言，就是一个民族最核心的知识分子——中国古代知识分子的角色和精神，主要即是由诗人来担当的。

---

① 参见韩东《论民间》，《芙蓉》，2000 年第 1 期。

② 〔美〕萨义德：《知识分子论》，单德兴译，生活·读书·新知三联书店，2002 年版，第 16—17 页。

③ 朵渔获"华语文学传媒大奖·2009 年度诗人奖"的获奖演说，见《南方都市报》2010 年 4 月 8 日。

不论他是用口语还是雅语，住在京城还是外省，显赫于世还是流落民间，我们需要和看重的是他身上的'知识分子性'，而不是他的外表身份。"①实际上，在当今情况下，许多体制内的知识分子已经丢失了知识分子的精神与灵魂，要么成为权力体制的一部分，成为同谋、既得利益者，要么则攀权附贵、卑躬屈膝、歌舞升平，成了犬儒、帮闲。真正的知识分子虽未绝迹但确实已成"珍稀动物"，在当下的中国其实更有必要追问："知识分子都到哪里去了？"（弗兰克·富里迪语）在这样的情况下，朵渔民间知识分子的选择，便不能不令人钦佩了。"民间知识分子写作"是朵渔对于自身的清醒的定位，同时也是一种自我要求，这一身份认同或许显得有些另类，但实际上本应属于写作的"常识"，这一道路肯定不无艰难、不会平坦，但却前途远大、昭示了一种全新的可能。

这种"民间知识分子写作"的自觉追求与身份特征，也赋予了朵渔一些与众不同的特质：比如，他可能比许多的知识分子更像一位真正的知识分子，他也比一些学者、评论家更为接近真正意义上的学者、评论家，此外，他可能还是一位当今时代已经稀有的思想者、思考者，一位勇者、斗士……他的精神疆域之丰厚、深沉、高迈，他的精神自省与持续成长，他的勇毅与坚韧，不但在当今的诗人中是特别的，在当今的知识界也是有着特殊意义和代表性的。诗歌写作成就的高下，归根结底还是诗人人格、境界、视野、胸怀的比拼，与此相比，诗歌的技艺、修辞、语言方式、美学风格，虽然必要，但其实是基础性、低层级的，无关大道。诗歌，归根结底是与价值观、思想观念相关联的，否则，至少其意义不大。而在价值观的问题上，朵渔及其诗歌，应该说已经初步显示了一种新的价值观的雏形，他有一篇文章叫做《真正的影响力取决于价值观》，其中说："我认为，一种文化或文学的国际传播力，取决于它所

---

① 张清华：《价值分裂与美学对峙——世纪之交以来诗歌流向的几个问题》，《文艺研究》，2007年第9期。

提供的价值观，而非一国之经济或武力。如果你输出的价值观不能为世界人民所接受，再强大的经济和武力可能都于事无补。"①这是就大处而言，而同时应该看到，朵渔的写作一直是有其自我定位和独特追求的，价值观的问题其实是朵渔写作中最具价值和意义的核心问题。

朵渔谐音"多余"，据说这是其被选作笔名的原因。朵渔大概很早就知悉了人的悲剧性命运以及诗歌写作的限度，他痛感人之生存是多余的、诗歌也是多余的，因而用了这样一个事实上不无沉重意味的名字来命名作为诗人的自己。"多余"作为对世界、对人生的一种描述，很有概括力，于当今越来越小众、成为一种"秘密交流"的诗歌而言，似乎尤甚。从这个角度来说，诗人朵渔从一开始便知其不可而为之，其对"多余"的指认恰恰也是对于"多余"的反抗，其中包含了犹疑，同时也包含了勇气。此种情形，让我想起鲁迅的诗句"寂寞新文苑，平安旧战场。两间余一卒，荷戟独彷徨。"在我看来，作为诗人的朵渔所面临的处境也与此相似，他站在"无物之阵"，踌躇满志，却又四顾茫然，他以手中的笔作为战斗的武器，却又深知这一战斗本身毫无胜利可言。"荷戟独彷徨"的多余者显示了一位彷徨者、犹疑者的形象，同时也包含了呐喊、战斗的成分，实际上更是一位勇者、战斗者。朵渔的诗歌是有重量的，这种重量，使他没有轻飘飘地随风摇摆、不知所踪，而是使他立足大地、直面现实，同时真正具有了飞翔、超越的力量。这是一个"大时代"借诗人之笔的沉重发声，是一个有尊严的灵魂的挣扎与呐喊，更是一位勇者的自我担当与顽强奋斗。

---

① 朵渔：《真正的影响力取决于价值观》，《名作欣赏》，2012 年第 1 期。

一意且孤行
——论徐江

　　我这个战区

　　就一个人　一支枪

——徐江：《花火集·792》

　　作为诗人的徐江是有争议的，有的人喜欢他有的人不喜欢他，而且不喜欢他的人恐怕还要多于喜欢他的人。"江湖中人"（所谓"诗江湖"果真贴切）谈到徐江，首先想到的往往还不是他的作品，而是他的人，比如他的"好斗""刻薄""狂妄"，等等，徐江经常被标签化为一个"恶人""坏人"。这一现象其实是有问题的，至少，对一位诗人来说，关注其文本比关注其人更为重要，此其一；其二，即使是他的诗歌文本中有反道德、反伦理等所谓"恶"的因素，也不宜简单地将之与作者本人价值取向画等号，因为他可能正是以之为手段而做出某种揭露、展览、批判，其间的情形非常复杂。以徐江作为观照对象，可能首先需要去除附着在他身上的厚厚的（而且是负面的）道德油彩，如此才可能较为客观地对其进行观察。诗人徐江的价值其实不在其"话题性"，而主要的在其诗歌文本的创造性，作为 1990 年代以来"民间写作"的重要诗人，他诗歌创作所独具的特色，他诗歌文本的价值与意义，可能都并未得到足够的关注和重视。本文拟主要以徐江的诗歌作品为对象，对徐江的诗歌创作进行总体式观照，在历史与诗学的双重视野中进行一定的价值界说。

一　有感而发、言之有物、抒情性

徐江在北京师范大学上大学期间开始诗歌写作，其时他与几位同学伊沙、侯马、桑克等形成了一个诗歌写作的小圈子，共同走上了诗歌之路。80 年代的后期可以说赶上了一个诗歌"青春期"和理想主义精神的尾巴，他们的写作受到了"朦胧诗""第三代诗"的影响，但他们摆脱"影响的焦虑"的时间很快，逐渐形成了自己的个性，并在 90 年代站到了诗歌的"前沿阵地"，几位诗人也渐次成为后来被称为"90 年代诗歌"的代表性人物。这其中，有感而发、言之有物、直接、简洁、有力等大约是他们的共同追求，而与 80 年代诗歌中多重的意象、繁复的隐喻、乌托邦情结、史诗追求、语言诗学等的取向判然有别，在一定程度上也可以说，他们是以对于 80 年代诗歌的"反动"而树立其诗人身份的。当然，即使是对同一个写作圈子来说，每个人也是不一样的，徐江、伊沙、侯马、桑克其实也不尽相同、各具特色，具体问题仍需具体分析。

徐江的诗大抵有感而发、率性而为、言之有物，其中可见真性情、真自我。这其实本应是诗歌写作的一种常识和常态，但如果结合其开始写作时 1980 年代后期的文化环境，却又不能不说是难能可贵的。因为彼时诗歌界"炫技"之风盛行，文化转向、语言转向、现代主义、后现代主义、史诗、解构……颇有些让人应接不暇。而在这些"新技术"的背后，折射的则是面对新世界的新奇、奋起直追时不我待的焦虑、价值多元意义消解之后的虚无与混沌等诸种情绪的勾兑。在这样的情况下，守本心、发乎情、不做作、不故弄玄虚便显出它的意义来了。我们看到，徐江的诗虽然也有一些学徒期的模仿之作，但在有感而发、言之有物的方面却从未偏离，尤其是对于彼时非常流行的生硬晦涩、不知所终的文化寻根，以及进行词语的暴力拆解与肆意组合的语言游戏这两种写作维度，他都保持着高度的疏离与警惕，从这个角度来看，徐江起步期的创作即可谓持中守正。他回忆早期写作时写道："我写我童年时的那种孤独，因家中没有住房而体会到的那种既具体又空无的零余感，我对城市四时变化的观察，对光阴逝去的困惑……这使我比别的初学者有了更开阔的捕捉诗的领地。"[①] 他早期的诗《窃贼》写道："我选定一个黄昏 / 潜入家门 / 以便不被他们瞧见 / 我从异地归来 // 靠着厨房角落 / 我坐下来享受 / 瞬间的美妙 / 边盘算该偷些什么 // 后来我睡去 / 岑寂中被哭声唤醒 / 我看见童年的我泪流满面 / 用小手擦抹窗上的雾气 / 窗子越干净 / 外面的雾越深 // 我记起了此行的目的 / 对　我偷 / 他的哭声"，对于时间的敏感对一位诗人来说是至关重要的，诗歌写作一定意义上正是对一去不返的时间的对抗，是对之的挽留。我们看到，徐江在这里甚至显出了某种"多愁善感"，这有些出人意料却又在情理之中。在《雁雀》中，他主要写的是童年的"孤寂"和"忧郁"："童年时，我每每沉于 / 孤寂。有时 / 那种无言的抑郁 /（你们知道的）/ 会袭来，抽打着 / 阳光下 / 我的嬉戏，玩偶，以及 / 水洼中飘浮的 / 一两枚枯黄的，树的幼叶。"他写小的时候"我坐在教室里 / 面向黑板，有一点儿神不守舍。/ 没人注意我 / 我悄悄侧头，望着窗外：辉煌的 / 下午阳光中，麻雀在窗台跳 / 有一两次 / 白云浮动的蓝天上 / 一排雁群飞过去。"写这首诗时的"现在"虽然已经时过境迁，但是"我是多么地留恋，少年抑郁中 / 那一次次被迫记下的 / 残忍的下午 / 它尚含希望的夕光呵。"在二十出头却已开始"怀旧"，确可称得上少年老成，

---

① 徐江：《叼着烟与经典握手》，《杂事与花火》，（澳大利亚）原乡出版社，2004 年版，第 237 页。

也显示了其之所以成为诗人的天赋异禀。

《辞书》《为人类喝彩》在徐江早期的作品中较具代表性，它们都表征了作者面对历史、面对人类的一种普遍性认知与感受。如他在《辞书》中指出的："一排排辞书站在我面前／嘈杂的响声闹成一片／'妈×、混蛋、妈拉个巴子、丫挺的／丢老姆、他奶奶、锤子敲你先人板板'／／我现在不用翻书／就查清了人类的历史"，这种书写，显然与鲁迅对于"吃人"的历史的发现非常类似，只是徐江在这里面对的是"人类的历史"，指出的是在人类文明背面的一些文化基因和存在。《为人类喝彩》则取字面意义的反义，写了"原子弹的爹""艾滋病的妈""屈死鬼""当官儿的"，"姑娘"一次次向鱼贩子"盛开"，"狼变成狗"勤奋吃屎，"焚尸炉"加紧建设，"鞋刷擦着"月亮等等现象，这里的"喝彩"分明不是"喝彩"，或者说，是"喝倒彩"，其所指向的是一种负面而颇具普遍性的文化和社会状况。虽然是写较大的文化议题，但是作者从具象入手、从自我出发，因而并不给人虚浮空泛的感觉，相反是真切且能感人的。在1980年代末的诗歌作品《悼念一个北京的孩子》中，作者显然将"诗"与"史"合而为一了，诗的开头说："北京的孩子死在故乡的街上／勒韦尔迪的书说／'有时一个词足以把一首最美的诗葬送。'／／没有火灾发生／没有水／吞没世界／但在那世上最漫长的黑夜／毁灭，披着滴血的大衣／在硝烟的城区潜行……"对于这样一个悲伤事件，"我看见／我们的童话顺流远去。／我想起有一个时期／一个叫狄兰·托马斯的青年俯身英格兰的草坪／为他的伦敦哭泣。"而此事在"我"心中引起的震动则不可谓不巨大："而我的声音被紧紧锁住／再无笛声，／再无幸福的鸟儿翩然飞翔。／此刻　我置身欢歌人流却再难唱出一支歌／哪怕是首忧伤的怀乡曲／它当年宛如一面旗帜／在我与我同龄的少年心中飘扬。／北京的孩子死在他故乡的街上／那最后的钟声将为谁敲响？"这种现实书写既是对良知的考验，也是对诗歌技艺的考验，因为热烈的情绪很容易将诗歌本身灼伤，使艺术性下降，我们看到，徐江较好地实现了两者之间的平衡。

徐江早期的诗歌情感性很强，有较强的抒情特征，但其抒情方式与此前"朦胧诗"的隐喻、象征、公共抒情不同，其个体性更为明显，多书写与自我有关、眼前身边、亲身经历、深有感触的人与事。书写方式也大多直陈其事，并不"朦胧"，更不会让人不知所云一头雾水。他早期的作品如《好妈妈，老妈妈》用的甚至是一种比较"老套"的手法来书写对母爱、亲情的发现与珍视，在技法上或许没有太多可讨论之处，但是其表达的感情却是普泛性、永不过时的。这甚至可以作为徐江作品中的一个基调来看待：他对世界并非是没有爱的，他此后虽然不时以愤怒、愤恨对人，但那未始不是源于另一种更为强烈的爱，他只是较为吝啬地表达他的爱与赞美而已。徐江诗歌的"抒情"是作为一种基调、底色存在的，与知识化、理念化的写作相对，它内在地保证了诗歌的有效性与感染力。现代诗的抒情虽然不是唯一的，甚至也不是重要的，但实际上抒情之于诗歌又是不可少的，只是其抒情方式发生了较大的转变，正如徐江自己所坦言的："'反抒情'其实也是一种抒情，只不过它采取了异乎寻常的方式。艾略特、金斯堡都有抒情的因素。伊沙在某种程度上可以算是我们这一代诗人中最会抒情的一个，他抒情得很巧妙，至于我本人，当然责无旁贷是位抒情诗人。诗歌就是抒情的嘛。如果有朝一日，诗真的不能抒情了，那你们想想，它成了什么？"[1]

二　反乌托邦、口语、"民间写作"

1980 年代中后期以来，于坚、韩东、伊沙、徐江等诗人代表了诗

---

[1] 徐江：《答〈葵〉所提出的十七个问题》，《我斜视》，青海人民出版社，1999 年版，第 169 页。

歌中祛魅的向度，他们使诗歌回到了日常的、生活的层面，在此基础上寻找和生发诗意，而不是一味高蹈、飞升。这种反乌托邦的特质并非没有哲学上的追求和深度，而只是以一种较为平易的面目出现，相比不接地气、假大空的乌托邦写作，其内涵反而是更为丰厚的。在徐江的诗歌中，日常化、生活化、反乌托邦、反自我装饰是其一贯的特征，这一点与徐江所谈论的"俗人的诗歌权利"有关，在徐江看来，诗人写作应该是作为一个"俗人"（而非所谓的精英）来写作，应该真诚、有一说一，而不是故弄玄虚、自欺欺人，"我们能不能在保有自己诗歌趣味的同时，多写一些自己感兴趣、身边的普通人也感兴趣的作品？我们能不能把远离诗歌已有多日的读者，稍稍地再汲纳回一些到诗歌中来？我们能不能在写诗和谈诗时不那么满脸神圣、不食人间烟火？你在家中跟父母或妻儿说话肯定不是这个样子，那你干吗不能用一副和生活中同样的表情嘴脸来轻轻松松地写诗呢？除非诗在你这儿不单是为和读者袒露心扉、还要用来'做秀'！"他进而指出："尊重俗人的诗歌权利。为俗人们写作。这个信念在我不算漫长的十几年写作历程中不时地跳出来，提醒我，让我看看我自己写的东西是不是过于狭隘、过于不知所云了。"① 这个问题的提出是有针对性和特殊意义的，其背景便是 90 年代以来"知识分子写作"。注重知识体系、精神高度、技艺锤炼的"知识分子写作"在这一时期事实上占据了强势的地位，形成了一定的霸权，而对其他的诗歌存在造成了一定程度上的遮蔽。我们看到，"90 年代诗歌"一定程度上的体制化、固化成了后来所谓"民间写作"的靶子。这里面的问题显然由来已久，有的学者便认为："在这里，真正被动应战的，是一再被遮蔽、被忽略、被排斥在'阐释话语权力'之外的'民间'一方诗人，亦即非'知识分子写作'圈内的诗人

① 徐江：《俗人的诗歌权利》，《诗探索》，1999 年第 2 辑。

以及大量代表着更新的诗歌生长点的年轻诗人。"① 世纪末的"盘峰论争"是如上所述诸多矛盾的一次"总爆发"（徐江是这次会议的"主将"之一），这一"爆发"打破了诗歌界的某种格局，并改变了新世纪诗歌的某种走向。这种论争当然涉及话语权的争夺和利益分配的问题，涉及具体的人与事的纠葛，但还是应该看到，其背后是两种诗歌观念、诗歌美学的交锋与对峙，这后一点是更为重要也更具意义的。这种论争为此后的诗歌发展带来了新的契机，有着积极的效应，如诗歌评论家罗振亚所论述的："这场诗学论争是先锋诗歌内部一次开诚布公的大面积的平等对话，众声喧哗激活了诗坛人人敢于站出来亮明观点的热烈民主氛围，打破了诗界十几年来秩序井然、温文尔雅却又过分沉寂的局面，增添了诗坛的生机和'人气'，两种写作方式、审美观念间的冲撞为诗歌发展带来了契机"②。这种变化也可以看做徐江、伊沙、于坚、韩东等的"民间写作"为新世纪诗歌所带来的一种积极的"诗歌遗产"。

在诗歌《住校诗人》中，徐江以自嘲的口吻写了自己也曾当过"住校诗人"（毕业以后没有合适的工作，仍然住在学校），他们"在宿舍烟雾和噪声里／把杯中白酒和劣质咖啡／送入腹中　我和朋友们／迈出成长的第一步／／打工　被训斥／接受生活／对我等的流放／寂静中听一支曲子／落泪到天明"，"我在饥饿中寻求／这个国度最好的诗句／别人也一样／我们趟开杂草／把种子播下去"，结尾则"总结"了其普遍性意义："所有对于虚妄生活的反抗／以及对美的坚定／也都是从那时开始的"。这种"对于虚妄生活的反抗"和"对美的坚定"道出了他价值取向和美学选择中的一个重要方面，在《给……》中，其诗句"我哭了／扑倒在消逝的美面前／／真是这样的呵／这就是我已走过的半生"同样表达了与之类似的立场。这样的写作距离内心、心灵、感受更近，

① 沈奇：《中国诗歌：世纪末论争与反思》，《诗探索》，2000年第1—2辑。
② 罗振亚：《朦胧诗后先锋诗歌研究》，中国社会科学出版社，2005年版，第236页。

而距离知识、理念、修辞、技术更远，与之构成了一种紧张关系。如他自己所指出的："许多当代诗的写作，仍是变了形的风花雪月、学识炫耀、理趣游戏和身心发泄，仍是一种'伪现代'"。① 这和于坚在世纪末发表的影响较大的文章《穿越汉语的诗歌之光》中所表达的观点非常接近："这个充满伪知识的世界把诗歌变成了知识、神学、修辞学、读后感。真正的诗歌只是诗歌。诗歌是第一性的，是最直接的智慧，它不需要知识、主义的阐释，它不是知识、主义的复述……诗人写作是神性的写作，而不是知识的写作。在这里，我所说的神性，并不是'比你较为神性'的乌托邦主义，而是对人生的日常经验世界中被知识遮蔽着的诗性的澄明。"② 实际上，他们也的确属于"同一阵营"，有着近似的立场与追求，都包含了对某种庞然大物的怀疑，都在颠覆一种权力构型、解构一种话语模式。

徐江诗歌在语言方面主要使用口语，这一特点在其"同道"伊沙那里更引人注目、为人所谈论更多，实际上徐江在口语的方面同样走得很远，他不但有创作实践方面自觉的探索，也有着理论方面的深入思考。如他指出："现代诗里的'口语'与日常的口语最大的不同，就在于它在书写的同时，能够进行自我提纯。那种把方言、时尚用词、网络用语随意搁置在诗行中的做法，充其量只能看作是某些水平不高、天赋有限者的一次冒险或试验。在很大程度上，它们更靠近人们所说的'口水诗'，本质上与'诗的口语'无关。两者犹如《水浒传》中'李鬼'和'李逵'之间的关系。""诗歌中的'口语'不是生活口语的原样，它们永远要经过作者天赋和其诗歌美学的剪辑与润色。纯天然的口语，多数时候在诗歌中呈现的是散漫，只有挤掉它身上的水分，现代诗对天然与自由的

---

① 徐江：《给诗歌的献词（2003）》，《诗探索》，2003 年第 1—2 辑。
② 于坚：《穿越汉语的诗歌之光》（代序），见《1998 中国新诗年鉴》，杨克主编，花城出版社，1999 年版，第 13—14 页。

追求，才能得到充分亮丽的显现。"① 应该说，对口语诗的这种认知是
很深入、很到位的，口语具有活泼、生动、自由的特质，但同时也可能
带来随意、复制、泡沫化、无意义化等的问题，只有扬长避短，才可能
真正为诗歌开辟出一条广阔的道路。我们看到，徐江等的口语诗写作者，
的确为 1990 年代以来中国新诗增添了一种新的气象和可能性，改变了
此前诗歌的某种格局，诗歌中的口语写作（或者说口语诗歌）日益发展
壮大、逐渐成为当今诗歌中的主流，它容或包含了某些负面因素、产生
了不好的影响，但其正面意义是应该首先被认识到的，无视这一点是不
客观、不公允的。

三　一个人与世界的关系："杂事诗"

自 2002 年起，徐江的诗歌写作发生了一次重要的转型，他开始了
以《杂事诗》和《花火集》为主的长诗写作，而短诗作品则大幅减少。
从徐江此前写作重感兴、非体系、随意、自然的特点出发，他本不会属
意于传统意义上那种体大思精、结构严密、体系严整的长诗写作。那么，
徐江之与"长诗"产生如此机缘，要么是徐江的写作发生了一次写作立
场与观念上的变革，要么则是他所写作的长诗与一般意义上的长诗并不
相同。我们看到，更多的应该是属于后者，他的写作主要的还是沿着此
前的逻辑展开，他的长诗其实仍多为短制，其之为"长"诗更多的在于
诗歌内在的精神线索、精神主题层面，而不在传统意义上的情节、结构、
故事等层面。实际上，新世纪以来，类似的长诗写作的探索并不少，伊
沙的《唐》、侯马的《他手记》、沈浩波的《蝴蝶》等，这些作品都在
外在形式上比较松散，而主要是靠内在的精神一致性和向心力形成一个

---

① 徐江：《论"现代诗"与"口语"》，《诗探索》理论卷，2011 年第 4 辑。

整体，甚至有诗人认为他们在"试图以集体的力量改变人们对长诗的观念"①。徐江的《杂事诗》的确在文体方面走得较远，与通常意义上人们对长诗的理解迥然有异，仅此就值得人们进行认真的观照。关于自己与一些诗歌同人的长诗，徐江曾提出"诗著"的概念，希望"用诗去写一本书"甚至"一本专著"，他指出："诗著的出现，代表着汉语诗歌中一个更复杂分支的诞生。它比过去人们见到过的长诗、组诗、史诗篇幅更庞大，内容更包罗万象，结构也更复杂且富于变幻，在写作上也更加考验作者的专注程度。它承袭和拓展了以往大型诗歌体裁的言说功能，也根据新时代文体阅读的发展，做出了体裁和技法上的创新。"② 这一方面显示了徐江关于长诗的清晰的问题意识，同时也能够体现其在长诗写作方面的追求。

关于《杂事诗》的主题，徐江接受笔者访谈时说是"一个诗人与世界的关系"，他在与侯马的对话中则详细阐释道："《河》是《杂事诗》一个突然性的开篇。某一天福至心灵，突然想为我从小就喜欢的海河（我很小的时候就常让母亲带着在它的浮桥、铁桥等各式各样的桥上走来走去）写一首颂诗，但人到中年，又不太想写成国外那种高蹈式的颂诗，我想从纯私人的角度，写写一个注定生命有限的人，与一条源远流长的大河的关系。写完之后，我渐渐发现它为我打开了一条通道：我可以顺着这条通道一直写下去，去勉力呈现一个诗人与他生存的世界的关系——亲密与冲突，并在语言的自由与控制、题材与呈现之间，探索抵达和谐的不同形式。"③ 徐江是天津人，海河在某种意义上可以说是天津的"母亲河"，《杂事诗》自海河写起，其实颇具象征意味，它既是现实、

---

① 天津"80 后"诗人王彦明语。此处关于长诗的叙述受其启发，特此说明并致谢。
② 徐江：《惶然与写出》，见 http://blog.sina.com.cn/s/blog_49207f660100h3c7.html。
③ 侯马、徐江：《关于〈杂事诗〉：落叶纷飞中的问与答》，见徐江《杂事诗》，江苏人民出版社，2009 年版，第 207 页。

地理意义上的一条河流，更是文化、生命、个人意义上的一条河流。如其诗中所写："那种清冷与陌生／令我深深为之沉迷／穿上好奇和渺小／重回空阔童年的某个场景／而每当／盛夏的熏风拂面／我仿佛看见了我渺茫的向往／正逆流而上"（《河》）。这条"河"与个人记忆、个人生活有关，构成了"我"的世界，构成了生活的某种边界，尤其是，它还是精神的家园和归宿，是与个人的追求和向往息息相关的。在这样的背景下来理解《杂事诗》，我们就会发现这首诗其实并不像表面看来的那么"杂"，正所谓形散而神不散，这首诗面对的是"我"与"世界"的二元结构（两者不一定对立，但确为两种不同的存在），处理的则是两者之间的"关系"，这种关系有张、有弛、有直奔主题、有旁逸斜出，但始终没有离题太远，而是构成了这种"关系"的不同侧面。这种"关系"因而是弹性、生动的，有张力，脱离了一元宰制，富于诗性与想象空间。在此基础上，我们可以说，这首长诗表达的其实是一个人的精神世界或曰精神成长史，如此，全诗便具有了特殊的意义。

徐江的《开场白》在一定程度上可以代表其与"世界"、与"人群"的态度，诗如下："我今天／站在这里／只是代表／那些／被你们／过去／现在／将来／误读的声音／／体会一下／孤独"，这里所说的"误读"与"孤独"显然并非个案或例外，而是一种根本性、宿命性的处境，如此表述既有着对于个体命运的体察，同时也显示了主体的强大。在《自我介绍》中，他如此表达自己的立场："下面将要出场的这位诗人／在过去的二十年／创作生涯里／／始终努力着／不像你们知道的／任何一位中国诗人那样／／甚至／不像你们熟悉的／任何一个中国人那样／／去写作／和思考／他怀疑任何洪亮的声音／／也怀疑所有卑贱的声音／警惕地监控／每个阶段的自己"，诗人，的确既需要怀疑"洪亮的声音"，又需要怀疑"卑贱的声音"，更需要自我反思、反省，"警惕地监控／每个阶段的自己"。只有这种不停的怀疑、不断的反思，诗人才可能获得真正的个人立场，并对自我与世界的关系进行调整，从而避免偏执、停滞、僵化，这是保持创造性的重要前提。徐江在《杂事诗》中的自我形象其实也是其一直以来形象的延续：爱憎分明、直言不讳，有时甚至显得不无刻薄。这样的形象难免争议，但其实也是见诗人真性情的，正如在其诗集《杂事诗》封面所写："我写万物——这是一种狂妄，万物写我——则是一种谦卑"，实际上他的诗中既有"狂妄"又有"谦卑"，两者是交织混合在一起的。狂妄时则指点江山、睥睨众生，有类造物主，谦卑时则瞻前顾后、小心翼翼，"低到尘埃里"，这也和鲁迅之谓"横眉冷对千夫指，俯首甘为孺子牛"颇为近似。比如《种族歧视》里的徐江，便显得有些"狂妄"："我对不知感恩的人／怀有种族歧视／／我对全心全意／忧国忧民的人／怀有种族歧视／／我对到处讲黄段子的人／怀有种族歧视／我对一点黄段子都不听的人／怀有更大歧视／／歧视／不爱国的人／歧视人／随时爱国"，这种"歧视"，当然并非真正的歧视，而是借此表面自己的立场和态度。他的一些诗中甚至自称"寡人""朕""孤"等。这其实并不能表明徐江目中无人，很多时候是刻意为之，甚至是故意的反讽。实际上在内心他是充满爱、充满关怀的，正如他的《无人设问》中所体现的：

——有一天，你会厌倦吗

——厌倦？当然。现在也会厌倦啊。而且，一切。

——你真的会厌倦吗

——每个人都会。每天，每时，每分

——那么，厌倦这一切

——是呵，一切。或许，除了爱⋯⋯

说到爱，说到悲哀，徐江如下的夫子自道说出了部分原因："这一如大学时的我，表面上没心没肺，与大家乐成一片，独处时却无时无刻不深切感受着生命有限、光阴流逝、人与人内心注定无法靠近的悲哀。这悲哀是驱使我这些年一直写下去的根本所在。写作在我看来，是一个人独斗荒诞的唯一利器。一个人的内心越强大，他内心所感受的荒诞，就越无边无际。人注定无力取消和缩小荒诞，但他能凭借着这种搏斗让自己坚强起来，正视自身的残缺。而一个好的角斗士，他的格斗方式当然是不拘一格的，诗歌中的嬉笑怒骂，便因此而来。"① 这其实道出了徐江诗歌写作的奥秘和主题：一个人面对世界的悲哀与孤独。这其实也是严肃的写作者不得不面对的一个宿命，是真正的写作所不断重复的母题之一。徐江的《杂事诗》风格不尽相同，但这种"悲哀"的底子是一直在的，看不到这一点恐怕并未真正理解他的诗歌。这种悲哀，从另外的角度体现出来，便是一种关怀、悲悯、爱。

《杂事诗》作为长诗还有一个重要方面在于通过记"事"而达到的写"史"的功能。这里面既有个体所经历的事件，又有公共事件、社会事件，但无疑，通过诗歌书写都成了个人化的历史，成了记录个人生活和社会生活的载体。因为这种功能，其作为长诗的统一性也就体现出来了。这可以说是对一段个人所经历的时光的记录，有其所亲身经历的个体性事件，有其身边小范围的事件如逛商场、看球、拆迁等，也有更大范围内的社会公共事件如"非典"、海啸、地震、奥运等。从这首长诗中，既可以看出个人生活和精神历程、价值取向的若干特征，也能够看出一个时代悄然潜行的侧面和剪影。它所保留的，是细节，是个人的感悟，是诗意闪现的高光时刻。诗人伊沙在论述《杂事诗》时说："这部巨型长诗，靠什么来结构？我从诗中找到的答案是：岁月和一个人的生

---

① 侯马、徐江：《关于〈杂事诗〉：落叶纷飞中的问与答》，见徐江《杂事诗》，江苏人民出版社，2009年版，第212页。

命时光！"① 这应该说堪称知人之论，点出了这首诗颇为内在、一般人不易发现的写作奥秘。徐江在《杂事诗》中"所谋乃大"，他是有"野心"的。徐江曾说这首诗他要写作一生，到目前，这首诗仍在生长着，我们现在对它来进行盖棺论定式的评价显然为时尚早，但从其现在的规模、现有的水准来看，它已堪称立意高远，而又非常抓人、耐读，的确难能可贵，其在长诗文体上的探索上尤其值得重视。

四　一个人的世界："花火集"

如果说《杂事诗》写的是"一个人与世界的关系"的话，《花火集》则可以说是"一个人的世界"。或者说，前者着重写一种"关系"，而后者则着重写"自我"，写自我瞬间的所闻、所见、所感、所思、所悟。《花火集》每首诗均为两行，其形式和容量上的限制显而易见，可谓已达到了"极限"，作者显然是希望在这种极端受限的情况下超越限制、追寻自由、生发诗意。徐江自述道："至于为什么选择双行体作为每首诗的固定限制，原因很简单，我想通过该书的写作，完成对汉语诗歌在容量极限上的探索——在最短的篇幅里，一个人到底能说出多少？所以，相较于《杂事诗》那种'松弛下的凝聚'，《花火集》更偏重于一种'规整下的自由'。""唯一在整个过程中激励我的就是：在有限的、克制的言说空间里，对无限内涵与想象的追求。"② 如此的形式对诗人提出了更高的要求，而我们看到，《花火集》诸诗的确达到了一种"规整下的自由"，在短短的两行诗中包含了丰富的内涵与诗意，意在言外，引人入胜。

"花火"本指礼花、焰火，它在瞬间开放，但璀璨、美丽，能够长

---

① 伊沙：《序言》，见徐江《杂事诗》，江苏人民出版社，2009 年版，第 11 页。
② 徐江：《说说〈花火集〉》，见 http://www.poemlife.com/showart-28846-1371.htm。

久地留存在人们的记忆之中。徐江应该正是基于这个原因，而将他的作品命名为《花火集》的。在这里，他捕捉奔腾跃动、稍纵即逝的思想火花，使它们成为一些文字的"焰火"。这些焰火多为碎片式的顿悟，个人化特征明显，可以看做一种精神独语，是个人私密空间的深度敞开。比如这首可以看做是夫子自道："唯一的不同是中年的我／依然反抗着"（527），虽然人到中年许多人已经不再反抗了，但自己并未放弃和动摇，仍在战斗着，这是一种强调和宣示。又如，"在天上俯瞰／房间中烦恼的自己"（696）则化身出不同的"我"，在互相的观照中获得精神的提升和抚慰。《花火集》以"我"为中心，但这并不代表其中就没有"生活"，其中也有不少对世情、对人生百态的呈现，略举几例：

业主们用沥青在小区墙上痛骂开发商

"新世界骗人"

——114

扮演"主席"的演员

常到电视上卖药

——464

导演让鲁迅躺在病床上

对观众讲他健硕的人生

——721

它们都只是生活中的一个场景、片段，但却是具有高度浓缩性和代表性的，能够反映和折射出丰富的社会内容，有着丰富的"潜台词"。如上所引114中的"新世界"既是一个具体的小区的名称，显然也可以视为一个代称而具有广泛的指涉，对于生活中某种美好承诺的审视让人深思。464 中所描写也是一种普遍现象，而在"主席"与"卖药"之间，无需多言，许多的世相百态足以自动呈现。721 中同样指出了一种普遍现象，在"导演""鲁迅""观众"之间形成了强烈的张力，"病床"与"健硕的人生"也形成对照，或许有人会认为这种书写不无尖刻，但对于揭穿某些关于鲁迅的神话又的确堪称鞭辟入里。

徐江在《花火集》中充分发掘了现代汉语的诗性，让日常的语言重新熠熠生辉，焕发出诗性的光彩。他如此写"蚊子"："草里的蚊子见我过来／都偷偷乐了"（540）；如此写"雾"："大雾狂啸着／在高速路上追尾"（563）；如此写"雨"："车的大灯刚一打开／雨就倾盆而下"；如此写"老磁带"："老磁带里／住着年轻的歌"（661）；如此写"花香"："花香／有声音"（712），如此等等，堪称令人叫绝。他写"生病"颇具古典诗歌的意境："我自生病／蟋蟀自在窗外锯它的秋天"（541）；写"可怜的孩子"则让人忧心、沉重："可怜的孩子呵／可怜的——长大了的孩子"（785）。他诗中的"火车"日常而荒诞："那列火车在正午跑着／亮着灯"（524）；他所写的"英雄"颠覆了传统的概念："'你知道英雄是啥做的？'／'是水！'"（640）；他所写到的"光"则让人忍俊不禁："上帝说要有光／爱迪生赶忙摸出一只灯泡"（227）。徐江的这种诗歌探索大概与新诗史上的"小诗"、禅诗写作不无相似和共通之处，一方面为现代汉语诗歌的体式做出了有益的探索，另一方面汉语在这里重新恢复了弹性、生动性，变得更为丰富、多姿多彩起来。此中情形正如他自己的诗中所写：

汉语围着我跳舞

你知道

——700

五 无心插柳？：诗歌批评与文化批评

2011 年，一个民间奖项"中国当代诗歌奖（2000—2010）"经网络投票与评委投票，选出诗歌创作、批评、翻译、贡献四个奖项共 20 人，其中徐江获得了诗歌批评奖。授奖词云：徐江"是一位成果丰硕的杰出的诗人，也是一位具有独立批判精神的诗歌批评家。他以一种无所畏惧的先锋精神，对当代汉语诗歌保持了相当敏锐而充满光明的挖掘与开拓，在其批评文本中，真知与卓见俯拾即是。"值得注意的是，另外四位诗歌批评奖的获得者吴思敬、吕进、陈仲义、陈超均可谓国内一线、专业、权威的诗歌评论家，徐江是唯一的诗人批评家，这显得非常难能可贵，也标志着徐江诗歌批评活动同样达到了较高的水准。

事实上，作为诗歌批评家的一面可能正是徐江身上产生如此多的话题性，并引起争议的主要原因。徐江在 1990 年代以来，以很大的时间与精力参与到了当代诗歌的理论批评之中，他与当代诗歌现场短兵相接、贴身肉搏，是少有的不太珍惜自己的"羽毛"、不太注意维护自身"形象"的诗人（批评家）之一。他单刀直入、不留情面、喜怒形于色、好恶言于表的批评风格在"中庸"传统积重难返的文化氛围中显得比较异类，更为一些他的批评对象所"深恶痛绝"，也不太受"主流"批评界所重视，如此种种使得他受到了许多的排斥、误解与批判。但实际上，这种实话实说、一针见血、不虚与委蛇、不阿谀奉承的批评文风是更真诚、更富责任感、更具建设意义的，于健康的批评生态是更为有益的。同样，表面看来他的批评文字调侃、偏激、狂欢，但实际上的情形可能正好相反，他的内心是严肃、守正、孤独、纠结的，正如其老朋友侯马所做的评价："你别看平时徐江爱语言狂欢，他其实是骨子里严肃到了极点的一个人。"徐江本人对此视为知音之论，他说："一同成长的老朋友们了解你的真实嘴脸，也知道你精神的真实来历。我们每个人，其实都逃不脱这种注视。这是一种幸运，同时也是一种额外的鞭策。"①

　　徐江对诗歌现代化、现代性的问题有深入而系统的思考，他不但在创作中探索着"汉语现代诗"的可能性，而且写作了诸如《论现代诗与口语》《现代诗与 21 世纪》《恨从何来：从唐诗到新诗，从现代诗再到恶搞》《文明进程中的诗歌》等大量诗歌理论文章，对诗歌的现代性特征进行辨析与辩驳，他的这种理论自觉在同代诗人之中似乎并不多见。徐江的诗歌观念是高度"现代"的，其"现代性"既体现为对诗歌工具化的拒绝与反思，也体现为他对人本主义、对诗歌的人文性和诗歌本体性的坚持。在此略举数例即可看出他诗歌观念的主要特征。在诗歌的功能上，他指出了一种长久以来的误区："把诗歌仅仅当作一种工具和手段。这大约是'五四'以来国人对诗歌所做出的最大误读。这一误读的源头上限可以追溯到封建时代的'文以载道'，下限则是'才艺展示'（一种高尚阶层在调情或仕途失意情况下所用以宣泄的文字游戏）……把'诗歌'视作工具，而非拥有独立存在和生长周期、规律的'艺术'——当代诗歌所有令人们愤怒、不解以至敬而远之的效果，无不肇始于作者与读者在上述方面的认识差异，以及部分作者在新理念下驾驭文字的失度。"② 而从正面来阐述其诗歌观念，他说道："一，诗歌美学的律条都不可扭违于生命对我们诗笔的召唤；""二、任何伟大的诗歌理想下，诗笔的出发点都必须是个人的、具象的和感性的，与此同时，我们也不可回避自身作为'人类之一分子'所应承担的对宏大、严肃事态的忧思。"③ 对于现代诗与现代汉语的关系，他认为："对于身处'外省'

---

① 徐江：《我在自己的外省——在第二届长安诗歌节现代诗成就奖颁奖礼上的答辞》，见 http://www.poemlife.com/libshow-2612.htm。

② 徐江：《诗神在当代》，《佛山日报》，2013 年 1 月 19 日。

③ 徐江：《意象之路——汉语意象诗写与秦巴子的生命意象诗》，《山花》B 版，2013 年第 4 期。

状态的汉语现代诗而言，它最重要的任务，是把被过往时代用脏了的那些词重新擦亮，是把'外省'尚未来得及被'首都'传染、污染、玷污的，那种朴素、无邪的精神追求坚持下去，并一步步打造成现代诗坚强的骨骼。"① 从这里我们可以窥见徐江诗歌观念的主要框架，也可以看出他的严肃与深沉。

在诗歌批评家身份之外，徐江还是一个活跃的文化批评家。他的兴趣之广泛、观点之敏锐、视角之独特，时常让人产生诧异之感，他在多家媒体所开的专栏、他所出版的《启蒙年代的秋千》《爱钱的请举手》《十作家批判书》《十诗人批判书》等书籍均有着广泛的影响。在这个意义上，可以说，他是一位"深入当代"的诗人、作家，他与时代文化发生着广泛而深入的关联，并有着良好的互动关系。需要看到，在这一领域，他秉持的仍然是一个严肃作家、先锋诗人的立场，他的文化批评有着独特的对精神价值的追求，有着明显的人文性，而没有随波逐流，没有被主流、市场、体制等的"庞然大物"所左右。他对文化的关切实际上是对于"人"的关切，所以在谈到文化议题的时候他往往落脚于文学。比如，他如此谈文学的价值与意义："一部分电影人、文化人、传媒人都在各自的领域中，尝试着扮演班主任或牧师的角色。但我要说，高品质的文学从来不允许如此。中国封建时代曾高扬的'载道文学'，其实是很低端的文学形态。载道的文学固然比不载道的更具意义，也更远离空虚和无聊，但它依然只能拿来作为文学的底线。文学为心灵与智慧的丰富性而存在，它谢绝变成简单的一元或二元的宣讲工具。"② 而在另一方面，他所谈的诗歌、文学问题同时也具有普遍性、辐射性："在一个农业的、城镇的群体惯性思维居主流的背景下，汉语诗歌要想解决其'本土意义

---

① 徐江：《我在自己的外省——在第二届长安诗歌节现代诗成就奖颁奖礼上的答辞》，见 http://www.poemlife.com/libshow-2612.htm。
② 徐江：《如果，没有雨果……》，《北京日报》，2013 年 3 月 14 日。

上的现代化'，这本身就是中国文学数千年未遇过的变局和考验，其艰巨性搁到整个世界文学格局中，都是绝无仅有的，所以廓清诗歌作者对文化和先锋的认识，是一项长期的、需要坚持不懈的启蒙工作。实比当年国人推翻体制、国家在当代的改革还难。但非如此不可，否则我们永远会听到那流行了千年的拿李杜说事和唠叨。""如果没有恢宏博大的胸襟和对尘世的怜悯，我们也不会在'三合一'（国家／市场／学院）体制共谋的年代，创造出打破坚冰的文本。"这显然是指出了一个极为重要、非为诗歌所有的文化命题。文学、诗歌与文化在徐江这里是相通的，既一脉相承，又互为印证。如果说诗人是徐江最为重要的身份，诗歌是徐江的主业的话，那么在诗歌批评、文化批评等领域徐江或许属于"无心插柳"，但却着实已经称得上收获丰硕、"无心插柳柳成荫"。

六 "我信有天使在我的屋顶上飞翔"

徐江是一个有着语言责任感与使命感的人，同时也是一个有着人文责任感与使命感的人，诗歌，以及与此相关的文化活动正是这种责任感和使命感的载体，是他的志之所向，是他日复一日的工作，也是他超越性的"飞翔"与梦想。他在诗歌《回答或独白》中写道："是啊／我也在想／现在／还能做些什么／／人有时候／对一些事／真是无力啊／／那就把／对汉语的救灾／做到底"。这种对汉语的"救灾"当然并非危言耸听，而着实是一种深刻识见。诗歌的责任，最根本的是一种语言的责任，如何维护并发展语言的尊严、活力、美丽、创造性，是诗歌最本职，也最根本的任务。现代诗所遭遇的困难、厄运、疑惑，其实都无一例外地体现到了现代汉语之中。对汉语的"救灾"，其实是一种正本清源、补偏救弊，是重新寻找现代汉语诗歌的另外一种可能，这当然是有意义的。徐江在自己的文章中有这样的表述："如何在剧变的时代，创造出既不媚俗复古，也不简单趋时、克隆欧美的本土诗歌，这是摆在汉语诗人乃至整个西方话语体系外的，致力于本语种诗歌现代化的各国诗人的基本问题。在我看来，解答这一问题只有一个入口：写诗人不能仅仅满足于被自己在诗歌上的伟大理想所役使，他要自觉地回归于一种个人对世界的强大逼视，以身处文明和生活漩涡之中的自身感受，去回应周遭事物对人类尊严和智慧的挑战，并在这一过程中，始终让诗歌安于'孤独者（首先是生活中的）的艺术'本位……"① 因而，诗歌宿命般地会与孤独相遇，会与自由结下不解之缘，"最伟大的汉语现代诗，是与一种审慎的、对灵魂自由和文本天然属性的追逐，紧密连在一起的。它立足于恢复健康的人性，敢于直面生活的污浊，并极力从中为每个与诗结缘的人提取着对人生的信心、自救的信心，以及对文明前景的微茫的希望。"他对未来之所以能够保持乐观，正是因为有诗："人当然是不可战胜的，因为至少——有汉语，有现代诗。"② 诗，很大程度上代表了徐江的一种超越性的梦想，代表了一种信念甚或信仰，如其在诗歌《柯索》中所表达的："20 岁我读他 /21 岁我再读 / 今年 / 我36// 许多事都不一样了 / 许多清澈 / 正在我眼里浑浊 / 许多浑浊 / 我能看到它清澈 / 救火车每天在街上 / 咬报纸 // 以下这句是不变的——// 我信有天使在我的屋顶上飞翔"。"我信有天使在我的屋顶上飞翔"，其实代表了徐江对于诗歌、对于人生的一种根本性态度，它是隐在的，却是一种价值观的基础，不移、不易。

　　徐江其人其诗所受到的误读都很多：表面上的攻击性掩盖了他的"仁"与"爱"，表面上的冷酷与强硬掩盖了内在的温暖与平和，表面上的泥沙俱下掩盖了内在对尽善尽美的追求……一切似乎都可以从相反的角度进行解读。只有当走进他的作品，细细考量，才会发现，噢，原

---

① 徐江：《文明进程中的诗歌》，《葵》诗歌作品集第 9 辑，2009 年版。
② 徐江：《现代诗与 21 世纪》，《葵》诗歌作品集第 8 辑，2007 年版。

来如此，原来他是这样的，此前的印象是先入为主的、不可靠的！徐江作品的实际水准与其经典化程度之间或许是并不匹配的，这也是到目前人们谈论他的人多于他的诗的原因之一。当然，文章千古事，所有的一切都需要经过时间的检验，一时的热闹或者淡漠都不能说明问题，一切都才刚刚开始！徐江的写作当然也有问题，比如在我看来，他诗中有时会出现一些强烈的道德评价的词汇（这应该也是引起人们对他进行道德化评价的一个原因），比如某些诗句过于调侃而有失当之嫌，比如有些作品价值立场显得暧昧、游移、矛盾，有些诗作显得过于随意、散漫，等等。但是，最重要的是，他有着自己对现代汉语诗歌的独特追求，他进行着自己的诗意创造，并写出了具有独特风格的作品。

一意孤行，独自为战，这是诗人徐江一直以来所坚持的立场与姿态，如其诗句所言，他一个人、一支笔，便构成了一个"战区"，他一个人在战斗。应该相信，他会一直"战斗"下去、"反抗"下去，同时，也会将"对汉语的救灾"进行下去，将永不厌倦的"爱"进行下去，如他一直所做的那样。

真实的，个体的，自由的
——论侯马

如果说诗人大都天赋异禀的话，那么对于侯马来说尤其如此。他的职业身份起初是一位警察，后来则是一位官员、领导，他另外的身份则是一位诗人，而且是一位先锋诗人，在中国的现实语境之中，这两者之间的差距不可谓不大。而侯马在这两个领域都做得很优秀、出类拔萃，这似乎只能用天赋异禀来解释了。作为诗人的侯马从诗歌写作的"阵营"来讲属于"民间立场""口语写作"，但与这类写作通常所见的解构、破坏、芜杂相比，侯马的诗歌则显得比较优雅、智性、自律，有更多的"书卷气"或"知识分子写作"的特征，他的写作有着鲜明的个性特征，构成了独特的"这一个"。在我看来，真实、个体、自由可以作为解读侯马诗歌的三个关键词。

一

"真实"是侯马创作的一个重要追求，真实性、及物性是侯马诗歌重要的特质。侯马有一个接受诗人徐江提问的答问录题为"真实诗歌：

中国的、现代的、批判的"①，这里面的"真实""中国""现代""批判"等在侯马诗歌中均有鲜明的体现。侯马在接受诗人张后访谈时曾谈到"说人话""赤子之心"的问题："我这些年是怎么写诗的？就是一定要做一个现代人，也要做一个普通人。做一个现代人就是要学习，你要用人类的文明成果来塑造自己，真正地关心时事，真正地融入当代。做一个普通人，就是别忘了你是哪个村的，永远不要被异化，要说人话，要保持一颗赤子之心和质朴的情怀。"②这里面所谈的问题与他的诗歌作品中体现的特征是一致的，他的写作来自生活、来自本土、来自此时此地的中国，他的诗歌均是有感而发、自然而然的，绝不故弄玄虚、装腔作势，非常真实。这种"真实"至少体现在两个方面：一是情感的真实，不过度抒情，不拿腔作调，不伪饰、不滥情、不晦涩，而是保持情感的克制、冷静，以一种理性、审视的态度进行写作；其二则是现实指向的真实，不凌空蹈虚，有及物性、有现实感、有时代特征，有的放矢、鞭辟入里，揭示生活内在的真相。这种诗学品质，在1990年代以来浮躁、奢靡、犬儒、谄媚的诗歌语境中，不能不说是难能可贵的。

侯马在其写作的初期便有"抒情导致一首诗的失败"的论断，认为"抒情产生一大批千篇一律、面目不清的诗作。如果一个人想抒情，他决定写一首诗，我无法相信他能写出一首'诗'，洋溢的感情通常掩盖的是心灵的枯燥。诗人是单纯的这一点，是指好诗要像一把刀子直指人心，而绝不能意味着诗人是天真善良的、粘乎不清的。20世纪末的诗人，要代表人类的成熟……"③这其中有对于当时诗歌创作某种状况的回应，也体现着他一直以来诗歌创作的立场与原则，"反抒情""零度抒情"

---

① 《真实诗歌：中国的、现代的、批判的——回答徐江的十五个问题》，见侯马诗集《他手记》（增编版），江苏文艺出版社，2013年版。
② 《麻雀访谈录——张后访谈诗人侯马》，见侯马诗集《大地的脚踝》，人民文学出版社，2014年版，第189页。
③ 侯马：《抒情导致一首诗的失败》，《诗探索》，1998年第3期。

等特征在他这里是一以贯之的。《养蜂人》一诗可谓侯马写诗的夫子自道。其中写"我更喜欢你在绍兴网吧写的诗／孤寂的南方之旅带来心灵的沉静／飘零的冬雨使感情也迟疑／在隐忍　在谈笑间克制地表达"，"一首诗　不要诉求太多的意象"。"譬如你写到花／就一门心思地说说花吧／最多写到花粉、花瓣／当然也可以写受伤的蜜蜂／翅膀上贴着胶布去采蜜"。他指出诗人应该如"养蜂人"，因为"只有养蜂人才真正明白／蜂蜜是蜜蜂资格酿造出来的"。就诗歌创作而言，侯马的确是一个内行的"养蜂人"，知道蜂蜜是如何酿造出来的，而对于他自己的诗而言，他自己则是一位敬业、聪慧的蜜蜂，他的诗是他自生活中辛勤地采摘、发酵、酿造而成，他不偷懒、不掺水、不勾兑，形成的则是"天然"、醇正的艺术结晶。就侯马诗歌的特点而言，正如其诗中所言，没有太多的意象，更没有繁复、晦涩的意象群和象征体系，他写"花"，就"一门心思地"写花，最多写到花粉、花瓣、蜜蜂，而极少如一些写作者那样要讴歌其美丽、芬芳，寻找其文化内涵、价值意义等。这种"一门心思"里面有一些是本真、陌生化的"看山是山"，更多的则是理性、睿智、经多见广之后的"看山还是山"，它是直接的、客观的，去除雕饰，直陈其事，靠事件本身呈现力量而不是靠作者主观性的抒发、阐释。在《酷评》中，侯马写道，经过二十五年，他"修炼出像那位杀手／一样的功夫"："用日常的材料／攻击致命的部位"，并指出："其实最大的秘密／始终是你／怎样才能站到生活的面前"，侯马的许多诗的确写得冷静而冷酷，直面生活，短兵相接，然后用日常的材料，直击要害，一剑封喉，颇具杀手本色。侯马诗歌这种求真、冷静的特征与他作为警察的职业，与他修习法律的学科背景大概都是不无关系的。法学赋予了他理性、思辨、冷静、客观的特质，这与通常意义上诗歌的感性、重情、柔和、主观等特质一定程度上构成了互相的对照、校正与补充。他在《法律课堂》中写道："而不间断的秋风吹拂着法律初现端倪

／它饱含了浓郁的诗情／也摆脱不掉一身的世故", 这里面"法律""诗情""世故"有着复杂的关系, 互相交融。"世故"既可能是对诗情的伤害, 是应该摆脱的, 也可能是一种前提, 是应该正视的。更重要的, 是在知晓这种"世故"之后所做的对"诗情"的追求与坚守, 这是更为可信, 也更为可靠的。

诗歌与时代的关系大概是一个众说纷纭甚至有些大而无当的问题, 有人认为诗歌应该贴近时代、表达"这一个"时代, 有人则认为诗歌应该超越时代, 表达"所有的"时代。这两种观点各有道理, 很难截然说孰优孰劣, 实际上优秀的诗歌应该既表现"这一个"时代, 同时也表达"所有的"时代, 既具体又概括, 既现实又超越。但这里面的一个问题是, "所有的"是应该通过"这一个"来表达的, 而不是以抽空、否定、放弃"这一个"为代价的。正如"一屋不扫, 何以扫天下", 没有细部的支持为基础, 没有具体的一个个的积累, 这个"所有的"是不能成立的, 是可疑的。在侯马这里, 他的诗一个可贵的方面即是现实感、现实性、时代特征, 他是进入到时代之内的, 是与现实厮守、缠斗、交融在一起的。他在《把小说写得有命运感》中写道: "作为一个艺术家／特别是搞大众艺术的／成功的基础是把自己当小人物／／认定你蚂蚁或小草般的角色／所以要把小说写得有命运感", 实际上, 他的诗歌也同样写得有"命运感", 他写自己的童年, 写故乡, 写亲人, 写身居其中的城市, 写身边的小人物, 传达出独特的"这一个"的处境与命运, 有丰富的情感容量、现实内容与人性内涵, 其作品好读, 进入并不难, 但同时又不是清澈见底、一览无余的, 而是有内在力量、内在复杂性的。在《生活在北京》中, 侯马通过对一个个具体地点、生活片段的书写描摹出与这座城市之间身体与精神的关联, 在组诗《九三年》中, 他每首诗均以"九三年／我在前门当警察"开头, 每首诗写一件事, 这些虽然都是"小事", 但却记录、反观着过去的自己, 使过去的生活产生了意义, 同时也折射出时代、社会、历史的一个侧面，写出了时间中的城市以及城市中的时间，具有双重的记录意义。这种现实性、时代性、"纪实性"较强的特点在侯马的短诗中体现得很明显，在他的长诗中也同样如此。他的数部长诗如《他手记》是对个人生活史的审视与回顾，《七月手记》《抗震手记》是对重大的社会事件奥运、地震的书写（附带提及，我认为这两首长诗处理得不太理想，其一贯的个人性立场有所偏移，在这一点上我认同徐江、沈浩波对之的批评性观点），《进藏手记》《访欧手记》是对行旅至另外的文化时空西藏、欧洲的纪录与思考，其他《梦手记》与《镜片手记》初看似乎现实性不是很强，但前者通过对一系列"梦"的记叙，同样具有个人生活史意义和现实性特征，而后者则聚焦于"人权"问题，是一个"敏感"、政治性、现实性极强的领域。侯马的诗大多将个人与时代、个体性与群体性较好地结合了起来，一定程度上甚至有"诗史"的特征，有着诗歌／美学与社会／历史的双重意义。

二

　　侯马诗歌另外一个明显的特征是其个体性。他是站在个体的立场来进行诗歌书写的，强调个体的价值、尊严与自由，对社会体制、机制进行审视与反思，同时也对人性、自我进行着批判与剖析，从而使他的诗歌既有现实性内涵，又有人性的深度。侯马在接受笔者访谈时曾谈道："我希望我的诗能帮助独立的、全面的、个体的发展，要说我相信'文以载道'的话，我是从这个角度上相信的。希望有更多的有独立精神的人诞生，在这个整体的平均水平上，可能那个时候有些艺术的思考和表达，更深的一些忏悔、反思，才谈得上出现真正的大师。当然，我们现在写的诗，可能不一定达到了艺术性、文学性国际水准多高的一个高度，但是我觉得对一个民族的现代性和民族精神的塑造，其作用可能还要更大，因为这个时候发挥的作用是一种实实在在的推进和建设。所以我老说，我写的诗是'人之诗'，写这代人、写我自己。实际上我是把我自己当成一个标本来写的。"①独立精神、现代个体、"人之诗"，这些的确是侯马诗歌的重要特征。

侯马似乎天然地对宏大事物有着某种警惕，他几乎是本能地站在了"庞然大物"的对立面，对之不信任，与之保持着距离。《国家》写道："一九八五年某天／我从外省一个小城／来到北京上大学／碰到第一个／北京女孩／就向她打听／国庆大典的事情／令我难以置信的是／她还真的／就参加了庆典的游行／装扮成一名维吾尔少女／载歌载舞／从天安门前走过"，这里面几个词语"国家""我""北京女孩""国庆大典""维吾尔少女"互相遇合，有着极其强烈的张力，是个人的，又是时代的、政治的、社会的，无形中进行了一种解构与重叙，形式之简单、内涵之丰富，堪称妙不可言。在组诗《九三年》中，他写一位居委会主任桂大妈"年近七十／腰板挺直／每天在胡同里走来走去／管闲事／修表的钟老头／六十年代搞女人挨过斗／三十多年了／桂大妈只要一看见他／就断喝一声：／老流氓／桂大妈真是坦坦荡荡／声音总是像法官一样洪亮"（《法官的声音》），对这种占据道德高地的"法官的声音"，作者无疑是审视、不认同的，对生活中习焉不察的权力关系进行了揭示。《我爱北京天安门》如此写民间生活与政治生活之间的距离："古老的前门／箭楼高耸／群燕盘旋／它的西北紧邻祖国的心脏／天安门广场辽阔地展开／而在前门狭窄的胡同里／刘奶奶晒着棉被／小贩们收购破烂／我骑自行车巡逻／心里真是不敢相信／刘奶奶在前门住了七十年／愣是没有去过一次天安门"，这里面有对民间生活的发现与确认，也有对政治生活的拒绝与消解，内涵丰富。在现实生

① 侯马、王士强：《在文明的传承中捍卫人性——侯马访谈》，《山花》下半月，2014年第4期。

活中，警察无疑是一种有特权的身份，而侯马自己是对此也是有反思的，他在诗《寻仇》中写："早年／一个诗友与人打架／给我打电话／／我立刻驱车赶到／沿着北三环的地摊／寻找对方／／我即将扮演的／是一个参与斗殴的打手／还是一个仗势欺人的干员？"这里面有对人与人之间关系的书写，同时也有对自身警察身份、社会风习的审视。

对个人性的强调一个方面是对个体价值的强调、张扬，另一个方面则带有一种批判性：对压抑人性的批判，对人性之恶、人性的复杂性的揭露，对国民性的审视与反思、对等级制度、不公不义的批判……许多的书写鞭辟入里，发人深省。《他手记》（015）写道："他去探监，希望副厅级监狱长对等接待；他被杀了，家属要求副厅级侦探办案。一生生活在等级中，一生都在自取其辱。"这是对无所不在的等级制度的观照，所写的现象极其荒唐，却又活灵活现，极其真实。《他手记》（051）所写也与等级、权力有关，更多的是一种自审：在一次车祸现场，围观的一个老头捡起了一瓶矿泉水，"他厉声喝道，'退回去，全都退回去。'"在诗中侯马写道："他瞬间发怒的原因，是对权威的炫耀，而非对现场秩序的维护和对道德的坚守。他真正想说的是，对一位辛劳者的欺压是他一生的耻辱。"《他手记》（151）中写的是："她舞蹈事业的顶峰，是参加了那次大型团体操表演，因为动作丝毫不差，很难被外人分辨出来。"这是对于丢失自己、泯灭个性状况的一种警醒，表面平易，实则冷峻而深刻。对人性本身的复杂性侯马也多有书写，比如《他手记》（441）所写："他突然放声大笑，因为想起两个好友都挨了刀。这具运转正常的身体，为他赢来了骄傲。"而在《震慑活人的殡葬》中，"表哥"在葬礼上"趁着哀乐狂奏／把一个往日叫板的鼻涕虫打翻"，原因是因为亲戚们都来了："他一辆一辆把自行车数清／这就是他的亲戚们／近在同村　远及邻县／不出五服　血亲姻亲／虽无一权贵　无一富户／但是他们要震慑的／也是穷人　无非乡亲　足矣"，所写事件近似闹剧，其内在却是严肃、认真、深沉的。《有时候我觉得这架打得真是无奈》中所写，起初两个人是口角之争，其中一人"恼羞成怒"，"一拳将诗人打倒／并用茶杯碰向／诗人的脑袋"，这时诗人的反应是："诗人朋友／从地上爬起来／满脸是血／他猛地扑向网虫／不是摔跤而是拥抱／耶稣般，他喊：／'兄弟'／'我的兄弟'"。这首诗有着多重的理解和阐释向度，如果我们往深处挖掘的话，可以体味出人性内在的某些特点或弱点。《留学》所写，初读让人忍俊不禁，但过后却让人笑不出来，值得人们"严肃紧张"地思考："在欧洲生活了一段时间／我们学会了像当地人一样／碰见陌生人也微笑／／但是偶尔碰见同胞／我们还是像在国内一样／板起严肃紧张的面孔"，这里面有着对社会文化、国民性格、文明素质等的书写，四两拨千斤，极小的口径却达到了极开阔的境地，引人深思。

侯马诗歌的批判性不止是向外，同时也是向内的，是指向自我、反躬自省的，他将自身作为观察的对象，不留情面地进行着审视、反思。比如《小柿子》，写自己小时候对一位同学的施暴，其过程写得真实而动人心魄："我毒打了小柿子／在他的脸上／一连扇了几十个巴掌／小柿子开始还笑／表示他理解这是玩耍／而他依然相信我的友谊／后来，痛得受不了／他开始抽泣／一道道泪水划过／又红又肿的脸／我没想到／他竟然不还手／一放纵／左右手交替／又扇了他几巴掌"，在一种复杂的、不无扭曲的心理支配之下，这种状况愈演愈烈："想起我一个人被扔在乡下／还要靠打人证明自己／我不由得接连扇着小柿子"，并脱下鞋子，"等我脱下鞋／就用鞋扇他／几下／血就流下来了"。几十年后，他分析道，其中未必没有因为他是城里孩子身份比较优越的原因，而且"当年／我能这样欺压他／绝非一己之力／现在，有时也麻木不仁地／助纣为虐"。这里面既有对人性本身的一种分析、自审，也有对社会等级制度的分析、再现，尤其是直面自我、自我剖析、自我批判更是需要勇气的。《伪证》中，因为一个女同学"很脏很丑"，"我"动手掐住了她的脸，两个人互掐，而当老师调查时，几个"长得好功课好的女生"一致作证："我是后动的手"。这里面确实有着如评论家施战军所说让人"身心凛然"的东西，对自我、对人心的发现让人心惊。我们看到，侯马诗歌的自我批判是不妥协的、深刻的，这强化了他诗歌的个体性、个体特征，同时也赋予了其诗歌一种冷峻、理性、沉思的品质，使其诗歌具有了意义之"重"，而不是轻飘飘的趣味之作、游戏之作。

三

　　侯马诗歌还有一个重要特征：自由。前述的真实性、个体性、批判性对于诗歌来讲还并不是充分条件，诗歌还应该有诗性、诗意、超越的维度，这便涉及我们将要谈到的自由属性。侯马诗歌是现实的、贴近大地的，又是诗意的、飞翔的；是经验的、本土的，又是超验的，有形而上维度的；是切近的、有亲和力的，又是高远的、骄傲的……从广义上来说，诗歌即是他追求自由的一种方式，自由是他诗歌最为重要的品质之一，他既追求个体的自由与尊严，又强调群体的自由、公平、正义与和谐，同时还追求语言上的自由、纯粹、优雅，追求诗歌本身的独立与自由。

　　侯马的早期代表作《那只公鸡》中的"公鸡"可谓是生命本体的象征，体现着生命的自由意志："高傲　勇敢　从容　浴着血／踩着贵族的步伐／用浓缩的太阳做眼／一会儿用左耳／一会儿用右耳／谛听／打麦场是你的天下／整个村庄是你的天下"，"生来就是一只充血的鼎盛的生命／荣誉涨红了鸡冠　耸起／漫不经心地引吭高歌／冥冥之中和朝霞夕阳合拍／从从容容　自自在在"。这是对生命的礼赞，可以视为侯马诗歌中生命形态的一个原型。《麻雀。尊严和自由》一诗是侯马直接书写生命的"尊严和自由"议题的作品：一只麻雀如果被捉住关进笼子则不吃不喝直到死去，"只有踢翻的米盅／和一具横倒的尸体"，作者写道："它离人类最近了／但永远是邻邦，绝非家奴／／饱经沧桑的人知道／他们是自由的精灵"，诗的最后写道："没有道义可以审判不羁的灵魂／甚至良知也对不住自由的追求"，这种"自由"与"不羁"显然已经与生命本身融为一体，代表了生命至高的本体性特征。《他手记》（253）中写："蝴蝶只在梦中飞翔，告诉他自由只能表现为思想的自由。这是生命的局限所在，也是作品的灵魂所在。"这类似于侯马写作的夫子自道，这种自由属性同样也是他自己"作品的灵魂"。《二十世纪初的行为艺术》中写一个死刑犯在刑场，在行刑官下令射击之前喊出了射击口令，从而一定意义上"他可以说宣布了自己的生死／也可以说操纵了自己的命运／说不定他应该算是自杀　不是伏法"，在作者看来，这一事关生死的恶作剧转化成了"行为艺术"，具有了截然不同的意味，而且这一行为艺术"如此简洁　如此低成本／后果如此严重／可谓空前绝后／令吾等玩艺术的／自愧弗如。"其关注点显然也有关生命的尊严、自由问题。《清明悼念一桩杀人案的受害者》写的是一种"自由的缺席"的状况，全诗克制、冷静、触目惊心："男人从乡下赶来／要把在城里打工的妻子／劝回家／妻子已另有相好／俩人吵翻了／大打出手／男的用菜刀／使劲剁／女的终于服软了／跪着说：'我跟你回去'。／男人，望了一眼／快砍断的脖子说：／'来……不及了'"，这里的表述表面看来冷峻无情，但实际上有大悲悯、大关怀在其中，不动声色但是更有力量。

侯马诗的自由并非绝端、绝对的自由，而是一种相对的、保守的、辩证的自由。他在接受张后的访谈时曾自言是一位文学上的保守主义者："我的保守在于我仍然相信文以载道，仍然认为文学的本质是对精神的开拓，仍然相信内容大于形式。在一定意义上讲，先锋精神是对文学本质捍卫的精神。因为人非常容易迷失，迷失在形式主义当中，迷失在背离人性的各类强制力当中，也迷失在萎靡尘埃的遮蔽当中。先锋的诗歌是一次次擦亮一次次回归"。所以，他在抵抗，在开拓，在捍卫，他的诗不是形式主义、趣味主义的，而是事关"道"、有"精神"的。侯马曾用"在文明的传承中捍卫人性"来概括自己的诗歌创作，这应该是准确的，"文明"与"人性"是两个轮子，两者既相互映照又相互发明，驱动着他的诗歌走在一条探寻意义，同时又不失诗意的道路上。侯马诗歌其短诗中的锐利、深刻、自省，其长诗《他手记》等对现代诗边界的拓展和对诗意的呈现方式，其诗歌语言的纯正、精准、优雅，其诗歌创作的丰富性与全面性，等等，诸多方面都构成了对现代诗自由品质的维护与开拓，形成了值得讨论的诗歌话题。

《他手记》（104）中写道："他已经足够孤独的了，但是孤独得还不够。"在深层的意义上一位诗人的确是孤独的，是"孤家寡人"，唯有如此才能"独与天地精神往来"，直面人生根本，写出卓异的作品。而同时，"孤独得还不够"才可能继续探索、创造、超越，侯马定会在孤独的诗歌之路上继续前进，写下更多对得起我们时代、对得起他自己内心的优秀作品。

第五辑
答问

新世纪以来中国诗歌现状考察
——答《诗潮》

1. 如何看待新世纪以来中国诗歌的语言表达方式？

近年的诗歌语言表达方面总的趋势来说更为口语化、生活化，更具活力、及物性。此前诗歌语言的欧化、理念化、翻译体等现象有所减少，但在另一个向度上诗歌语言也出现了过度日常化、口水化、无意义化的问题。从历史的角度来看，现代汉语诗歌或许还并未定型，还处于摸索和转型中，诗歌中的语言同样是处在左奔右突、裂变与分化的不稳定阶段，它变化多端、面目不清，但同时又具有很强的创造力，包含丰富的可能性，这样的时期或许也是可遇不可求的。

2. 新世纪以来中国诗歌的美学变化主要体现在哪些方面？

在我看来大致有如下几个方面：（1）身体观念、身体意识的变革。这其中既包括感性、欲望的苏醒，重新建立起身体本身的合法性，又包括身体作为独立个体，对加诸己身的道德、伦理、政治、意识形态等归约性力量的反抗，寻求更为自由的身体状态；（2）本土特征增强。更多的汲取与借鉴民族、传统文化资源，不再唯西方马首是瞻，自信心与自主性增强。诗歌写作更接地气，立足此时此地，深入"泥土与骨头"，直面现实、时代以及自我的内心；（3）公民意识的兴起。创作主体的权利意识、责任意识、参与意识、自由意识、反抗意识更为明显，个体自我真正建立起来，诗歌对于社会现实有更强烈的介入、批判作用。特别是在年轻诗人的写作中，这一特征体现明显，体现了新一代诗人价值观与审美取向的位移，昭示了一种新的可能性；（4）后现代特征更加明显。与社会发展层面的前现代、现代、后现代同时并存相一致，文化上也是多种样态并存，众声喧哗，蔚为大观。写作风格、技法方面异乎寻常地丰富与混乱，统一性彻底丧失，无限生机孕育其中，"不团结就是力量"。

3. 诗歌创作如何应对网络时代?

网络所带来的机遇大于挑战，网络最大的意义在我看来是其"民主化"，它很大程度上改变了信息的传播、接受方式，引起了人们价值观念和思维模式的转变，冲破了体制对于艺术创作的封锁与规训，带来了艺术创作生产力的极大解放。在网络时代，一个真正优秀的诗人被遮蔽已经几乎不可能，传统的出版、审查制度受到严重挑战，网络打开了另一片自由的、前途远大的天空。另一方面，网络所带来的问题又不能不引起注意，它有一种强大的摧毁性、裹挟性的力量，使人沉溺于即时性的碎片、泡沫之中，浮于表面，丧失深度思考的能力。网络只是一个工具，它应该为诗歌所用，而不是相反。

4. 一个诗人如何实现在社会发展中的价值?

一个诗人最重要的是写出好诗。除了诗歌之外，其他方面的价值都不是无可替代的，无论是财富、权势、地位、"为人民服务"、为社会造福……这些对于一位"诗人"来说，都不是最重要的，最多不过是锦上添花。衡量其诗人价值的，无他，唯诗歌本身。

5. 新世纪以来国际诗歌交流频繁，中国诗歌如何借鉴国外诗艺、体现民族性与世界性？

中国诗歌仍未摆脱弱国心态，文化自卑感仍然强烈，这当然也是汉语文学以及中国在世界格局中的一个缩影。现在的中国文学并未真正具备与世界对话并进而影响世界、改变世界的能力。现代汉语诗歌的水平还不高，堪当大任的诗人总的来说数量还少，整体层级不够，修养欠缺。技术、技艺方面的借鉴或许早已不成问题，真正的短板还在观念方面，比如个体的启蒙与自我启蒙、普世价值的追求、正义与良知的坚守、对人性的勘探与探查，等等。现在的诗歌并未体现出民族性，最多只是一种阉割的民族性，民族性的本来状态和丰富可能远未呈现。真正的民族性本身便体现着世界性，因为中国并不在世界之外，而是在世界之中。

6. 中国作为一个物质文明日趋发达的诗歌大国应该怎样促进自己的诗歌建设？

其实，坦白地说，不必"促进"诗歌建设，别阻挠诗歌的自身发展就可以了。因为从根本来说，诗歌是自由的精灵，它最不愿受到外来势力的干涉，哪怕是好心的"促进"，可能事实上都是给它上了枷锁、束缚了它。对诗歌建设最有效的促进是：尊重诗歌，给它松绑，让它发出自己的声音，成其所是。

我眼中的中国新诗理论和批评
——答《当代诗人》杂志六问

1. "风雅颂赋比兴"是中国古体诗词坚实的理论基础，在意境与格式高度融洽的古典诗歌上可谓相得益彰。若用在新诗上总会使人感觉到牵强附会，中国古典文学底蕴和西方形式表现手法形成的中国诗歌使西方诗学理论批评的解构主义望而却步，那么中国新诗经过长期的发展与探索是否已经形成了中国特有的新诗理论和批评？又或者达到作品与理论同步成熟的必要条件有哪些？

中国新诗虽然至今尚不足百年，但其创获堪称伟大而丰富，已形成自身的传统，这种传统既有异于中国古典诗歌，也与西方诗歌迥然有别，有着自己独有的特色。但另一方面，处身"千年未有之大变局"，由于社会动荡、政治高压等的原因，一个世纪以来人们的精神与思想多处于漂泊无定、暧昧不明的状态，缺乏稳定的价值观支持与充分的艺术创造空间，艺术生产力并未得到真正的生长和释放。再者，作为诗歌载体的"现代汉语"其出现的历史还很短暂，从语言形态上来说也并未达到成熟和稳定，而且其被政治话语深度侵蚀和绑架，其发展可能性严重受限，所以，我觉得中国新诗离真正的自由状况、成熟状况还很远，现在不过是万里长征走了第一步而已。唯其如此，更凸显了诗人的责任与光荣。

2. 作为中国新诗的前沿观察者与研究者,你认为在"百花齐放"的形式外,新诗创作者们必须保持一致的地方是什么?瑞士语言学家索绪尔曾在《普通语言学教程》中区分了"外部语言学"与"内部语言学",其中提到了语言系统的"固有秩序"作为语言艺术的诗歌表现手法,从语言学的视角出发,新诗理论和批评在"细读"一首诗歌的价值时是否存在共通的地方呢?

我认为新诗创作者们应该保持一致的是"保持不一致",也就是说,诗人应该保有独立性,发扬个性,与权力、体制等庞然大物拉开距离,"不团结就是力量",实现个体的创造。现在的诗人,表面上有个性的多,真正有个性的少,究其原因,一方面是体制的力量太强大了,同时也反衬出个人主体力量之弱小。但对作为时代良知代言者的诗人来说,如果不能对此种状况有所警醒、有所反抗,反而是削尖了脑袋挤进腐朽的权力体系之中以求多分得一杯羹,那么其存在的价值、合法性何在?所以,我觉得现在诗人们的问题不在于"保持一致"的地方太少,而相反其实是太多了。

"细读"对于诗歌批评、诗歌理论的重要性是不言而喻的,问题只是细读的水平、准确性如何。现在优秀的诗歌仍然缺乏细读、缺乏阐释、缺乏卓越的读者。卓越的读者与卓越的作者一样,同样是稀缺、可遇不可求的。诗歌理论与诗歌批评对于"细读"的要求有侧重点的不同,但我认为其共同之处更多,因为只有将内部与外部、文本与人本、审美与政治等因素较好地结合起来,才是合格、有效的细读文本。

3. 文学批评家洪治纲在《个性与文风》一文中说:"毫无疑问,文学批评也是一种创作。只不过它与一般的文学创作有所不同,必须注重科学性,突出批评家理性的审美发现。对原作品进行内部的升华与再创作使读者更近一步地品尝诗歌醇香的酒液似乎已经成了诗歌批评家们的责任。"我注意到其中所说的科学性，这个科学性是否就是新诗批评的秩序和准则——新诗理论呢？

在我看来，新诗理论并不是比新诗批评更高一级的存在，它们只是所面对的对象和所要处理的问题有所不同，新诗批评更多面对个案、面对当下，而新诗理论更多是面对宏观、普遍性问题，两者各有侧重、互为依托、互相借鉴。"科学性"对于新诗理论与新诗批评来说均属题中应有之义，科学、公正、准确、客观是其最低的同时也是最高的标准。当然，科学性对于诗歌而言不是1+1=2，也不是非黑即白非对即错，它有更多"科学"所容纳不了的因素，人文性、诗性、审美特性等应该是包含在上述"科学性"之中的。

4. 网络时代的出现使诗歌和诗歌批评都或多或少出现了审美上的疲劳，临屏的诗歌批量生产和快餐式的诗歌批评是否损坏了中国新诗？随意性、娱乐性的诗歌创作中真的能产生出值得阅读的作品吗？诗歌创作者是否应该有意识地提升诗歌创作的难度呢？

网络的出现不但对诗歌有重要意义，对整个人类而言都是具有革命性意义的一件大事，它所具有的平等、快捷、分享的"民主性"特征其价值是怎么强调都不过分的，这应该是我们讨论网络诗歌的一个前提。批量生产、快餐式的写作的确是这个时代诗歌的重要问题，但是其根源并不在网络，网络说到底是一个工具（虽然是一个伟大的工具），最根本的还是在人本身，这个时代就是一个批量生产、快餐化、追求速率的时代，许多的诗人被同质化了，随波逐流，丢失了自己。

随意性、娱乐性的诗歌写作绝大多数当然只是这个时代喧哗而空洞的泡沫，只是制造一种繁荣的假象，但并无意义，"不过是浮云"。诗歌写作是有难度的，写作者应该对诗歌心存敬畏，应该尊重诗歌写作的难度，不断砥砺自己的思想与诗艺，如此才可能成为一位真正的诗人。当然，这种"难度"是内在而不是外在的，不应一味追求语言的陌生感而使得诗歌佶屈聱牙、不知所云，晦涩的诗歌可能是完全没有难度的，直白的诗歌也可能是高难度的，关键的问题在于作品有没有包含真正的艺术发现与创造，有没有强烈的艺术张力与魅力。

5. 目前诗歌批评广受诟病的地方是只评不批，在对诗歌组成部分"文字"的系统扫描之后与其进行内部的对话，做出公正的批示。似乎很多诗人对此显得耿耿于怀，是出于对自己的不自信还是中国人常说的面子问题？

诗歌批评存在的问题与诗歌创作所存在的问题同样多（如果不说更多的话），它是当今堪称恶劣的诗歌环境与文化环境的一部分，甚或在其中起到了推波助澜的作用。当然，总有一些人勉力维护着这个行当的尊严，这很难，但总归是有那么一些人在，就像无论境况多么严苛，总归是有一些优秀的诗人在那里一样。诗人对诗评家耿耿于怀很正常，就像诗评家也经常会对诗人和时代的诗歌状况心存不满甚至牢骚满腹一样，所谓爱之深责之切，他们之间既是朋友，又是冤家，既互相挑刺，又互相推动着往前走。

6. 中国新诗发展史上出现过很多的诗学主张，它们带着必然出现又带着必然结束，是否新诗每一个发展阶段都会导致一个诗学主张的出现。如果让你为 21 世纪的中国诗歌提出一个理性的、包容的、能推动新诗发展的诗学主张，在你心里它必须具备哪些条件？

中国新诗史上迄今已经出现很多的诗学主张，但真正有效的为数并不多，得到公认的更是几近于无。与其提供具体的诗学主张，不如讨论可能的、理想状态的诗歌氛围、环境，有一个健康的生态环境，诗歌的健康发展自然是值得期待的。在我看来，它至少应该具有如下的特征：自由、多元、开放、以人为本、语言之美……最简单地，也可以说是百花齐放，我们说的当然是真正的百花齐放，而不是被允许、被改造、被设计的百花齐放，仅此一点足矣。

诗歌的本质即是自由
——答《诗歌月刊》下半月 "特别策划专访"

1. 老师您好！首先代表《诗歌月刊·下半月》编辑部感谢您在百忙之中接受我们的专访。作为年轻的诗歌批评家您能简单地向我们讲述一下您是如何走上诗歌批评之路的吗？

走上诗歌批评的道路不能不说到我求学路上的两位老师，硕士导师张清华与博士导师吴思敬，正是因为接近两位先生所从事的诗歌批评工作，受他们的影响，自己也逐渐走上了这条道路。先生的学问、修为与境界我等必不能至，但作为一种向上的力量、作为一种指引，这种重要性是怎么强调都不为过的。走上这条道路应该说是偶然的，但这偶然之中也有必然，人生的许多事情大概都是这样。诸多偶然的巧合、机缘造成了日后的必然，而你所做的选择其实未必不是命中注定，冥冥之中有莫名的、神秘的力量牵引着你不得不如此。从事诗歌批评的工作大概只是因为我与诗歌之间有着某种 "孽缘" 吧，时至今日，即使艰苦、纠结，我也已经甘之若饴了，我相信，这条路是值得的，是有意义的，这就够了。而今，诗歌批评于我已经成了一种想象人生的方式、一种日常生活，我想日后自己需要避免一种 "职业化" 的懈怠与冷漠，希望日后在这条路上的行走依然能够充满诗意的发现、意外的惊喜。

2. 您有一句话："'诗歌'生活实际包含了对于'现实'生活的一种应对机制，是一种可能的生活。""可能的生活"在您的诗歌批评建构中会不会成为您的核心观点？

你看得很准，我想是这样的。在我看来，诗歌的魅力即在于对可能性的追求，诗歌的本质即是自由。诗歌是对于现实的超越、改写、提升，在现实中人们只能过一种生活，而在诗歌中却可以越出这种规定性，而达致一种更丰富、更美、更值得的状态。诗歌可以让人生活得更多、更美、更有意义，这本身便是它最大的意义。诗歌的可能性既包括价值观的可能性，也包括语言的可能性，而今人们谈论更多的是语言的、审美的、艺术本体的可能性，但我认为，在中国的现实语境中，价值观的可能性大概是更缺乏、更迫切、意义更大的。

3. 您主张："诗歌的语言应该是具有诗性的语言，它不是日常语言，不是口水、废话，同时也不应该是书斋语言、专业术语、'黑话'，它应该是及物性与陌生化、准确性与模糊性、表现性与'不可表现性'的结合。"那么您对现在流行的"口语""垃圾""废话"诗歌有怎样的看法？

诗歌的语言应该是具有诗性的语言，可以称之为"诗语"。诗语是有其特殊性的，不应与日常口语、废话混为一谈，否则，将失去其自身的规定性，"诗将不诗"。但是，诗语也不应过于封闭、过于精英化和小众化，否则其生命力与活力也将大打折扣。诗语对日常语言而言应该是一次"反动"，是对之的提纯、清洗、加工，是一次语言的发明、创生、裂变。对当今流行的口水化、废话化的写作我认为是应该保持警惕的，它容易混淆诗与非诗的边界，造成写作者自律精神的缺失。真正的写作从来都是有难度而且难度很高的，简单的日常语言的复制、粘贴、分行意义不大，是与真正的诗歌精神背道而驰的。

4. 我读了您的很多论文，关于"语言"的探索比较集中，在您的心目中，"语言"在诗歌这个文体中应该充当什么样的角色？您认为"语言"在未来诗歌的发展中将会有怎样的地位？

语言之于诗歌非常重要，重要到没有了语言也就没有了诗歌。诗歌应该体现出语言之新奇、语言之美，否则诗歌本身是恐难成立的。然而，语言却又并非一切，语言背后还有所"指"，这种所指更多的与生活、与人性、与世界相关联，关乎价值与意义。故而，诗歌的语言特性是一个方面，其指向性是另一个方面，两者是不可偏废的。仅仅追求语言、修辞上的新奇、惊艳可能呈现一种美之极致，但往往忽略了诗歌现实性、指向性的维度，而很容易自我封闭、自我循环。或许，等到天下大同、海晏河清的时候，诗歌可以完全可以放弃其"责任"与"担当"，成为一种纯粹的语言游戏，但是，这一天何时能够到来？

5. 您作为一名评论家的同时，还是一名出色的诗人，您平时是如何处理这两个角色转换的？

惭愧，"出色的诗人"之称实为过誉。我之所以偶尔还写点分行的、被一些同行称为诗的文字，主要地是为了使自己离诗更近一点，让自己保持一种语言的感觉。诗歌评论与诗歌写作有很大的不同，但也有共通之处，诗歌评论者同时从事诗歌写作对其诗歌评论工作也是有帮助的，两者在一定程度上可以相得益彰。对我而言，从事诗歌评论是一种职业、一种日常生活，甚至是一种不无惯性的"劳动"，而诗歌写作则是灵魂出窍，是一次精神的出走、奔逃。当诗神找到我时，我才会写下若干的分行文字，这是可遇而不可求的。

6. 作为一名评论家，对一首好诗的选择必然有自己的标准，那么您认为一首好诗的标准是什么？

读一首诗的时候大概也有阶段性，首先是作为一名普通读者，看它对自己是否有触动、震动，然后才是作为专业读者、评论者对其进行考量、审视、评价。好诗的标准因人而异，同时每个人的标准也并不是固定、单一的，这个标准可以列很多条，甚至相互之间是有冲突和矛盾的。这里面很重要的一点是，判断一首诗好与不好要看它能不能打动你、触动你。这很感性，却很本真，也更为可靠，应该是一个前提和基础。

7. 您曾写过《伪繁荣，伪创造，伪自由——当今诗歌写作批判》，在文中您对"小圈子化、伪学院化、反道德化、泛口语化"四个方面做了阐释与批评，特别赞同您的观点。就现在而言，在您看来，现在的诗歌还有没有其他值得批判的地方？

谢谢你的认同，那篇文章受到了一些朋友的共鸣和认可，我想原因之一是它说出了一些真话，在当时有一定针对性、有的放矢。现在的诗歌存在的问题当然也有很多，比如写作者精神萎靡、委顿的问题，比如先锋精神弱化的问题，比如消费性、娱乐化的问题，比如修辞过剩与修辞不足的问题，等等，许多的问题需要具体问题具体分析。

8. 您曾有个观点："所有以年代划分作为讨论范畴的诗歌概念，比如70后、80后，以及大概过不了多长时间就会出现的00后，最终都会被无情的历史尘埃所掩埋，这大概是不可改变的。"这足见您对年代诗歌划分保持了足够的冷静，然而现实中喧嚣的诗坛总是拿代际诗歌大做文章，盲目地夸大其在诗歌发展中的作用，您是如何看待这种现象的？

"××后"的说法应该只是一种权宜之计，它提供的更多只是一种暂时性的说法、由头，提供一种"想象的共同体"的"庇护"，在此名目之下一些问题可以得到讨论和展开。但是，由于缺乏内在的统一性，在历史的长河中它很难站得住脚，留下的可能只是若干有杰出的文本创造性的诗人及其诗作，而不是"××后"这样的群体性概念。年轻的写作者最重要的是自我成长，单打独斗，涨破这个群体性概念，成为独特的自己。

9. 您的诗作《流水十三章》结尾部分出人意料，"流水十三章 / 这一章是空白 / 这一章的文字实为谬误"，但仔细读来却又是情理之中，您在创作这首诗的时候初衷是怎样的？

这首诗的结尾确实在追求一种出人意料、留有余味的效果，它不是在做一种语言游戏，或者说，不是仅仅语言游戏那么简单。至于这首诗的初衷，大概和我在写作时那个夏天的某种情绪有关，不过，似也不必一一道来了吧——文字写出来，它的初衷已经不重要，重要的是阅读者从中读到了什么。

10. 您曾经说过："诗歌，面对'时代'的庞然大物，它要做的是反抗遮蔽、反抗异化、反抗宰制，而回到个人的内心，回到有温度、有心跳的个人生活，面对个体的处境和命运，找回本真的自我。"那么"反抗遮蔽、反抗异化、反抗宰制"究竟该如何才能做到？

反抗遮蔽、反抗异化、反抗宰制云云最重要的在于一个独立的个体、独立的"人"。这说来容易，实际很难，任重而道远。有自信、有自尊、不自弃、不妥协，这同样是一种"常识"，但也只是说说而已，它的形成与实现还有很远的路要走。有了真正独立、强大内心的个体，人才称得上是现代人，社会才真正进入现代社会，就此而言，诗歌在路上，一切皆在路上。

11. 您在诗歌评论的道路上最初是怎样同诗人们发生联系的？诗歌评论家与诗人应该是怎样的关系？

与诗人们一开始主要是文字中的相遇，逐渐在现实中也有一些交往，这一过程我觉得顺其自然最好，不必刻意地接近或者疏远。评论者与写作者的交往有助于加深了解，"知人论世"，能够对"诗"与"人"做出深入的论析。但同时，评论者与写作者走得太近也容易出现问题，对作品的判断不再客观，或者碍于"情面"而很难实话实说，等等，这些问题在中国这个人情社会中尤其严重。评论家与诗人之间的理想状态应该是高山流水、惺惺相惜的知音，是两位平等、独立的精神个体的互相吸引、互相修正、共同提高。这一过程中对评论家来说应该注意保持自身的独立性，避免受到各种诗歌之外因素的干扰，以更好地坚持诗歌评论的专业水准和公信力。

12. 您是《诗探索》的编辑之一，这本刊物之于您有什么样的特殊意义？

做《诗探索》编辑是一项兼职，主要做一些组稿、编校等的工作。在这一过程中，有时会遇到一些精彩、深刻、有见地的文字，让人击节叫好，有时也会有硬着头皮、"强制性"阅读稿件的情况。回过头来想一想，这些经历对我本人来讲其实都是有益、有收获的。《诗探索》创刊于1980年，历史上曾经发挥过极为重要的作用，近年来随着大环境的改变，它所受到的冲击也很大，也在"边缘化"。但重要的是，它在坚守一种精神的向度，在坚持诗歌的本位，在关注当今诗歌的发展，扶持青年诗人的创作，留存当代诗歌的史料，它对当前诗歌的价值或许要过些时日才能看得更为清楚。我很高兴能为它贡献自己的绵薄之力。

13. 在当下各类民刊云集的时代，您怎样看？平时您读民刊吗？您认为哪些民刊文本质量较高？

诗歌民刊已经构成了新时期以来先锋诗歌最具活力、最具创造性的诗歌现场，它既不像官方刊物那样受限制，又不像网络诗歌那样芜杂，有其自身独具的长处。但是民刊的存在也有一些先天性不足，比如缺乏连续性、人员不稳定、传播范围小等，虽然诗歌民刊的数量很多，整体而言可谓生机勃勃，但具体到每一个刊物来讲，其生态又是脆弱的，其生存很艰难，所以诗歌民刊尤其需要评论界的关注与推介。我平日读民刊大概比读公开刊物的时间要长，近几年给我留下较深印象的民刊有《诗歌与人》《今天》《独立》《活塞》《明天》《地下》《女子诗报》《诗歌杂志》等。

14. 您认为朦胧诗、第三代诗歌在中国诗坛的地位如何？对中国现代诗歌的发展有着怎样的影响？

"朦胧诗""第三代"诗歌已成经典，其成就有目共睹。经典意味着已经"功成名就"，已经"完成"。作为一个群体性、诗歌史概念，它们的确已经完成，但这并不意味着其中优秀的个体不能继续写出卓越的文本。

15. 在您的印象里"知识分子写作"在诗坛扮演着什么样的角色？它与"民间立场"写作是否构成二元对立？

我认为"知识分子写作"与"民间立场"并不构成二元对立。严格意义上，真正的诗人的写作都应该是"知识分子写作"，而"民间立场"的写作相当程度上即是"知识分子写作"。其实，世纪之交"知识分子写作"与"民间立场"的论争主要的并非两个流派、两种写作取向之间的分歧，更多的是两拨人在打架，是具体语境之下诗歌"微观政治学"

的结果。

16. 您写了很多关于"80后""90后"诗人的评论文章，比如说郑小琼、洛盏、麦岸等。您这种关注是自觉的，还是批评上的一种需要与外延？您对年轻诗人的发展有着怎样的期许与建议？

如你所知，我确实对一些"80后""90后"诗人的创作有一些评论，但这种关注基本是个案式、兴趣出发的，不是系统性、整体化的研究。虽然不排除以后进行规模更大、更系统的观照的可能性，我还是觉得个案式的研究是不可缺少的，它应该是一种基础。对年轻诗人而言，自我成长是重要的，每个人所遇到的问题不一样，每个人的问题也需要——且只能——依靠自己来解决。诗歌是一条孤独之路，充满荆棘，但也有他人所难以领略的风景与美丽，虽然也偶有同道间的慰藉、扶助，有赞扬，有掌声，但最根本的还是要独自上场、独自面对，实现自我成长、自我超越、自我实现。

17. 看了您很多批评文章，既有个体的单向度的对诗人的评述，也有对于地域诗歌的总结，既关注文化现象，也推介有代表性的诗人与作品。更让我意外的是您还做了很多诗人、批评家的访谈，这种经历对您产生了如何的敦促作用？

做访谈起始于读博期间，那时因为做关于1960至70年代"地下诗歌"的博士论文，而系统性地做了大约十位诗人、诗歌活动参与者的访谈。此后也陆续做了一些诗人、批评家的访谈。这种访谈是很有意思也很有意义的，有助于我们对诗人诗做更为深入的理解，同时也可能发掘和保存一些有价值的资料、史料。

18. 新世纪第二个十年的诗歌有没有呈现出新的变化，它有哪些特征？

　　在我看来，新世纪第二个十年与第一个十年之间主要是一种延续的关系，而第一个十年与上个世纪末之间则有更多的断裂关系。发生这种"断裂"的主要原因在于网络的快速普及使诗歌写作、传播、评价等方面所产生的一系列深刻的变化，这种变化是堪称革命性的，对诗歌的价值观念、美学风格、语言方式等皆有深远的影响。近年来诗歌中诸多的变化还在不断地深化、转变、形成之中。当然，或许第二个十年的诗歌已经发生了一些重要的变化，这需要再过若干时日人们才能看得更为清楚。

　　19. 在这个网络迅速发展的时代，诗歌顺应时代的需要嫁接了网络，获得了一定的发展，呈现了"繁荣"现象。您认为这种现象对现代诗歌的发展会有怎样的影响？网络能否给诗歌真正地带来"繁荣"？

　　网络确实助推了新世纪诗歌的发展，使其进入了一种新的格局之中。网络作为一种"民主化"力量，激发和释放了诗歌的活力与创造性，解放了诗歌创作的生产力，使得近年来的诗歌面貌大改、数量激增，它的意义主要的是正面的。但同时，网络之于诗歌一定意义上也是双刃剑，近年来诗歌中门槛的降低、标准的缺失、评价体系的混乱等与网络大概都不无关系。说到真正的"繁荣"，诗歌还是要依靠诗歌本身的力量，诗还是诗，诗的本质并没有什么改变，网络只是一种技术手段、外在形式。但还是应该看到，在未来诗歌的发展过程中，网络应该，也可以起到良好的推动作用。

　　20. 新诗百年，随着时代的不断推进，人们似乎越来越看不到诗歌的未来，您对这种现象持什么态度？您对新诗的未来有怎样的期许？

　　我觉得对诗歌的未来不必过分担忧，诗歌不会死，它有顽强的生命

力，人这种生物不灭，诗这种东西就必将存在。一定程度上，我们当今
的时代处于一种文化断裂、缺乏修养、迷失根本、价值混乱的状况之中，
面对这种状况，我以为诗歌大有意义，且应有所作为。故而，我对诗歌
的未来总体上仍然抱有一种乐观的态度，谨慎的乐观。梁漱溟曾发问道：
"这个世界会好吗？"——那么，如果这个世界会好，诗歌无疑也将有
一个美好、灿烂的未来，如果这个世界会更糟、好不了，诗歌也仍将给
人们以内心的抚慰与温暖。

当代诗：烛火与星光（后记）

中国当代诗歌所走过的道路一波三折，可谓命运多舛：在前三十年遭遇了一体化高压政治的围困，没有自主性，成为为政治、现实与权力服务的工具；而在后三十年又与商业化、消费社会不期而遇，诗歌在经历短暂的热潮之后被迅即抛掷到边缘地带，其作用与影响力急速下降，几乎成为一种无人喝彩、自说自话的存在。

不过，唯因如此，诗歌更有其存在的必要和理由，也更凸显其价值与意义。诗歌在很大程度上是一种矫正、调节和提醒：当社会、文化中的某种力量过于强大而失去制衡、隐含危机时，诗歌在努力往相反的方向拉一拉，而使其尽可能回到一种"健康"和"常态"；当生活沉溺于现实的蝇营狗苟、被物质的欲望所挟持的时候，诗歌在提示一种精神的、超越的维度，以及另一种价值体系；当生活中的自由状况受到侵害、压迫，诗歌在进行着虽然柔弱但却坚韧的抵制与抗争，努力地向着善、美、自由趋近……诗歌的价值正在于对另外的可能性的呈现、想象、追求。这种可能性关乎价值观，关乎人的生存、命运，也关乎语言、修辞、技艺，它不可定义、抵制拘囿、反抗压迫，庶几与自由同义。无论在怎样的困境之中，都不可能真正阻挡人们对自由的向往。就此而言，诗歌本身是对于时间与空间、对于"不自由"的一种克服,它是自由的精灵,超越此时此地,超越现实功利,追寻着更高、更永恒的美与价值。也因此,诗歌是不死的,它不会从人类的精神生活中完全退场。

中国当代诗歌正是严苛环境中一种异质性的、奇异的存在。在风雨如磐的政治暗夜,它一灯如豆,温暖、慰藉着枯寂的心灵,同时亦如燃烧的地火,奔突于地表之下,找寻着喷涌而出的契机与可能。在轻歌曼舞的消费时代,它从滚滚人潮中抽身而出,拨开现实的迷雾,直面问题与危机、追寻真相、叩问终极,它拒绝被生活同化、格式化,提示着永恒与超越之可能,在世界之夜,恰如"一颗星亮在天边"(谢冕评穆旦语)。以无边旷野中的烛火,或者茫茫黑夜中的星光来喻指中国当代诗歌,或许是恰当的。中国当代诗歌是有价值的,它没有失却自身的尊严与责任,它对得起自身所处的时代。

——这是我将这本关于当代诗的论文集名之为"烛火与星光"的原因。

算起来,我与当代诗歌结缘也已十年有余,我应该感谢这种缘分。而今,当代诗歌已经不但是我研究的对象,也进入了我的日常生活,成为日常生活的一部分。我承认,我对它是有着热爱的,每当听到某些高人对当代诗歌指手画脚、大放厥词,以嘲讽当代诗为能事、以不读当代诗为荣耀的时候,哪怕没有机会当面反驳,内心是不以为然甚至是深觉悲哀、可笑的。在我看来,当代诗歌的确是有价值、有成就、有关怀、有追求的,它值得人们的信赖与期待。当然与此同时,我也深知当代诗歌存在着太多的问题:先天的不足,生存环境的逼仄,思想能力、道德勇气的孱弱;被权力、金钱、社会资本的染指与征用;诗歌评价中的偏狭、圈子化、信口开河、指鹿为马;诗歌创作整体上的平庸、贫乏、虚伪、犬儒……如此种种每每让人沮丧、厌倦、失望,我对它的不满与忧虑并不比欣赏与喜好更少。当然,这种不满与忧虑更多的是针对当代诗歌的"场域""体制"与"潜规则",更多的是"恨铁不成钢",而对于其中最为优秀的部分、最为卓越的诗人,则始终是保持着充分敬意的。这也是我继续从事有关当代诗的工作,而没有放弃的最为重要的原因。

当代诗承载着关于可能、关于自由的想象,但这种可能与自由更多的是一个寻索的过程而不是最终的抵达,是进行时而不是完成时。这种可能与自由有时是一种信念、立场、梦想,有时则是一种表演、假象、欺骗,对于复杂而暧昧的当代诗歌场域,需要的不应是非此即彼、简单化、情绪化的臧否,而应更为审慎、深入、多角度、多方位、持之以恒地进行探讨、辨析。

收录在这本书中的是我近年写下的有关当代诗歌的文字,最早的写于2005年,距今正好十年。于我自己,这大概也可算是到目前为止的一次总结了。这些文章有的现在看来已经显得非常粗疏、稚嫩,但它们包含了我与当代诗之间或远或近的距离、或亲或疏的关系。对于当代诗学的建设而言,它们有无助益诚不可知,对我个人而言,它们则记录了岁月的印痕,表征着过往的劳作与时光,故而,我有着敝帚自珍的理由。在此之余或可奢望的是,这本书之面世,而抵达相识或者不相识的读者朋友——这"无限的少数人"——手中,若能提供若干信息、引起些许共鸣,则足可证明这些文字并非全无是处。这些文章多以单篇形式在《扬子江评论》《文学评论丛刊》《艺术评论》《新文学评论》《天津社会科学》《内蒙古社会科学》《诗潮》《星星》《诗歌月刊》等期刊发表过,谢谢相关的老师和朋友!

感谢本套丛书的主编孟繁华和张清华老师,两位老师的道德、文章及对后学的扶助均令人感佩。尤其要感谢张清华老师,自2003年随张老师读硕士开始,到后来"误打误撞"地进入诗歌研究领域,再到近年的从事学术研究工作,十余年中我一直受到张老师的鼓励、关注、指引,幸莫大焉!我当努力!!感谢山东文艺出版社独具慧眼与魄力的领导以及付出了诸多卓见与辛劳的责任编辑王月峰兄。在当前以"经济效益"为准绳的大环境之中，出版这样的恐怕没有多少"回报"的书，唯一的解释，是他们在坚持着另外的一种价值理念和标准。而这，与诗性、与诗意、与诗歌的自由精神是相通的，可以说，他们亦是心中有诗的人。感谢在现实生活中包括通过文字相遇的每一位朋友，愿得诗垂顾、诗心飞翔……

2016 年 10 月

图书在版编目（CIP）数据

烛火与星光／王士强著.
—济南：山东文艺出版社，2017.4
（身份共同体·70后作家大系／孟繁华，张清华主编）
ISBN 978-7-5329-5365-3

Ⅰ.①烛… Ⅱ.①王… Ⅲ.①诗歌评论—中国—当代
—文集 Ⅳ.① I207.22-53

中国版本图书馆 CIP 数据核字 (2016) 第 309893 号

烛火与星光

王士强 作品

主管部门	山东出版传媒股份有限公司	
出版发行	山东文艺出版社	
社　　址	山东省济南市英雄山路 189 号	
邮　　编	250002	
网　　址	www.sdwypress.com	

读者服务	0531-82098776（总编室）
	0531-82098775（市场营销部）
电子邮箱	sdwy@sd.press.com.cn

印　　刷	山东临沂新华印刷物流集团
开　　本	700 毫米 × 1000 毫米　1/16
印　　张	19　插页 /2
字　　数	240 千
版　　次	2017 年 4 月第 1 版
印　　次	2017 年 4 月第 1 次印刷
书　　号	ISBN 978-7-5329-5365-3
定　　价	37.00 元